KB234578

줄리엣 클럽

박선희 장편소설

비룡소

차 례

1
계약 연애

왜 하필 계약 연애였냐고? 사랑 따위엔 관심도 없으니까. 이건 순전히 엄마와 아빠의 러브 스토리가 나에게 미친 영향 때문일 거다. 집안 반대를 무릅쓰고 칠 년 동안의 열애 끝에 결혼했다는 아빠와 엄마는 '그건 먼 옛날 이야기'라는 듯 꽤 오랫동안 저조한 애정 지수를 유지하며 살고 있다. 내가 볼 땐 공허함조차 느끼지 못한 채. 사람 일은 어찌될지 모른다지만, 난 적어 도 엄마처럼 어린 나이에 연애를 하지는 않을 거다.

난다. 난다. 바람을 가르며 난다. 왼쪽으로 한 바퀴, 오른쪽으로 한 바퀴, 빙빙 원을 그리며 난다. 두 팔을 뻗어 양 날개의 균형을 잡는다. 투명한 햇빛 속에 온몸을 펼쳐 푸른 바람과 교감한다. 나는 자유로운 한 마리 새가 된다…….

카이트는 바람을 받으며 커다란 몸체를 부풀렸다. 또 한 번 돌려줘, 하는 것처럼. 좋았어. 왼손의 줄을 잡아당겨 카이트를 왼쪽으로 한 바퀴 돌게 했다. 그리고 다시 오른쪽으로. 반복해서 양쪽 줄 끝에 달린 핸들을 번갈아 잡아당기며 허공에 원을 그렸다.

지금은 카이트의 기본기라 할 수 있는 단순 루프 연습 중. 경력자들에게는 원 그리기가 컴퍼스에 연필을 끼우고 뺑 돌리는 것만큼이나 쉬운 일이겠지만, 나 같은 '왕초보'에게는 고도의 집중력을 필요로 하는 기술이다. 그래야 실수가 없으니까. 25미터나 되는 줄 두 개를 붙잡고 조종하는 일이 어디 쉬우려고.

단발 커트 머리가 휘날릴 정도면 바람은 적당했다. 아침 7시의 학교 운동장은 밤새 신선해진 공기로 가득했고, 차가운 기운이 서서히 걷히고 있었다. 이제 십오 분쯤 지나면 수면 부족으로 멍해진 아이들이 급경사의 언덕길을 올라와 교문으로 들어서기 시작할 것이다. 그전까지는 이 넓은 운동장을 온전히 나 혼자 누릴 수 있다. 폭이 3미터나 되는 큼지막한 연을 날리면서. 바로 이 맛에 새벽 6시에 벌떡 일어나 뻗친 머리카락을 휘날리며 학교로 달려오는 것이다.

주변에 카이트를 하는 아이가 나밖에 없다는 건 무척 만족스러운 일이다. 난, 평범하고 흔한 건 뭐든 하고 싶지 않다. 왜? 내가 가진 모든 것이 평범하니까.

처음엔 행글라이딩을 하려고 했는데 식구들의 결사반대로 포기하고 말았다. 위험하다, 공부할 시간도 없는데 행글라이딩이라니, 십자수라든가 좀 다소곳한 취미를 가지면 안 되겠니, 등등 말들이 많았지만 결정적인 반대 이유는 '돈이 많이 든다.'였다. 그냥 물러설 수 없어 차선책으로 종목을 바꿔 본 것이 바로 카이트. 탁월한 선택이었다고 생각한다. 카이트를 날릴 때마다 하늘을 나는 기분, 짱이다.

카이트는 민속 연보다 덩치가 엄청나게 큰 서양 연으로, 정확한 명칭은 '스포츠 카이트'다. 카이트에 연결된 25에서 30미터쯤 되는 긴 두 줄을 양손으로 조종해 날리며, 에어쇼처럼 다양한 묘기를 펼칠 수도 있다. 그러기 위해서는 부단한 연습이 필요한 건 물론이다.

내가 가지고 있는 카이트는 자주색과 파란색, 노란색과 초록색이 모자이크처럼 조각조각 이어진 것으로 '프리버드'란 이름을 가지고 있다. 자유로이 나는 새. 언젠가 강변으로 연습을 나갔을 때 토란이 붙여 준 이름이다. 프리버드. 제비 꼬리 모양의 생김새만큼이나 이름도 썩 마음에 든다.

한 달하고 며칠만 더 있으면 시민공원에서 카이트 페스티벌이 열린다. 참가 제한 조건이 없어 일단 신청해 놓았다. 뭐, 한 달 연습이면 웬만큼 실력이 붙겠지. 주중에는 0교시 시작 전에 학교 운동장에서 연습을 하고, 주말에는 자전거를 타고 강변으로 나간다. 물론 하루도 빠짐없이 그렇다는 건 아니고. 아무리 체력이 좋다지만 비정상적으로 교육열이 높은 한국의 '고딩' 아닌가.

단순 루프 연습을 끝내고 '옆으로 누운 8자 그리기'로 들어갔다. 도형은 복잡해 보이지만 단순 루프보다 더 쉬운 기술이다. 프로들은 눈을 감고도 할 수 있을 만큼. 그러나 역시 나 같은 초보들은 잘되는 날엔 잘되다가도 안 되는 날에는 형편없이 헤매게 된다. 물론 잘 안 될 때가 더 많고. 오늘은 좀 아슬아슬하다.

바람과의 마찰로 부르르 몸을 떨며 카이트는 길게 누운 8자 모양을 그렸다. 영어로 하면 '인피니티'. 무한대 기호(∞)를 그리며 비행하는 것이다. 오른쪽으로 사선을 그리며 올라갔다가 회전하여 밑으로 내려오고, 다시 회전하여 왼쪽으로 사선을 그리며 올라갔다가 밑으로 회전하여 내려오고……

그런데 바람이 잦아들면서 8자가 점점 몽땅해지는 것 같다. 내 의지와는 상관없이 줄을 당겼다 놓는 간격이 짧아지고 있다. 우씨, 이럴 땐 정말 핸들을 확 놓아 버리고 싶다. 하지만 그럴 수야 없지. 나에게도 도전 정신이라는 게 있는데, 포기라니. 카이트가 잘 날아 줄 때의 기분을 아는 한 어림도 없는 얘기다. 지상에서 붕 떠올라 카이트와 함께 날아가는 기분, 딱 그거다.

카이트를 내렸다가 다시 시작할까, 하는데 바람이 불기 시작했다. 풀렁풀렁 머리카락을 뒤집으며 뺨을 간질인다. 변덕스럽기도 하지. 뒤로 몇 발짝 물러나 조종 줄을 움직였다. 아, 난다, 난다. 줄을 잡아당기는 대로 카이트는 힘 있게 날았다. 왼쪽으로⋯⋯ 오른쪽으로⋯⋯. 카이트가 가장 세게 나는 45도 각도의 '파워 존'에서 무한대 기호를 그리며 날고 있다.

교문에서 교복 두 명이 걸어 들어오고 있었다.

"어? 저게 뭐냐?"

"연인가? 존나 크다."

놀라는 남자애들. 이름표가 보이지 않아 몇 학년인지는 모르지만 너희들, 카이트 처음 보는구나.

등교 시간에 맞춰 카이트가 잘 날아 주어서 체면을 구기지 않은 게 다행이었다. 바람 길이 한번 잡히니, 카이트는 부르르부르르 몸을 떨며 박력 있고 안정감 있게 날아 주었다. 나이스!

"하라는 공부나 하지, 이른 아침부터 웬 딴 짓거리냐. 너 1학년 2반 반장이지?"

잘 나가고 있는데 누가 초를 치는 거야. 힐끗 보니 3학년 수학 선생님이었다. 내가 1학년 2반 반장인 건 어찌 알았담.

"제 유일한 취미라서요."

"하루 스물네 시간 책상에만 붙어 앉아 있어도 모자랄 판에 취미는 무슨."

더 이상 잔소리를 늘어놓지 않고 지나갔지만, 내 기분이 좋을 리 없었다. 교사라는 직업을 가진 사람들은 열이면 아홉, 아이들을 보면 담당 교과목이 아닌데도 무조건 가르치려 들고 뭐든 금지하는 걸 사명으로 알고 있다. 어차피 연습을 그만두어야 할 시간. 이삼 분만 더 하고 카이트를 내려야지.

등교하는 교복들이 조금씩 많아지고 있었다. 관객을 의식해 조종 줄을 잡은 손에 힘을 주었다. 오른쪽, 왼쪽, 일정한 간격으로 줄을 잡아당기고 놓았다.

"와, 짱이다!"

"저게 연이야 뭐야?"

"죽이는데!"

오늘따라 카이트를 한 번도 보지 못한 관객들이 많은가 보았다. 우쭐 하는 순간, 오른쪽 줄을 지나치게 잡아당기고 말았다. 카이트가. 오른쪽으로 너무 치우쳐져 조종이 잘 되지 않았다. 관객에 신경 쓰느라 비행 범위가 우측으로 60도, 좌측으로 60도라는 걸 깜박하고 있었다. 정신없이 두 줄을 당겼다 놓았다 하는 사이, 카이트는 방정맞게 까불다가 땅으로 곤두박질쳤다.

"아악!"

비명을 질러야 할 사람은 난데, 웬 자그마한 여자애가 소리를 지르더니 입을 틀어막았다. 창피하게스리. 아, 어깨에 힘 빼고 겸손히 손을 놀려야 했는데⋯⋯. 아니면 잘 날아 줄 때 카이트를 내렸든가. 퇴장할 때를 아는 것도 필요한 일인 것 같다.

5교시 사회 시간. 사냥개는 크로스 워드 퍼즐의 마지막 문제를 풀 사람을 선택했다.

"4번."

진진이 비실비실 자리에서 일어나자 모두들 쉽게 끝나긴 글렀군, 하는 표정을 지었다. 하필 끝에서 선두를 다투는 녀석을 찍다니. 칠판에 그린 크로스 워드 퍼즐의 남아 있는 세로 열쇠 문제는 간단했다.

'산업 혁명 이후 영국의 숙련공들은 기계를 파괴하는 □□□□ 운동을 전개했다.'

수업 시간에 졸지만 않았다면 단번에 알아맞힐 수 있는 상식이었지만 진진은 '그걸 내가 어떻게 알아.' 하는 듯 울상을 짓고 있었다. 바로 뒤에 앉은 창이 엉덩이에다 볼펜 끝으로 '러다이트'라고 써 주었지만 진진은 어처구니없는 대답을 하고 말았다.

"다이어트⋯⋯."

키득거리는 웃음소리와 한숨 소리가 뒤섞이는 사이, 사냥개는 공격 위치에 서서 자세를 잡았다. 살구나무 지휘봉 끝이 진진의 미간을 정통으로 가격하는 데는 0.5초도 걸리지 않았다. 진진이 손으로 이마를 감싸며 주저앉자 사냥개가 말했다.

"현유, 나가서 답을 써 봐라."

그럼 그렇지. 언제나 이런 식이다. 흥미를 유도하는 복습이라며 크로스 워드 퍼즐 같은 문제 몇 개를 만들어 아이들을 진탕 골린 후, 우등생을 시켜 끝마무리를 하는 데서 사냥개는 기쁨을 찾았다. 오늘 수난을 당한 아이들 일곱은 이마에 부풀어 오른 반점이 식구들 눈에 띄지 않길 바라며 집으로 돌아갈 것이다. 알아주는 실력파에다 수업 방식도 상당히 창조적인데 '너희를 길들이고 말 테다.' 하는 태도 때문에 사냥개는 학교에서 줄곧 '비호감' 1위를 차지해 왔다.

러, 다, 이, 트. 현유가 또박또박 네 글자를 쓴 뒤 양 갈래로 땋은 머리를 뒤로 휙 넘기며 들어오자, 사냥개는 "알았나?" 하며 고개 숙인 진진의 뒷덜미를 주물렀다.

"에…… 너희들, 우리 사회의 악을 미화시키고 조장하는 가장 큰 세력이 뭐라고 생각하나."

퍼즐 이벤트가 끝나자 어김없이 설교가 시작됐다. 사냥개는 수업 종료 오 분을 남겨 두고 잡다한 사설을 늘어놓는 취미를 가졌다. 오늘의 주제는 또 뭘까.

"예술이다, 예술. 특히 영화가 그렇지. 폭력, 테러, 불륜, 에이즈, 그리고 동성애 등등. 이런 쓰레기 같은 얘기들을 미학적으로 포장하는 게 영화란 말이다."

귀 기울여 듣는 아이들은 아무도 없었다. 점심 급식 시간에 돈가스와 떡볶이가 나와 얼굴이 활짝 폈던 아이들은 한 시간 동안 파삭 구겨져 쉬는 시간을 알려 주는 '소녀의 기도'가 들려오기만을 기다리고 있었다.

사냥개의 설교가 끝난 것은 '소녀의 기도' 일 초 전. 그의 마지막 두 마디는 이랬다. 예술을 하는 자들 중에는 타락한 영혼을 가진 자들이 많다. 타락한 영혼은 타락한 영혼을 미화한다.

'역시 황당무계한 결론이야.'

짝꿍 주은이 내 노트에다 샤프펜슬로 흘려 적고 사회 책을 덮었다. 그런가? 난 사냥개가 오랜만에 들어 줄 만한 얘기를 한다, 생각했는데.

교실을 나가기 전 사냥개는 맨 앞줄에 앉은 소이에게 짓궂게 말했다.

"귓불에 있는 건 점이겠지?"

귀고리를 끼우는 구멍이란 걸 뻔히 알면서. 소이가 예쁘게 생기지만 않았다면 날라리 어쩌고 하며 징계니 벌점이니 하는 말들을 들먹였을 것이다.

소이는 우리 학교에서 몇 손가락 안에 드는 '얼짱'이다. 분명히 뜯어고친 데가 있는데도 그렇다는 건 이해할 수 없지만. 중학교 3학년 겨울방학 때 쌍꺼풀 수술을 했다는 건 전교생이 다 아는 사실인데 마치 자연 미인인 척 구는 데는 할 말을 잃을 정도다. 엷게 펴 바른 비비크림 덕분에 눈에 띄게 뽀얀 얼굴을 타고난 피부라고 우기는 건 또 어떻고.

소이의 얼굴이 붉어지는 걸 보고 사냥개는 귀엽다는 듯 뺨을 톡톡 건드리고 나갔다.

"아무래도 로리타 콤플렉스인 것 같아."

창이 어이없다는 듯 말하자 다른 남자애들이 "그거 난치병인데.", "불치병이야." 하고 낄낄거렸다.

"요리타 콤플렉스? 그게 뭔데? 누군가를 괴롭히면서 존재 이유를 찾는 병인가?"

미간의 혹을 문지르며 진진이 하는 말에 모두들 푸하하 웃음을 터뜨렸다. 우리 반 남자애들, 엉뚱하고 재미있어서 좋아.

보충수업 시작 전, 옥탑방 멤버가 내 자리로 모였다. 연두, 토란, 그리고 나 윰. '윰'은 이름이 너무 평범해 고민이라는 나를 위해 토란이 붙여 준 애칭이다. 최유미라는 본명보다 백배는 마음에 든다.

옥탑방은 낡아빠진 빌라 건물 꼭대기에 있는 나만의 방이자 우리의 아지트다. 건물주는 우리 집 물주이기도 한 외할머니. 난 그냥 '외' 자를 빼고 할머니라 부른다. 옥탑방 바로 아래 4층에는 할머니와 함께 못 말리는 나의 가족이 살고 있다. 나는 정신적으로 너저분해지는 환경에서 탈출하기 위해 넉 달 가까이나 할머니를 졸랐고, 마침내 고등학교 입학과 함께 옥탑방을 차지하게 되었다. 할머니 만세.

토란과 연두는 한참 생각하더니 입을 열었다.

"뭐, 반대하진 않을래. 성격도 괜찮고 나름 개성 있는 애 같아."

"홀수가 더 좋긴 하지만 너희들 의견이 그렇다면 나도 오케이."

뜸을 들이는가 싶더니 주은을 새로운 멤버로 받아들이는 일에 둘 다 군말 없이 동의했다. 누구 하나라도 싫다고 할까 봐 걱정했는데 다행히 무사통과. 사흘 동안 주은을 따라다니며 겨우 모임에 들어오겠다는 약속을 받아 냈다는 얘기는 하지 않았다. 주은이 그만큼 매력적인 아이라는 건 자연스럽게 알게 될 테니까. 주은인 하고 싶은 일을 하는 데 주저함이 없고 입시 공부 따위엔 결코 주눅 들지 않는, 요즘 보기 드물게 자유롭고 당당한 고딩이다. 게다가 연예인 뺨칠 만큼 스타일도 멋지다. 소이 정도는 비교도 안 될걸? 한 달에 한 번 자리를 바꾸는데 지난주만큼 운이 좋았던 때도 없었다. 이렇게 마음에 드는 짝꿍을 만난 적은 없으니까. 솔직히 첫 번째 짝꿍이었던 연두도 주은이만큼 끌리지는 않았다.

"환영 파티는 내일이 어때? 보충도 야자도 없는데 토요일까지 갈 거 없잖아."

나는 내친 김에 바짝 밀어붙였다. 기다리는 거라면 딱 질색이다. 연두와 토란은 "그러지 뭐." 하고는 자기 자리로 돌아갔다. 이렇게 일사천리로 해결되다니. 느낌이 좋다.

화장실 청소 담당인 주은은 손으로 교복 스커트 윗부분을 들어

올리고 교실로 들어왔다. 얼마나 청소를 열심히 했는지 앞자락이 폭 젖었다. 스커트 아래로 드러난 맨 다리가 눈이 부실 정도로 예쁘다. 소이도 주은의 매끄럽게 뻗은 다리를 흘끔거리더니 애써 못 본 척했다. 오늘도 머리 빈 추종자들을 모아 놓고 공주처럼 굴고 있던 참이다.

"내가 큐트퀸으로 뽑히면 너희를 모두 파티에 초대할게."

쟤네들 질리지도 않나. 또 '큐트퀸 선발 대회' 얘기다. 영 에이지들을 위한 복합 몰 '스페이스영'에서 최고의 귀여운 소녀를 뽑는 행사를 벌이는데, 우리 학교에서는 소이가 첫 번째로 참가 신청을 했다. 아직 예선도 치르지 않았건만 결과는 이미 정해졌다는 듯 김칫국부터 마시고 있다. 큐트퀸으로 뽑히면 가장 좋아하는 아이돌 스타와 스물네 시간 동안 일급 호텔에서 초호화 데이트를 즐기며, 밤에는 친구들을 불러다 파티를 연다고 한다.

"나도 초대해 줄 거야? 헤헤."

"고마워—." 하는 여자애들 속에서 마른 몸을 꼬며 어리광을 부리고 있는 사나이는 진진. 저러고 싶을까.

"봐서."

소이는 마음에 안 드는 하인을 대하듯 싸늘하게 한마디 하고는 눈길을 거두었다. 더 보고 있을 수 없어 고개를 돌렸더니 옆에 앉은 주은이 재미있다는 듯 풋, 웃었다. 아 참, 회의 결과를 말해 줘야지.

"내일 옥탑방에서 환영 파티 열기로 했어. 시간 비워 놔."

"와, 빠르다."

주은의 쌍꺼풀 없이 길고 시원한 눈이 생기 있게 반짝였다. 알고 보니 창밖으로 날아가는 종이비행기를 보고 하는 말이었다. 낮은 하늘을 가르고 사선으로 솟구쳐 올랐다가 갑작스럽게 꺾여 내려가는 종이비행기는 새처럼 날렵했다. 정말 빠르네.

아람은 어김없이 창가에서 종이비행기를 날리고 있었다. 날마다 보는 일이라 별로 신경 쓰지 않았는데 비행기를 날리는 기술이 놀라울 정도로 발전했다. 종이비행기 재료는 언제나 연습장. 생각해 보니 열심히 공부하고 그 흔적을 허공으로 날려 버리는 것도 스트레스 해소법으로는 괜찮은 것 같다. 그동안 날린 종이비행기만도 수백 개는 될 텐데, 신기하게도 화단이나 운동장에 떨어져 있는 걸 한 번도 본 적이 없다.

"야, 박아람! 종이비행기는 왜 그렇게 날리냐?"

괜히 말을 한번 시켜 봤더니 아람은 뒤돌아 대답했다.

"지겨워서."

저런 면이 있었나. 온순하고 부드러운 아이인 줄만 알았더니 눈빛이 꽤 날카로워 보였다. 아, 청소 시간에 담임이 불러 교무실에 갔다 왔지. 야단이라도 맞은 건가? 입을 꼭 다물고 있어 통통한 뺨에 보조개가 폭 패었다. 교무실로 오라는 건 심부름을 시키거나 훈계할 일이 있다는 얘긴데, 무슨 일이 있었나? 아람은 학급임원이 아니라 심부름을 시킬 일도 없고, 비교적 얌전한 편에 성적도 중상위권을 유지해 죄인처럼 불려 다닐 일도 없는 아이였다. 하지만 또 모르지. 사람 속을 어찌 알아. 수업 종이 울리자 아람은 연습장을 들고 자기 자리로 돌아갔다.

보충 수업 시간에는 정규 수업 시간보다 졸거나 자는 애들이 더 많다. 피곤한 몸을 이끌고 등교해 일고여덟 시간씩 수업을 받으니 지칠 만도 하지. 물리도록 입어야 하는 교복과 몸에 맞지 않는 일인용 책상, 하루의 절반을 시간표에 맞춰 타이트하게 따라가야 하는 수업과 그것도 모자라 강제로 들어야 하는 보충 수업, 야간 자율 학습, 그리고 시험……. 아람의 말이 맞았다. 학교는 정말 지겨워.

야간 자율 학습이 끝나고 운동장을 가로지르면 눈앞이 핑핑 돌았다. 기운이 펄펄 넘치는 십 대라지만, 체력이 달리는 것이다. '먹는 게 남는 것.'이란 말을 맹신하고 있는 나도 그런데 잘 먹지 않는 여자애들이야 말할 것도 없었다. 요즘 다이어트에 돌입한 토란은 아예 내 팔에 매달려 걷는 흉내만 냈다. '야자' 시간에 몰래 제빵 레시피나 보면서 '열공'이라도 한 것처럼 축 늘어져서는 알아서 끌고 가, 하는 식이었다.

여자애들 떠드는 소리가 선선한 밤공기 속에 흩어졌다.

"차라리 학원을 다닐까? 야자 짱나게 힘들어."

"야자는 무슨. 이건 야강이야, 야간 강제 학습."

"내 말이. 하지만 난 집에 가 봐야 나을 것도 없어. 하숙집 아줌마가 1시까지 책상에서 일어서지도 못하게 하니까. 얼마나 열 받는데.”

하숙집 아줌마란 자기 엄마를 두고 한 말이었다. 말버릇하고는. 하지만 그 엄마 좀 심하긴 했다. 잘 나가는 드라마를 녹화했다가 보여 주는 엄마도 있는데. 너무 철없고 참견이 심해서 그렇지 우리 엄마는 공부 공부 하며 들볶는 타입은 아니다.

우리 반에서 가장 자유로운 열일곱 살을 보내는 아이는 주은이다. 주은인 보충 수업만 끝나면 화려한 변신을 하고 연기 학원으로 간다. 남들이 몇 시간씩 의자에 눌러앉아 엉덩이와 허리에 군살을 찌우고 있을 때 연기와 춤과 노래로 에너지를 발산하는 것이다.

주은인 뮤지컬 배우가 되는 게 꿈이라고 했다. 중2 때 「캣츠」라는 뮤지컬을 보고 홀딱 반했다는데, 그때 나는 「내 남자 친구는 왕자님」이나 「신부 수업」 같은 로맨틱 코미디 영화를 선호하고 있었다. 오늘 주은은 학교 앞 은행 건물 화장실에서 어떤 옷을 갈아입고 갔을까.

교문을 나서는데 10미터 앞에서 한 남자가 손을 번쩍 들어 올렸다.

“음!”

나의 과외 선생이자 남자 친구인 수달피였다. 긴 다리에 물 빠진 데님 바지, 검정 캔버스 운동화와 체크 남방, 작은 눈을 지적으로 커버해 주는 직사각형의 얇은 뿔테 안경과 그에 어울리는 블랙 비니. 그런대로 봐줄 만한 허우대에다 평소보다 좀 더 신경 쓴 차림새가 기대 이상이었다. 교문 밖으로 몰려나오던 여자애들의 시선이 일제히 수달피에게 꽂히는 걸 나는 금세 눈치챘다. 바라던 대로야.

"오빠가 있었어?"

뒤에 오던 창이 휴대폰을 건네며 물었다.

"네 책상에 있더라."

하필 창이 발견할 게 뭐람. 잘나 보이는 남자애들한테는 덤벙대는 꼴을 보이고 싶지 않은데.

"과외 선생님이야."

나는 휴대폰을 받아들고 작게 얘기했다. 킹카에겐 솔로로 보이고 싶어 하는 가식이 나에게도 있었다니. 하지만 따지고 보면 거짓말을 한 것도 아니었다. 수달피와는 계약 연애를 하고 있을 뿐이니까. 이건 옥탑방 멤버들에게도 비밀이다.

창은 내일 보자며 버스 정류장을 향해 뛰어갔다.

"잘생기고 공부도 잘하는 데다 친절하기까지 해."

토란이 창의 쭉 빠진 뒷모습을 눈길로 따라가며 말했다.

"뭐 휴대폰 하나 가져다준 걸 가지고."

나는 토란의 말을 인정하지 않았다. 다 갖춘 애들이 별일 아닌데도 후하게 점수를 받는 건 아무리 생각해도 불공평하다.

수달피는 "힘들지?" 하며 내 등에 업힌 가방을 내려 자기 어깨에 둘러멨다.

"부러워라."

“게다가 대학생.”

“나도 연애하고 싶당.”

이어지는 탄식들 속에 작은 신음까지 들렸다. 이때 전혀 준비되지 않은 대사가 내 입에서 튀어나왔다.

“기다리고 있을 줄 몰랐어.”

맙소사, 수달피에게 데리러 와 달라고 문자로 몇 번이나 신신당부해 놓고 몰랐다니. 내가 생각해도 어이없는 말이었다. 아, 그래. 인간은 한번 우쭐해지기 시작하면 이렇게 가증스러워지는 거다. 소이에게 수달피를 보여 주지 못했다는 게 아쉬웠지만 이쯤에서 연극을 끝내야 할 것 같았다. 평생 연애를 못한다 해도 가식적인 인간은 되고 싶지 않았다. 내일이면 교실에 소문이 쫙 퍼질 테니 소이도 귀가 있으면 듣게 되겠지.

토란은 내 머리카락을 살짝 잡아당기더니 작별 인사를 했다.

“융, 데이또 잘 해.”

그런 다음 수달피에게 까딱 인사를 하고는 생글거리며 달려갔다. 토란이 탈 버스가 정류장 가까이 다가오고 있었다.

“잘 가라.”

토란은 수달피의 인사를 듣지 못한 채 앞만 보고 달렸다. 곰 인형 핀을 꽂은 만두 머리와 몽글몽글한 엉덩이가 멀리서 보아도 사랑스러웠다. 수달피도 “귀여운 여동생 같아.” 하고는 후후, 웃었다.

“수달피라는 별명이 저 동그란 머리에서 나왔다는 거 아냐.”

"호오, 그래?"

'수달피'는 '피달수'란 이름을 거꾸로 해서 만든 별명인데 이 것 역시 토란이 지어 주었다. 케이크나 쿠키를 만들다 보면 순간 순간 재미있는 생각들이 떠오른다고 했다. 잡념 때문에 번번이 케이크를 망치는 걸까. 여하튼 수달피는 자기 별명이 꽤 만족스 럽다고 했다.

"걸어서 집까지 바래다줄 수 있어?"

버스로 세 정류장이니까 먼 거리는 아니었다. 여기까지 와 줬 는데 그냥 보내면 섭섭하지.

"물론. 임무 수행은 하고 가야지."

수달피는 내 말을 거역하는 법이 없었다. 어려서 '싫다'라는 말 을 배우지 못한 거 아닌가 싶을 만큼 뭐든 '좋다'였다. 여자의 말 은 무조건 존중하는 게 자신의 연애 철학이라고 큰소리를 치기도 하지만, 계약 연애라는 걸 알고 있는 한 너스레임이 분명했다. 어 쨌거나 수달피가 긍정적 인간형이라는 건 다행스럽다. 계약 연애 를 하면서 티격태격 싸우거나 스트레스를 받고 싶지는 않으니까.

"삼총사 또 한 명은 학교에서 같이 안 나왔어?"

수달피는 심하게 팔자걸음을 걸으며 나에게 물었다.

"아, 연두? 걔 학원 다녀. 남친이랑."

"그래? 열공 커플인가 보네."

"글쎄. 열공 커플이라기보단 열공을 빙자한 열애 커플이라고 하는 게 맞을걸? 하지만 연두는 굳이 열공할 필요도 없어. 천재거든. 내가 열 시간 공부할 거 걘 한 시간이면 다 해.”

연두가 천재라는 말은 사실이었다. 아이큐가 무려 150. 전교 2등으로 입학했고, 시험 때만 당일치기로 공부해서 1학기 중간고사와 기말고사 두 번 다 반에서 3등을 했다. 아무리 천재라지만 때를 가리지 않고 공부만 하는 종족을 이길 수는 없었다.

“머리만 믿고 그러는 거 위험한데.”

수달피는 내 가방을 한 번 추슬러 올렸다. 그러고는 한쪽 팔을 옆으로 쭉 펴며 말했다.

“카이트는 잘 날아?”

“아직 불안해. 나 아무래도 힘만 좋았지 운동신경은 둔한가 봐.”

“무엇이든 날게 한다는 건 쉬운 일이 아니야.”

“날려 보지도 않고 잘도 아네.”

하지만 수달피의 말은 정확했다. 카이트를 뜨게 하는 건 문제없지만 원하는 대로 날게 하려면 피나는 연습이 필요한 것이다.

수달피에게 사냥개의 악취미에 대해 이야기하다 보니 어느새 두 정류장을 걸었다. 수달피는 사냥개가 자신의 옛날 수학 선생의 캐릭터와 비슷하다며 관심을 보였다.

“수달피가 고딩이었을 때도 그런 선생이 있었어?”

“세상에서 가장 변화를 두려워하는 곳이 바로 학교야.”

수달피는 온갖 고문 도구를 이용해 제자들을 괴롭혔던 ‘마왕’이란 별명의 수학 선생 얘기에 열을 올렸다. 수달피, 이럴 땐 꼭 친구 같은 느낌이야.

수달피는 엄마가 동네 아줌마에게 소개받아 떠받들 듯 모셔 온 S대 법대생이다. 1학년이라 나와는 겨우 세 살 차이. 계약 연애를 하자고 한 것은 나였다. 과외 첫날, '젖비린내 나는 애송이 과외 선생이 학을 떼며 도망가게 만들자.' 하고 작정했다가 난데없이 계약 연애를 제안했던 걸 생각하면 지금도 웃음이 나온다.

그날은 카이트가 몇 번이나 추락해 기분이 바닥을 친 날이기도 했다. 게다가 분명히 과외 같은 건 취미 없다고 했는데도 사전 통보 없이 엄마가 과외 선생을 부른 걸 알고는 머리꼭지가 한 바퀴 삥 도는 것 같았다. 최소한의 예의도 없는 교육열이라니. 한술 더 떠 엄마는 예전엔 하지 않던 한심한 멘트까지 날렸다. "딴 생각 말고 열공해. 과외 선생님처럼 능력 있는 남자 만나려면." 거의 꽃단장을 한 엄마 모습이 사윗감이라도 맞을 태세였다. 자식에게 비교적 공부에 대한 스트레스를 주지 않는 우리 집에 언제 학벌 지상주의가 뿌리를 내렸는지, 어이가 없었다. 수달피와의 첫 대면에서부터 나는 시건방을 떨었다.

"우리 엄마가 S대 법대생한테 시집가려면 열공해야 한다는데요? 난 열공할 생각은 샤프심으로 찍은 마침표만큼도 없는데, 어때요? 예쁘지도 않고 버릇도 없는 내신 4.5등급짜리 여자애는."

여기까지 말하고 나는 숨을 가다듬었다. 처음 보는 남자에게 이렇게 당돌하기 위해서는 꽤나 용기를 내야 했기에 가슴이 쿵쿵 뛰었던 것이다. 수달피는 뽀얀 얼굴이 빨개져서는 신기한 물건이라도 발견한 듯 나를 바라보았다.

“사양할 정도는 아닌데? 난 참고서를 잘 외우는 좋은 머리나 인형 같은 외모보단 귀염성을 더 쳐 주는 편이거든.”

아마도 수달피가 당황할 때 더 순진해 보이고 장난스러워진다는 게 상황을 역전시켰을 것이다. 그를 겁주어 옥탑방에 다시는 발을 들이지 못하게 하려던 계획이 순간 엉뚱하게 방향을 바꿨으니까.

“그럼, 나랑 연애 한번 해 보지 않을래요? 진짜 연애가 아니라 계약 연애.”

머릿속에서 채 정리도 되지 않은 말이 튀어나왔지만 나는 뜻하지 않은 나의 임기응변에 만족했다. 계약 연애라니, 지금 나에게 이만큼 흥미로운 일이 또 있을까. 말이 통하지 않는 사람들로 우글거리는 집과 행복한 인생을 보장해 주는 건 공부밖에 없다고 가르치는 학교만을 오가며 하이틴 시절을 보내는 게 끔찍해 뭔가 재미난 일이 없을까, 그런 궁리만 하던 나에게 말이다. ‘싫다.’라는 말을 모르는 수달피는 한참을 웃더니 별 고민 없이 내 제안을 받아들였다.

“좋아.”

영어, 수학 성적을 올려 과외 선생의 진가를 입증하겠다는 조건으로 한 달에 한두 번의 데이트를 허락받는 데는 단 십 분도 걸리지 않았다.

그냥 연애가 아니고 왜 하필 계약 연애였냐고? 사랑 따위엔 관심도 없으니까. 이건 순전히 엄마와 아빠의 러브 스토리가 나에게 미친 영향 때문일 거다. 집안 반대를 무릅쓰고 칠 년 동안의 열애 끝에 결혼했다는 아빠와 엄마는 '그건 먼 옛날이야기'라는 듯 꽤 오랫동안 저조한 애정 지수를 유지하며 살고 있다. 내가 볼 땐 공허함조차 느끼지 못한 채. 사람 일은 어찌될지 모른다지만, 난 적어도 엄마처럼 어린 나이에 연애를 하지는 않을 거다. 똥오줌을 가려야 나에게 맞는 옷을 찾아 입든지 말든지 할 수 있을 거라는 얘기다. 지금까지 수달피에게 연애 감정을 느껴 본 적은 없지만 나는 친구들의 부러움을 사는 선에서 적당히 만족하고 있다. 그 정도만으로도 숨 막히는 고딩 시절에 적당히 활력을 느끼고 있으니까.

구민회관 앞 버스 정류장에서 수달피와 헤어졌다. 집까지는 걸어서 오 분 거리. 방금 전화를 했으니 동생 치운이 마중을 나올 것이다. 엄마는 자기 딸을 한밤 성추행 사건의 피해자가 되게 할 수는 없다며 이제 열다섯 살인 치운을 보디가드로 임명했다. 치운은 귀찮다고 거만을 떨다가 용돈을 만 원 더 올려 받는 조건으로 그 일을 승낙했다. 귀찮은 건 바로 난데, 기죽이지 않으려고 잠자코 있었던 걸 녀석은 알기나 할까. 탁탁탁탁……. 골목에서 치운이 질주해 오는 소리가 들렸다.

교복을 벗자마자 그대로 침대에 쓰러져 자고 싶었지만 청소를 시작했다. 내일은 주은이 옥탑방의 새 멤버로 들어오는 날. 매력 만점의 멋쟁이를 맞이하는데 먼지가 풀풀 쌓인 방에서 환영 파티를 할 수는 없었다. 모임이 업그레이드될 것 같은 기분에 코피가 터져도 좋아, 하고는 아래층에서 진공청소기까지 가져다 돌렸다. 연두가 남자 친구와 학원을 다니기 시작한 이후로는 옥탑방 모임이 좀 시들해진 게 사실이다.

2학기 초 연두는 학원 종합반에 다니기로 했다며 담임에게 야자를 그만두겠다고 했다. 절반은 거짓말이었다. 사실은 남자 친구와 수학, 영어 단과반에 함께 다니면서 학원에 가지 않는 날엔 도서관에서 만나고 있는 것이다. 거기서 얼마나 공부를 열심히 하는지는 확인할 길이 없다.

"내신보다 모의고사 성적이 좋은 편이니 지금부터 수능에 신경 쓰는 것도 좋겠지."

담임은 이렇게 말하고 선뜻 허락했다. 체력이 축날지 모르니 잘 챙겨 먹고 다니라든가 하는 소리는 한 마디도 하지 않았다. 아빠와 나이가 비슷한 담임은 아이들을 그렇게 닦달하는 편은 아니다. 하지만 꽤나 고지식하며 '그 무엇보다 성적이 중요하다.'고 민는 흔하디흔한 선생님이다. 일 년 동안 그저 문제만 일으키지 말고 조용히 공부에 힘써 달라는 게 우리를 처음 만났을 때의 인사였다.

토란은 축하 케이크를 만들기 위해 지금쯤 열심히 거품기를 휘젓고 있겠지? 이왕이면 치즈무스 케이크로 하라고 할 걸 그랬나. 모양도 망가졌고 데코레이션도 전무했지만 그동안 맛보았던 케이크 중 치즈무스 케이크가 단연 최고였는데. 하지만 뭘 만들어

오든 슈퍼마켓에서 산 과자 부스러기보다야 훨씬 훌륭할 것이다.

흠뻑 땀이 나도록 청소에 열중한 결과 아무렇게나 어질러졌던 방이 어지간히 정리되었다. 책상과 침대 위도 말끔히 치웠고 책꽂이에 마구잡이로 꽂혀 있던 책들도 크기를 맞춰 가지런히 줄을 세웠다. 여기저기 널브러져 있던 옷들도 얌전히 행거에 걸었다. 청소기를 돌리고 물걸레로 싹싹 닦은 방은 오랜만에 나무 무늬 바닥을 훤하게 드러냈다. 미루고 미루다 청소를 하면 몇 배나 더 기분이 좋아진다.

방문에 붙여 놓은 커다란 달력 크기의 갈매기 조나단 사진은 왼쪽 아래가 떨어져 있어 투명 테이프로 단단히 고정했다. 1학기 때 필독 도서인 『갈매기의 꿈』을 인터넷 서점에서 구입했는데 사진도 책갈피에 끼어 따라 왔다. 하늘을 향해 힘차게 날갯짓을 하고 있는 갈매기 조나단 옆으로 색 볼펜 글자들이 알록달록했다.

자유를 방해하는 것은 무엇이든 용서하지 않을 테야!
조나단! 나를 지켜봐 줘요~.
가장 높이 나는 새가 가장 멀리 본다.

토란과 연두와 내가 각자 생각나는 대로 적어 넣은 글들이었다. 그때 우리는 고등학생이 된 중압감 속에서도 가슴이 천천히 부풀어 오르는 것을 느꼈다.

"해가 서쪽에서 뜨겠네, 청소를 다 하고."

아이고, 깜짝이야. 방문을 열어젖힌 것은 엄마였다. 할머니 외에 다른 사람들은 옥탑방에 얼씬도 하지 말라고 했건만 엄마는 이렇게 불시에 들이닥치곤 한다.

"내일 친구들이 온다고? 놀이터가 따로 없어. 도 닦듯 공부 좀 해야겠다고 큰소리 쳐서 옥탑방을 내줬더니, 처음부터 꿍꿍이가 있지 싶었다니까."

자식에게도 바가지를 긁을 수 있다면 바로 이런 게 아닐까. 옥탑방에서 내 열일곱이 시작되었고, 이곳에서 그 무엇과도 바꿀 수 없는 시간들을 친구들과 함께했다는 걸 엄마는 알 리 없었다.

"모의고사 공부 할 거야. 주은이라고, 눈이 뽕 튀어나올 만큼 예쁜 애도 한 명 더 올 거고."

주은에게는 예쁘다기보다 매력적이라는 말이 더 어울렸지만, 나는 그렇게 말했다. 엄마는 '예쁘다'고 말할 수 있는 모든 것에 약하다.

"그래? 연두보다 예뻐?"

엄마는 얼굴이 A4 용지처럼 새하얗고 동그란 눈을 가진 연두가 예쁘다고 생각하고 있다. 상투적인 쌍꺼풀이 아쉽긴 하지만 셋 중에 연두가 가장 예쁜 건 사실이다.

"글쎄, 차원이 좀 달라."

"예쁜데 차원은 무슨 차원. 애, 간식은 뭘 준비할까."

이럴 줄 알았지. 예쁜 애가 온다니까 벌써 말투부터 달라졌다.

"커피나 타 줘. 이것저것 먹으면 졸려서 공부 안 돼."

"오케이."

방에는 들어오지 않고 살림 없는 부엌과 휑한 옥상을 기웃거리다가 엄마는 말도 없이 내려갔다. 아빠가 아직 들어오지 않은 게 분명하다. 같이 있어 봐야 다정한 말 한마디 주고받지 않으면서 언제나 아빠를 기다린다. 혹시 엄마는 습관으로 하루를 살아가는 것 아닐까. 그렇다면 정말 무시무시한 일이 아닐 수 없다.

2
옥탑방 베프들

토란은 짝사랑이라고 풀이 죽어 말했다. 아……, 하는 안타까움이 동시에 터져 나왔다. 창 때문에 가슴앓이를 하는 애들이 한둘이 아니라던데 토란까지 합세를 하다니. 쉽진 않을 것 같았다. 창은 무엇 하나 빠질 게 없는 '완소남'이지만 여자에겐 도무지 관심이 없는 애니까.

　토란과 학교 옥상 출입구의 층계참으로 왔다. 급식은 십 분 만에 해치웠다. 수요일엔 볶음밥이 나오는 날이어서 반찬으로 김치만 받아다 재빨리 먹는다. 야자가 없는 데다 시간을 최대한 절약해 쓸 수 있어 수요일은 삶의 질이 높아지는 날이기도 하다. 4교시 수업을 몇 분 앞당겨 끝내 주는 음악 선생님에겐 감사한 마음이 절로 우러난다. 식당이 워낙 비좁아 육상 선수처럼 뛰지 않으면 하염없이 줄을 서서 기다리는 수가 있기 때문이다.

　옥상 출입구 층계참은 내가 카이트를 보관하는 곳으로, 얼마 전부터 이곳이 옥탑방 멤버들의 교내 아지트가 되었다. 출입문이 튼튼한 자물쇠로 잠겨 있어 밖으로 나갈 수는 없다. 출입 금지 조치가 내려진 것은 삼 년 전, 같은 학군의 한 중학교 여학생이 아파트에서 투신자살한 이후부터였다고 한다. 당시 신문에는 '여중생 성적 비관 자살' 이란 제목으로 보도되었는데 실은 왕따를 당해서였다는 설도 있다.

카이트 케이스는 층계참 한쪽 귀퉁이에 얌전히 세워져 있었다. 카이트는 펼쳤을 때의 폭이 3미터나 되지만 프레임을 분리해 잘 접으면 1미터 길이의 케이스에 딱 맞게 들어간다. 연습 초기엔 이젤 가방을 들고 야외 스케치를 나가는 미술학도처럼 멋으로 가지고 다녔는데, 관심을 보이는 애들이 별로 없어 일주일쯤 하다 그만두었다.

"카이트 한번 펴 봐."

토란이 케로로 소지품 가방에서 머리빗을 꺼내며 말했다. 요즘 시간만 나면 머리를 만지고 안 바르던 립글로스까지 바르는 등 외모에 부쩍 신경을 쓰고 있다.

"날릴 것도 아닌데 뭐하러."

"그냥. 화려한 새 한 마리가 옆에서 날개를 펼치고 있음 좋잖아. 여긴 너무 칙칙하고 삭막해."

"그렇게 감성적인 줄 몰랐네."

나는 케이스를 끌어다 카이트를 꺼냈다. 삼 분이면 조립이 끝나는데 못 해줄 것도 없지. 공간이 그리 넓지 않아 토란은 계단을 몇 칸 내려가 쪼그리고 앉았다.

"볶음밥 달랑 반 주걱만 먹고 식당을 나올 땐 정말 울고 싶었어. 내가 제일 좋아하는 메뉴잖아."

내 식판에 수북하게 쌓인 볶음밥을 몇 번이나 훔쳐보았던 토란은 결국 징징거렸다.

"보기 싫지도 않은 살 빼겠다고 먹는 즐거움을 포기하다니. 얼마 안 가 어리석었다는 걸 깨닫게 될 거야."

"두고 봐. 45킬로그램이 될 때까지 꿋꿋이 견딜 거야. 근데 참, 카이트 페스티벌이 언제라고 했지?"

부드러운 곱슬머리를 빗어 내리며 토란이 물었다.

"한 달 남았어."

"응원 갈게."

"망신이나 당하지 않으면 좋겠어."

"참가자들 중에서 네가 제일 어릴 테니 다들 너그럽게 봐줄 거야."

"실력 없는 신인 탤런트처럼 '실수가 있더라도 예쁘게 봐주세요.' 하긴 싫어."

나는 조립한 카이트를 층계참에 뉘었다.

"우아, 크다. 하늘을 날 땐 이렇게 커 보이지 않았는데. 바람만 세게 불어 준다면 이걸 타고 날아갈 수도 있을 것 같아."

"상상력이 초딩 수준이야."

킥킥거리고 웃는데 연두가 바나나 한 개를 들고 나타났다. 바나나는 볶음밥에 곁들여 나온 디저트 과일이다.

"멋지다."

연두는 토란 옆에 앉아 카이트를 가리키며 말했다.

"호탁인가 수탉인가, 남친이랑은 잘돼 가니? 요즘 너 얼굴 보기도 힘들다."

내가 눈을 흘기고 말하자 연두는 피식 웃었다.

"그냥 너네들 만나는 것처럼 만나는 거지, 뭐."

"믿으라고 하는 소리야?"

연두는 얌전해서 그렇지 원래 뭘 숨기거나 하는 타입은 아니었는데, 남자 친구 몇 달 사귀더니 내숭 호르몬이라도 분비되는 것 같았다.

"언제 연두 앉혀 놓고 청문회 열자. 어디까지 진도 나갔는지."

토란이 장난스럽게 말하자 연두는 또 피식 웃기만 했다. 남자가 생기면 다 저렇게 되는 건가. 지난 일요일, 거리에서 보았던 장면을 떠올리니 나도 픽 웃음이 나왔다.

세탁기를 바꿀 때가 되었다는 엄마를 따라 전자 제품 대리점들을 순례하고 다니던 길이었다. 세탁기 디자인에 대한 내 의견을 무시하는 엄마에게 더 이상 말을 하지 않겠다며 고개를 홱 돌린 순간, 길 건너 두 사람의 모습이 또렷이 눈에 들어왔던 것이다. 연두와 호탁. 6차선 도로라 멀기도 했지만 둘이 얼마나 다정해 보이는지 소리쳐 부를 수가 없었다. 연두는 호탁의 허리를 팔로 감고, 호탁은 연두의 어깨에 손을 올리고. 그 모습이 너무나 자연스러워 낯설 지경이었다. 그때까지 난 정말 연두가 우리를 만나는 것처럼 호탁을 만나는 줄 알았는데……. 멍하니 그 둘을 바라보다 엄마의 재촉에 또 다른 대리점으로 끌려 들어가며 생각했다. 쟤네들, 언제까지 갈까.

"참, 참, 참, 아까 유리가 한 얘기 정말일까?"

토란이 중요한 걸 빠뜨릴 뻔했다는 듯 손뼉까지 딱 치며 말했다. 3교시 후, 2반의 소식통 유리가 수집해 온 톱뉴스가 생각난 것이다. 믿을 수 없게도 그것은 우리 학교에 레즈비언이 있다는 괴소문이었다. "대학생 남자 친구를 사귄다며?" 하고 나에게 몰려 왔던 애들이 전부 다 "뭐라고?" 하며 돌아섰을 만큼 그 소문은 강력했다. 우리 학교에 레즈비언이 있다니. 쉬는 시간이 얼마 안 남았지만 유리는 비교적 자세히 이야기를 전했다.

"K대 근처에 여성 이반 바가 있는데, 지지난 주말에 거기서 퀴어 파티가 열렸대."

이럴 때 꼭 질문을 던지는 애들이 있는데 예상했던 대로 진진이었다.

"이반? 1반, 2반 할 때 그 이반이야? 퀴어는 또 뭐고. 먹을 거야?"

유리가 진진의 머리를 콩 쥐어박고는 간단히 설명했다.

"아유, 진짜. 이반은 동성애자를 가리키는 말인데, 한국에서는 동성애자가 일반적이지 않다는 뜻에서 이반이라 부르는 거야. 동성애를 좀 유식하게 퀴어라고 하는 거고."

평소였다면 진진은 훨씬 더 구박을 받았겠지만 워낙 중요한 얘기라 그 정도로 넘어갔다.

"근데 C여고 학생부장이 자기네 학교 애들이 퀴어 파티에 간다는 정보를 입수한 거야. 걔들이 십 대 레즈비언 카페에 가입돼 있는 애들이란 것까지. 그 사람 첩보 능력이 거의 FBI래. 곳곳에 훈련된 요원들을 심어 놨겠지."

멋대로 각색하는 유리의 주특기가 시작되고 있었다. 하지만 수업 종이 울렸기 때문에 유리는 어쩔 수 없이 짧게 요약해야 했다.

"어쨌든 퀴어 파티 날, 그 학교 2학년 두 명이 이반 바로 들어가다 FBI에게 딱 걸렸다는 거 아냐. 문제는 그다음이었어. FBI가 협박에 들어간 거야. 레즈비언 커뮤니티에 가입해 있는 다른 아이들 이름을 대라, 그러지 않으면 아웃팅 시키겠다, 강제 전학은 물론이다, 기타 등등. 그 언냐들 사흘 만에 두 명의 이름을 불었는데, 망신스럽게도 그게 바로 우리 학교 애들이었대."

마지막 말과 함께 유리는 기절하듯 승범의 가슴에 머리를 쿵 박았다. 거구인 승범은 야구 글러브 같은 손으로 유리의 작은 머리를 쓰다듬었다. 우리 반의 유일한 커플은 이렇게 시도 때도 없이 애정을 과시한다.

왜 남의 학교 애들을 걸고 넘어지냐는 비난이 C여고를 향해 쏟아지고 난 뒤, 한 가지 질문이 유리에게 집중되었다.

"근데 우리 학교 레즈비언은 누구야?"

평범한 머리를 가진 자들의 반응 양식은 이렇게 즉각적이다. 물론 나까지 포함해서.

"그건 나도 몰라."

유리가 대답하자 모두들 "뭐야—." 하며 소리를 질렀다. 핫뉴스를 접한 충격에다 호기심과 궁금증이 더하여 교실은 소란스러워졌고, 국어 시간 내내 아이들 머리 위엔 물음표가 떠다녔다.

"C여고 학생부장이 사냥개에게 명단을 넘긴 게 틀림없어. 사냥개가 타락한 영혼이 어떻다느니 하면서 에이즈, 동성애, 뭐 그런 얘기 했잖아."

토란의 추리는 그럴듯했다. 특별한 사건이 있을 때마다 사냥개가 9시 뉴스 논설위원처럼 한 말씀 하는 건 흔히 있는 일이니까.

만두 머리를 공들여 완성한 토란은 "이해할 수 없어." 하며 고개를 홱홱 저었다.

"어떻게 여자가 같은 여자를 사랑할 수 있지?"

"중학교 때 여자애들끼리 키스하는 거 본 적 있어."

바나나를 우물거리며 연두가 대수롭지 않다는 듯 말했다.

"저엉말?"

토란과 내가 기절초풍을 하자 연두는 고개를 끄덕였다.

"학교 구석진 데서. 껴안고 입맞춤하는 거 아마 세 번은 봤을 거야."

토란이 우웩 하고 구역질을 했다. 나도 볶음밥이 거꾸로 올라오는 것 같아 가슴을 탁탁 쳤다.

"설마 내 베프들 중에 레즈비언이 있는 건 아니겠지? 내 친구가 그런 애라면 난 죽어 버릴 거야."

나는 호들갑을 떠는 토란의 등짝을 손바닥으로 찰싹 때렸다.

"네 베스트 프렌드 중의 하나로서 말하는데, 소문을 그렇게 심각하게 받아들이면 정신 건강에 좋지 않아."

토란은 "그런가?" 하고 헤 웃었다. 그러고는 곧 명랑 소녀로 돌아와 간밤의 고구마 케이크 실습기를 들려주었다. 오늘 정식으로 새 멤버가 될 오주은 환영 파티를 위해 잠도 제대로 못 잤다면서.

토란의 상상이 가능한 거라면 지금 당장이라도 카이트를 타고 옥탑방으로 날아가고 싶다. 우린 이제 삼총사가 아니라 사총사가 되는 거다!

수업이 끝나자마자 넷이 택시까지 잡아 타고 초특급으로 집에 왔다. 4층은 그냥 통과하려고 했는데 계단을 다 올라가기도 전에 현관문이 벌컥 열렸다.

"어서 와."

힙합 패션에 머리를 양 갈래로 묶은 엄마가 살랑살랑 손을 흔들었다. 그 뒤에 두 손을 들어 올려 흔들고 있는 치운은 환영 깃발이라도 쥐어 주고 싶을 만큼 인위적인 웃음을 짓고 있었다. 왁스 범벅 머리는 봐 주기도 힘들었다. 손님에 대한 예의가 이렇게 부담스러워서야.

"친구들 놀러 왔나?"

할머니가 그나마 눈에 띄지 않는 옷차림으로 점잖게 말해 내 체면을 세워 주었다.

아이들이 우르르 인사하기가 무섭게 나는 "올라가자!" 하고 재촉했다.

"주은이라고 했지? 똑같은 교복을 입었는데도 옷맵시가 짱이네. 학생복 모델 해도 되겠다."

엄마는 기어코 주은에게 말을 걸었다.

"전 아줌마를 보니까 기가 죽는데요."

주은에게 이렇게 붙임성이 있을 줄이야. 뭐, 그런 말 많이 들었어요, 하는 것보다야 낫겠지만. 엄마는 눈가 잔주름이 물결치도록 활짝 웃었다.

옥탑방 문을 열 때, 잔뜩 꾸민 엄마의 목소리가 아래층에서 들려왔다.

"열심히 공부하세욤!"

아, 오늘따라 증상이 심하다. 사십 대 아줌마가 자기 딸의 친구들에게 어린 척이라니.

"욤, 엄마가 귀여우셔."

주은이 말하자 토란이 "친구 같은 엄마를 두었으니 복도 많아." 하고 맞장구를 쳤다. 엄마랑 사흘만 같이 있어 보면 얼마나 과한 칭찬을 했는지 깨달을 텐데.

환영 파티는 조촐하지만 제법 그럴싸했다. 고급 도자기 찻잔에 내 온 커피와 재료가 덜 섞여 오히려 먹음직스러워 보이는 토란표 고구마 케이크만으로도 분위기는 충분히 났다. 거기다 주은이 가방에서 와인 한 병을 꺼냈을 땐 환호성을 지르지 않을 수 없었다. 역시, 뭐가 달라도 달라. 집에 선물로 들어온 와인이 많아 한 병 슬쩍 해 왔다며 주은은 능숙한 솜씨로 코르크 마개를 땄다. 그러고는 토란이 케이크를 자르는 동안 유리잔에 와인을 따랐다.

"와인은 잔의 3분의 1이 넘지 않게 따라 첫째, 눈으로 테이스팅

하고 둘째, 향으로 테이스팅 한 다음 마시는 거야."

주은이 시범을 보였지만 토란은 이미 꿀꺽 한 모금 넘긴 뒤였다. 포도 주스 같다는 연두의 말에 주은은 병에 넣은 지 얼마 안 된 거라 과일 향이 풍부하다고 일러 주었다. 그사이 토란은 잔에 남은 와인을 다 비우고 고구마 케이크를 콩알만큼 떼어 먹었다. 마음 같아선 한 조각을 몽땅 입에 넣고 싶었을 거다. 주은이 가르쳐 준 대로 연두와 나도 잔을 기울여 와인의 색깔과 향을 음미한 후 한 모금 마셨다. 맛은 잘 모르겠고, 기분만은 그럴듯했다.

"자, 이제 환영식 모드로 들어가 볼까? 뭐 다 아니까 자기소개 같은 건 깔끔하게 생략하고, 먼저 우리 모임이 어떻게 시작됐는지 말해 볼게. 주은이가 그것까진 모르고 있으니까."

나는 미리 생각해 놓았던 대로 주은에게 옥탑방 모임의 탄생 배경에 대해 들려주었다.

"왜 1학기 초 음악 시간에 슈베르트의 가곡을 배운 적 있잖아. 「숭어」 말야. 그때 노래를 열심히 따라 부르지 않는다고 책상 위에서 무릎 꿇고 단체 기합 받은 거 기억나지."

"응, 악테너가 잘못한 게 없다고 생각하는 사람은 교실로 가라고 한 것도. 세 명이 책상에서 내려와 음악실을 나갔는데 너희 셋이었잖아. 악테너 눈치 보며 연두와 토란이 잠깐 갈등하는데 윰이 서둘러 앞세우고 나간 것도 기억나. 악테너가 꼴통들 어쩌고 하는데도 너희들 그냥 나가더라."

주은은 아주 자세히 기억하고 있었다. '악테너'는 성악과 출신의 음악 선생님이 운동장 조회 시간에 애국가를 불러 전교생의 고막을 찢어 놓은 후 붙여진 별명이다.

"별걸 다 기억하네. 암튼 난 악테너가 우리를 합창단으로 만들려는 게 아닌가 의심스러웠어. 노래를 안 하고 딴짓을 했다면 모를까, 다들 따라 부르긴 했잖아. 그런데 딱딱한 책상 위에서 두 팔을 들어 올린 채 무릎을 꿇고 있으라니, 말이 돼? 그것도 수업이 끝날 때까지 말야. 웬만하면 대세에 따르자는 게 내 생활 철학이지만 참기 힘들더라. 그날 벌 받고 애들 며칠 동안 팔뚝에 파스 붙이고 다닌 거 알지?"

그때 얘기를 하자니 다시 열이 올랐다.

"그거 완전 화풀이였잖아. 교사 휴게실에서 낮잠 자다 교감에게 잔소리를 듣고선 왜 아무 죄 없는 우리한테 난리를 치냐고."

깜박 잊을 뻔한 얘기를 토란이 얼른 덧붙였다.

"그리고 뒤끝 한번 지저분해. 잘못한 게 없으면 교실로 가라고 해 놓곤 꼴통들이니 뭐니 하며 스팀 내뿜는 건 또 뭔지. 바로 그날이야, 우리가 옥탑방에서 뭉친 게. 꼴통이 되어도 좋다, 부당한 일에 굴복하진 말자고 말이야."

주은인 '꼴통들'이 아니었다면 옥탑방 모임엔 들어오지도 않았을 거라며 기분 좋게 웃었다.

"그때 아마 우리가 『죽은 시인의 사회』를 읽었던 직후라 반발심이 더 컸을 거야."

연두가 3월의 필독 도서로 『죽은 시인의 사회』를 읽었던 일을 상기시켰다. 당시 국어 수행 평가의 하나로 독후감을 써내기도 했는데, 키팅 선생님과 그 제자들의 이야기에 감동받아 영화 DVD를 빌려다 본 아이들도 꽤 되었다.

"맞아, 처음 옥탑방에 모였던 그날, 우리 비장하게 '자유형 걸음걸이'를 연습하다가 너무 우스워 데굴데굴 굴렀잖아. 권위적이고 억압적인 교육 환경에서 아닌 걸 아니라고 말하는 것도 독특함과 독창성의 한 가지라며, 말이 되는지 안 되는지 따지지도 않고 멋대로 워킹 했던 거 정말 재밌었어."

내가 그날을 떠올리자 토란이 배를 잡고 깔깔 웃었다.

"너희 별거 다 해 봤구나. 우리 그 책 읽고 외우다시피 한 말 있었지? 카르페 디엠. 현재를 즐겨라. 자신의 삶을 잊히지 않는 것으로 만들기 위해."

주은도 끼어들었다.

"아, 그래, 카르페 디엠! 현재를 즐겨라. 나도 그 말 알게 된 다음부터 빵을 더 열심히 굽게 됐잖아. 나를 가장 즐겁게 하는 게 바로 빵 만들기였으니까. 그런데 고구마 케이크 꼴을 보면 알겠지만, 난 요즘 한계를 느껴."

토란은 신이 나서 말하다가 금세 시무룩해졌다.

"주은인 모르겠지만 난 집에서 공부하는 시간보다 밀가루를 만지고 있는 시간이 더 많아. 땀 흘려 만든 케이크, 빵, 쿠키를 시식하면서 내 몸도 모카빵처럼 부풀었고. 하지만 이거다 싶게 성공한 적이 한 번도 없어. 제빵 학원을 다녔다면 벌써 그만두라는 소리를 들었을지도 몰라."

"답이 벌써 나왔잖아. 독학을 하고 있기 때문에 실수가 많은 거야. 혼자서 뚝딱뚝딱 마스터할 수 있다면 사방에 온통 베이커리뿐일걸?"

내 말이 위로 차원이 아니란 건 연두가 고개를 끄덕여 확인시켜 주었다.

"이 케이크, 제과점 거랑 분명 다르지만 딱 내 입맛인데? 개성을 살려 나가면 언젠가 마니아를 거느린 파티셰가 될 수 있을 거야."

케이크를 맛본 주은이 합세하자 토란의 눈과 입이 가로로 힘껏 찢어졌다. 입에 발린 소리나 할 친구들이 아니란 걸 잘 알고 있는 것이다.

"주은이 넌 뮤지컬 배우가 꿈이라며? 잘 어울려."

기분이 좋아진 토란이 빈 잔에다 와인을 따르며 말했다.

"그러니? 고마워."

주은은 두 눈을 가늘게 늘이며 웃었다.

주은이 뮤지컬 배우를 꿈꾸고 있으며 지금 연기 학원에 다니고 있다는 건 우리 반 아이들 모두가 아는 사실이었다. '야자'를 빼먹을 수 있는 이유들 중 그만큼 멋진 이유는 없었으니까. 주은이 엄마는 시내에서 꽤 큰 약국을 두 개나 경영하는데, 외동딸의 바람이라면 무엇이든 들어주는 분이라 주은이 얘기를 꺼내자마자 두말 않고 연기 학원에 등록시켜 주었다고 한다.

"하지만 나 2학기 들어 별로 집중하지 못하고 있어."

주은이 말하면서 양 볼에 바람을 집어넣었다.

"왜? 매일 보충 끝나고 연기 학원 가잖아."

토란이 와인을 한 모금 홀짝이고는 말했다.

"요즘 J.rp에 푹 빠져 있거든."

"J.rp?"

토란과 연두는 의외라는 정도의 반응이었지만 나는 허리를 곧 추세울 만큼 깜짝 놀랐다. 주은이 스타 가수에 푹 빠져 있다니, 처음 듣는 얘기였다.

"실력파라고는 하지만 난 J.rp 별로던데."

"나도. 자기가 직접 곡을 만들고 안무, 퍼포먼스까지 완벽하게 해내는 건 인정하지 않을 수 없지만 '난 특별하다.' 그렇게 의식하고 있는 것 같아 살짝 비호감이더라."

토란과 연두가 한마디씩 했지만 나는 할 말이 없었다. 주은이 아이돌 스타에 열광하는 애였다고? 뜻밖이었다. TV 인기 가요 프로에서 가수들이 등장할 때마다 비명을 질러 대는 아이들과 주은을 어떻게 같은 줄에 세울 수 있단 말인가. 주은이야말로 평범함과는 거리가 먼 특별한 아이라고 생각했는데…….

"너, 그런 얘기 전혀 하지 않았잖아."

내가 억울한 듯 말하자 주은은 속눈썹을 깜박거리며 웃었다.

"융, 우리 친해진 지 며칠 되지도 않았어. 시시콜콜한 얘기까지 주고받을 만큼 길게 얘기해 본 적도 없고. 나도 네가 어느 가수를 좋아하는지 잘 모르는걸?"

내가 말문이 막혀 머뭇거리는 사이 토란이 끼어들었다.

"J.rp가 가요계에 혜성같이 등장한 게 5학년 때였지? 그때 나 J.rp의 이름이 주리평이란 거 알고 뭘 떠올렸는지 알아?"

토란은 웃음을 겨우 참으며 세 글자를 말했다.

"조, 리, 퐁."

그러고는 허리가 꺾일 정도로 웃었다. 어이가 없었지만 우리도 웃지 않을 수 없었다. 주리평도 왠지 코믹한데 조리퐁이라니. 역시 토란이었다.

"근데 조리퐁이 왜 그렇게 좋은 거야? 난 네가 누군가의 팬이라는 거 상상도 못했거든. 뮤지컬 배우가 되기 위한 일 말고는 다른 데 눈도 돌리지 않는 앤 줄 알았어."

나는 실망스러운 마음을 숨기지 않았다. 연두와 토란은 아는지 모르는지 내가 곧바로 조리퐁을 별명처럼 사용한 것에 대해 쿡쿡거리고 웃기만 했다.

"J.rp는 나의 가장 훌륭한 역할 모델이야."

주은은 주저 없이 말했다.

"네 꿈은 가수가 아니라 뮤지컬 배우잖아."

내가 하려던 말을 토란이 재빨리 했다.

"J.rp의 노래와 표현력은 뮤지컬 배우 이상이야. 연기를 하는 건 아니지만 최고의 뮤지컬 배우 못지않게 노래에 내면이 실려 나오거든. 연기를 한 차원 뛰어넘는 거지. 알면 알수록 새로운 게 보여. J.rp는 일종의 사이코야. 서로 다른 모습이 그 안에 존재하면서 양면성을 드러내. 진지하면서 귀엽고, 겸손하면서 고집불통이고, 섬세하면서도 거친 야성을 가지고 있어. 살인 미소니 꽃미남이니 하면서 흔해 빠진 상투어를 들이대는 멍청이들은 다른 은하계로 날려 버려야 해. 뭐 어쨌든 가장 분명한 사실은 다방면에서 J.rp는 실력파라는 거지. 그렇게 역동적인 퍼포먼스를 펼치면서 노래를 잘하는 건 J.rp가 최고일걸? 그리고 절대 립싱크 같은 건 하지 않잖아."

차분히 열변을 토하는 주은을 멍하니 보고 있느라 우리는 잠시 조용해졌다.

"어쩜 그렇게 말도 잘하니? 듣고 보니 정말 그런 것 같다. 인정해 줄게, 오주은. 네가 조리퐁의 진정한 팬이라는 거."

토란이 호들갑스럽게 말하자 주은은 얼굴을 살짝 붉히고 웃었다. 처음보다는 이해가 좀 되었지만 그래도 난 J.rp의 팬이라는 걸 몰랐을 때 주은에게 가졌던 기대감이 한 귀퉁이 꺾이면서 서운했다. 이것도 편견일까? 스타에 열광하는 건 달리 할 일이 없는 애들의 유치한 짓일 뿐이라고, 내가 지금 그렇게 생각하고 있는 거잖아.

"역할 모델에 빠져 자기 할 일에 집중하지 못한다면 그거 모순 아냐? 적당히 좋아했으면 하는 게 이 몸의 바람이시다."

나는 이 정도로 넘어가기로 했다. 그래, 조리퐁의 팬이면 어때, 오주은은 오주은일 뿐인데.

“걱정해 줘 고마워.”

주은의 웃음은 걱정 말라고 하는 듯했다.

“연두 넌 국제 통역관이 되고 싶다고 했지?”

주은은 연두 얘기로 화제를 돌렸다.

“영어 수업 첫 시간에 영어로 자기소개를 했을 때 그랬던 것 같은데.”

주은은 연두가 말했던 걸 기억하고 있었다. 대부분 흔한 취미나 좋아하는 음식 정도로 얼버무렸지만 연두는 상당히 구체적이고 정확하게 문장을 구사해 영어 선생님에게 칭찬까지 받았다.

“와, 기억력 짱이다. 하지만 시험에 패스하기가 하늘의 별 따기래. 번역가는 어떨까 싶기도 하고.”

“호탁이랑은 정말 어디까지 간 거야?”

토란이 얘기를 건너뛰어 궁금해 죽을 것 같다는 듯 물었다.

“뽀뽀는 해봤지?”

연두는 풉, 웃더니 “우린 그냥 친구라니까.” 하고 토란의 코를 잡아당겼다. 그걸 믿으라고?

“옥탑방에선 진실만 얘기하기다.”

나는 연두의 가슴에 손바닥을 대고 경고하듯 말했다. 이 말이 약효를 발휘했는지 연두가 쭈뼛쭈뼛 입을 열었다.

“음…… 뽀뽀는 해 봤어.”

꺄악. 누가 먼저랄 것도 없이 비명을 질러 대며 법석을 떨었다.

“야야, 너희들 왜 이래?”

잘 익은 토마토처럼 얼굴이 새빨개진 연두가 수습하려고 했지만 옥탑방엔 한동안 소동이 일었다. 그런데 연두, 진짜 뽀뽀만 해 본 걸까? 둘이 연인 포즈로 길을 걷고 있던 걸로 미루어 짐작건대 프렌치 키스까지는 갔을지도 모른다. 엄마랑 세탁기를 구경하러 나갔을 때의 목격담을 풀어 버려? 하지만 뜻하지 않은 공격이 들어왔다.

"윰, 넌 어디까지 갔어? 수달피랑."

연두가 빠져나갈 구멍을 찾아내고는 엉덩이를 뒤로 빼며 침대에 기대앉았다. 여우 같은 것.

"가긴 어디까지 가. 수달피는 아직 숙맥이야. 말이 나이 스물이지, 얼마나 순진한데. 언제 내가 기습 키스라도 할 참이니 기다려 봐. 그때 처음부터 끝까지 리얼하게 묘사를 해줄 테니."

웃음소리가 까르르 옥탑방에 흩어졌다. 할 말이 없을 땐 농담으로 때우는 게 제일이다.

"아, 이제 보니 윰만 아무 얘기도 안 했잖아? 오늘 대화의 주제가 '나의 꿈'이 되어 버린 것 같은데 말야."

주은이 문득 생각났다는 듯 말했다. 드디어 올 것이 왔구나. 난 감했다. 난 특별히 잘하는 것도, 꼭 하고 싶은 것도 없으니까.

"무슨 얘기를 하지? 미래니 꿈이니 이런 얘기에 치명적으로 약하잖아, 나. 알다시피 뭘 하고 살아갈지는 아직 모르겠어. 하지만 평범한 주부가 되고 싶지 않다는 것만은 분명해."

말해 놓고 보니 앞뒤가 맞지 않았다. 열정을 쏟아부을 일도 없으면서 단지 평범한 주부가 되고 싶지 않다니. 하지만 평범한 주부가 되고 싶지 않다는 것도, 아직 꿈을 찾지 못했다는 것도 모두 사실이었다.

"뭐 하나 잘하는 게 없다는 거, 아무래도 유전자 탓인 것 같아. 모계 쪽으로도 부계 쪽으로도 특별한 사람들이 없거든."

말이 되지 않는 소리에다 우아하지 못한 변명까지, 갈수록 한심해지고 있었다.

"윰이 잘하는 거 있지. 최강 친화력으로 사람을 편안하게 한다는 것."

주은이 말했지만 그리 수긍할 만하지는 않았다.

"그것도 재주인가?"

"그럼, 타고난 능력이야. 남들은 갖지 못한 걸 가졌으니까."

틀렸다고는 할 수 없지만 글쎄, 인생을 설계하는 데 그게 과연 얼마나 도움이 될까. 내가 원하는 건 구체적인 재능과 욕구다.

"나 있지, 좋아하는 남자가 생겼어."

못 참겠다는 듯 고구마 케이크를 뚝 떼 입에 넣더니 토란이 느닷없이 말했다. 나야 구세주를 만난 것 같지만, 토란에게 좋아하는 남자가 생겼다니!

"뭐? 정말? 누구야, 누구."

"설마 우리 반 애는 아니겠지?"

"연상이야, 연하야?"

토란에게 일제히 질문이 쏟아졌다. 토란은 우물거리던 케이크를 꿀걱 삼키고는 재빨리 말했다.

"선우창!"

"뭐? 선우창?"

누가 먼저랄 것도 없이 소리를 지르고 발을 구르는 등 또 한 번 소란이 일었다.

"너무 거물급이다."

"눈이 그렇게 높은 줄 몰랐어."

"혹시 지금 사귀고 있는 건 아니겠지?"

토란은 짝사랑이라고 풀이 죽어 말했다. 아……, 하는 안타까움이 동시에 터져 나왔다. 창 때문에 가슴앓이를 하는 애들이 한둘이 아니라던데 토란까지 합세를 하다니. 쉽진 않을 것 같았다. 창은 무엇 하나 빠질 게 없는 '완소남'이지만 여자에겐 도무지 관심이 없는 애니까.

토란의 폭탄 발언 후 환영 파티는 어수선해졌다. 벌써 석 잔째 와인을 따라 마신 토란은 계속해서 창 애기뿐이었고, 나는 달콤한 쿠키를 만들어 창에게 건네는 아이디어를 생각해 내고는 신이 나서 떠들었다. 연두는 "굿 럭 투 유!" 하고는 침대 위로 올라가 두 팔로 얼굴을 받치고 엎드렸다.

옥탑방을 둘러보던 주은은 가방에서 볼펜을 꺼내 방문 앞으로 갔다. 그러고는 갈매기 조나단이 날아가는 하늘 꼭대기에다 큼지막하게 글자들을 써 넣었다. 토란과 연두와 나는 이야기를 멈추고 빨간 볼펜으로 쓴 글을 소리 내어 읽었다.

"날아라, 내 안의 조나단 리빙스턴?"

토란은 "나이스!" 하고 손뼉을 딱 쳤고 나는 후후, 웃기만 했
다. 과연 내 안에도 조나단 리빙스턴이 살고 있을까. 주은이 내 속
을 들여다본 것처럼 말했다.

"누구나 가슴속에 새 한 마리쯤은 품고 있겠지?"

아이들이 돌아간 후 방 정리를 하고 나니 밤 11시 30분. 공부
좀 하려는데 아래층에서 치운이 문자를 날렸다.

— 아빠 오셨어.

내려와 인사를 하라는 뜻이었다. 회사 일 때문에 귀가 시간이
불규칙한 아빠는 요즘 부쩍 더 늦는 것 같았다. 나는 의자에서 엉
덩이를 떼었다. 평면 좌표에서 두 점 사이의 거리 구하기. 비교적
자신 있게 풀기 시작한 수학 문제에 별표를 해 놓고 겉옷을 걸쳤
다. 결코 화목한 가정이라고는 볼 수 없지만, 위아래 예의범절은
지켜야 한다는 할머니 말씀엔 동감이다.

"아빠 이제 보니 흰머리 많이 늘었네. 오늘도 야근했어?"

내가 인사 대신 말하자 아빠는 피곤한 눈을 끔벅거렸다.

"어, 그래. 아직 안 잤나?"

"모의고사가 얼마 안 남아서. 반장이니 중간 이상은 해야잖아."

"우리 유미가 반장이었나?"

"인기투표처럼 뽑은 거라 일부러 얘기 안 했어. 반장이라야 이
것저것 귀찮은 일만 많지 별것도 아닌데 뭐."

나는 반에서 10등 안에 못 드는 반장은 나밖에 없다는 얘기는
하지 않았다. 안 그래도 은근히 스트레스를 받고 있는데 아무 생
각 없이 사는 애처럼 굴기는 싫었다.

엄마는 TV 드라마에 빠져 있었다. 아니, 정확히 말하면 주인공
아줌마의 이해할 수 없이 화려한 스타일에 빠져 있었다. 아빠 양
복 윗도리라도 받아 주면 안 되나. 친구들에게 부리던 애교를 아
빠에게 잠깐이라도 보여 주면 좋으련만. 뭐, '오늘 별일 없었나?'
같은 흔한 인사 한번 건네지 않는 아빠도 나을 건 없지만 말이다.

"피곤할 텐데 어여 씻고 자게."

주방에서 할머니의 목소리가 들려왔다. 할머니는 얇게 썬 오이
를 얼굴에 더덕더덕 붙이고는 식탁에 앉아 있었다. 며칠 전엔 마
스크 팩을 하고서 사람을 놀라게 하더니만, 부지런도 하셔라.

아빠는 "예, 장모님." 하고는 안방으로 들어갔다.

"할머니, 얼굴에 일 많이 벌인다. 안 그래도 피부가 백옥인데."

나는 이마에서 떨어진 오이를 집어 드는 할머니에게 말했다.
할머니는 쿰쿰 웃기만 했다.

치운은 할머니 옆에서 아이스크림을 먹고 있었다. 드라이아이
스 포장을 한 것으로 보아 아빠가 사 온 것임에 틀림없었다. 내가
좋아하는 요거트 블루베리. 그런데 치운이 녀석, 나를 보더니 한
번 먹으라는 말도 없이 스푼으로 삽질을 하듯 아이스크림을 자기

입에다 푹푹 떠 넣었다.

"밤에 아이스크림 먹으면 살쪄."

치운이 이 말만 하지 않았어도 참았을 텐데. 나는 득달같이 달려가 치운에게 아이스크림 컵을 빼앗았다. 거의 다 먹었을 줄 알았는데 아이스크림이 아직 절반은 남아 있었다. 처음부터 나를 골려 먹을 작정으로 장난을 친 건지 치운은 킬킬 웃고는 제 방으로 들어갔다.

나는 엄마 옆에 앉아 아이스크림을 먹었다.

"엄마도 할머니처럼 마사지 좀 하지."

기분을 맞춰 준답시고 한 말인데 엄마는 엉뚱하게 받아쳤다.

"마사지한다고 김희애가 되겠니, 고현정이 되겠니. 할머니처럼 노인정 남녀 친목 모임에 재미 붙일 나이나 되면 해 볼까?"

할머니는 눈 하나 깜짝 않고 맞받았다.

"말 잘한다. 하지만 유미가 너처럼 지 에미를 놀릴 생각이야 했겠니."

"알아주니 고마워, 할머니."

나는 할머니에게 아이스크림 컵을 넘기고 옥탑방으로 올라왔다. 별표를 해 놓은 문제만 풀고는 수학 문제집을 덮었다. 공부할 마음이 사라지고 말았다. 우리 집은 왜 이럴까. 고상함이라곤 눈곱만큼도 없으니.

불을 끄고 침대에 누워 MP3 플레이어 이어폰을 귀에 꽂았다. 아이들이 돌아가자마자 다운받아 놓은 J.rp의 노래를 들었다. 주

은이 열광하는 가수라니 잠깐이라도 관심을 가져줘야지. 제법 힘
이 느껴지는 보이스다. 성능 좋은 음향 시스템의 도움을 받은 미
성이 아니라는 점은 마음에 들었다. 바이브레이션 기술만 뽐내며
도를 넘어서는 표정으로 모자란 가창력을 감추는 가수들이 얼마
나 많아. 하긴 립싱크나 하지 않으면 다행이지. 하지만 난 역시
J.rp에게 푹 빠질 수는 없을 것 같다.

돌아오는 일요일엔 다 함께 방송국에 가기로 했다. 공개홀에서
가요 프로그램 녹화가 있는데 조리퐁이 출연하신다나. 주은은 옥
탑방 멤버가 된 기념으로 우리 모두에게 J.rp를 보여 주고 싶다고
했다. 내 인생에 인기 가수를 향해 노란 파란 풍선을 흔들 날이 생
기다니. 토란과 연두는 기대된다며 잔뜩 들뜬 모습이었는데, 친
구의 우상을 보고 싶다기보다 스타 가수들을 눈으로 직접 보고
싶었던 게 분명하다.

슬슬 잠이 몰려왔다. 이제 일 분도 채 안 돼 나는 잠 속으로 빨
려 들어갈 것이다. 어떤 상황에서도 쉽게 잠들 수 있다는 건 축복
받은 일이다. 머릿속을 나른하게 떠다니던 J.rp의 발라드가 점점
몽롱하게 멀어져 간다.

3
별 중의 별

주은은 소리 한 번 지르지 않은 채 J.rp에게 몰두해 있었다. 손가락으로 뺨을 살짝 건드렸는데도 전혀 알지 못했다. 이렇게 푹 빠질 수가 있나. 우리의 이 새로운 옥탑방 멤버에겐 조리퐁이 무엇으로 보일까. 신? 절대적 존재? 예술적 영감을 주는 별 중의 별? 분명한 건 조리퐁에 대한 주은의 사랑이 꽤나 진지하다는 거였다.

'놀토'가 돌아왔다. 놀토엔 확실히 놀아야 한다는 게 옥탑방 멤버들의 소신. 예정대로 '스페이스영'에서 쇼핑도 하며 돌아다니기로 했다. 스페이스영을 빼면 이 지역엔 우리가 갈 만한 데가 별로 없다. 십 대와 이십 대를 겨냥한 복합 몰이라 스페이스영엔 언제나 '1020' 세대들로 바글거린다. 쇼핑몰, 영화관, 식당가, 야외 공연장, 옥상 공원 등이 모두 신세대 콘셉트다. 학교와 집에서도 가깝고, 친구들이랑 놀거나 이것저것 구경하기에도 딱이다.

연두는 유감스럽게도 호탁을 만나러 갔다. 남자 친구가 생기면 우정이고 뭐고 뒤로 밀어 놓는 태도, 당연하다고 해야 하나? 아직 제대로 남자를 사귀어 본 적이 없으니 장담할 순 없지만 글쎄, 나라면 평형을 이룬 양팔 저울처럼 어느 한쪽으로도 치우치지 않을 것이다. 내가 뭘 몰라서 그러는 걸까?

동관과 서관을 온통 헤집고 돌아다니다 패스트리 파이 전문점으로 들어갔다. 아몬드와 사과와 호박 파이를 골라 나눠 먹기로 하고 음료수는 야채 주스로 통일했다. 달지 않으면서 맛있다는 게 이 집 파이에 대한 평판이지만 토란은 무서운 자제력을 발휘해 주스만 한 모금씩 마셨다.

"코르셋을 입으려면 배가 불러선 안 돼."

토란은 의자에 놓아둔 자그마한 쇼핑백을 가리키며 말했다. 망설이고 망설이다 용돈을 털어 구입한 살색 코르셋이 그 속에 들어 있었다. 딱딱한 천 안에 살을 가둔다고 그 살이 어디로 사라지는 건 아닐 텐데.

"오늘 쇼핑은 괜찮았던 것 같아. 각자 꼭 필요한 물건들만 샀으니까."

주은은 가방에서 라틴 힐과 J.rp 6집 앨범을 꺼내 들고는 꽤 뿌듯해했다.

"얼마 전부터 라틴 댄스를 배우기 시작했거든. 그동안은 라틴 힐이 없어 여름 샌들 신고 했어. 이제 자이브 리듬 발바닥에 착착 달라붙겠다."

"조리퐁 6집은 나온 지 꽤 됐잖아. 광팬이면서 아직 안 샀어?"

토란이 묻자 주은이 집게손가락을 좌우로 까딱까딱 흔들었다.

"안 사다니. 나오자마자 당장 구입했지. 이건 학원 오빠한테 선물할 거야."

"학원 오빠? 학원 오빠 누구?"

호기심 많은 토란이 주은에게 얼굴을 바짝 들이대고 물었다.

"나한테 툭하면 이래라저래라 잔소리를 해 대는 오빠가 있어. Y대 경영학과를 중퇴한 뮤지컬 배우 지망생. 새벽엔 신문 돌리고, 낮엔 중국집 배달 알바 하고, 저녁엔 학원에서 연기력을 갈고 닦는 성실남이야. 이름이 성준인데 학원에선 쭌이라고 불러."

"사귀는 사이야?"

"뭐야, 너. 나한테는 오직 J.rp밖에 없다고!"

"아니면 아니지 기겁은. 근데 그 오빠 진짜 치열하게 산다. 배우 되겠다고 대학까지 때려치운 것도 대단하고. 너한텐 무슨 잔소리를 하는데?"

"심오한 연기 철학을 강의할 때가 많아. 내가 알아먹든 말든. 난 신경 안 써. 연기는 머리로 이해하는 게 아니라 몸으로 이해하는 거라고 믿거든. J.rp 적당히 좋아하라는 잔소리도 얼마나 하는데. 오기로 이거 사다 주는 거야."

주은은 초콜릿 복근을 드러낸 CD 재킷 속 J.rp에게 볼을 갖다 댔다. 저렇게 좋을까.

"난 왠지 쭌 오빠 괜찮은 사람 같은데? 조리퐁 적당히 좋아하라는 것도 널 걱정해서 하는 말 같고."

쭌 오빠를 편들면서 내 속마음을 은근히 꺼내 보이고야 말았다. 있는 그대로의 주은이를 인정하기로 해 놓곤 이렇게 쿨하지 못해서야.

"읍, 너무 마음 쓴다. 고맙지만 내 일은 내가 알아서 할게. J.rp는 나를 홀리는 사람이 아니라 나에게 힘을 주는 사람이야. 그리고 우리 J.rp 보러 가기로 한 거 내일이잖아. 깐깐한 선생님처럼 이것저것 따지지 말고 그냥 화끈하게 즐기다 오자. J.rp 정말 멋지다고오!"

주은인 내 머리카락을 살짝 잡아당기며 웃었다. 그래, 안다 알아. 오죽하면 월드 스타란 타이틀을 달고 외국에서까지 구름 팬들을 몰고 다니겠어. 하지만 난 네가 그 구름들 중 한 점이라는 게 내키지 않는 거라고!

"알았어, 누가 뭐랬니? 그냥 쭌 오빠란 사람 널 많이 생각해 주나 보다, 뭐 그런 얘기였지."

나도 주은의 머리카락을 살짝 잡아당겼다.

"아, 오늘 나 어때? 신경 좀 쓰고 나왔는데, 너희들 아무 말 없으니 섭섭해."

주은이 지금 막 생각났다는 듯 자신의 스타일에 대한 촌평을 요구했다. 굵게 웨이브를 준 머리에 길고 가느다란 몸매와 잘 어울리는 풀오버와 스키니진, 납작한 모카신. 나에겐 죽어도 어울릴 것 같지 않은 패션을 주은은 완벽하게 소화해 내고 있었다. 게다가 엷은 향수 냄새까지 풍기는 게 '19금' 영화를 보러 가도 무사통과일 것만 같았다.

"아무 말 없는 게 아니라 말할 필요가 없는 거야. 뭘 입고 있어도 언제나 눈에 띄니까. 융 엄마 말씀대로 우리랑 똑같은 교복을 입었을 때조차도 달라 보이거든. 그치?"

토란은 내게 동의를 구했다.

“그렇긴 해. 한마디로 옷걸이가 좋다는 거지. 하지만 더 놀라운 건 저 무시할 수 없는 옷값을 기꺼이 감당해 주시는 엄마가 있다는 거야.”

“야아, 그거 중요한 사실이다. 우리 엄만 내가 옷 사 달라고 할 때마다 재활용 센터 가자고 하는데. 어떤 땐 날 완전 복고풍 아이로 만들려는 게 아닌가 싶다니까.”

토란은 바짓단이 약간 나팔인 자신의 청바지를 내려다보며 과장되게 한숨을 쉬었다.

“그래도 넌 자상한 아빠가 있잖아. 아직도 너한테 밥을 떠먹여 줄 때가 있다며? 돈 잘 버는 우리 엄마, 내가 원하는 건 뭐든 해 줘서 좋지만 좀 꿀꿀해질 때도 있어. 아빠의 빈자리를 그런 식으로 채우려는 것 같아서. 내가 초등학교 6학년 때 두 분 이혼했는데, 그때부터 내 인생이 좌악 펴졌다는 거 아니니. 혹시라도 기죽거나 우울해할까 봐 내가 하고 싶은 것, 먹고 싶은 것, 입고 싶은 것, 말만 하면 오케이야. 물론 내가 어릴 적부터 독립심 강했던 아이라 믿는 구석도 있겠지만.”

주은은 남 얘기 하듯 담담했지만, 토란과 난 고개를 크게 끄덕이면서도 대꾸 한마디 못했다. 친구에게 부모님 이혼 얘기를 처음 들었을 땐 어떻게 해야 하는 거지?

“윰, 안경 정말 잘 바꾼 것 같아. 인물이 확 산다니까. 네가 뜻밖에 봐줄 만한 얼굴이란 거 오늘에야 알았어.”

토란이 잠깐의 침묵을 깨고 말했다. 느닷없이 대화의 방향을 바꾸곤 하지만 신기하게도 타이밍은 늘 적절하다. 그런데 엄마가 가끔 하던 말을 토란에게서 듣다니. 엄마는 내 얼굴이 30센티미터 앞에서 자세히 봐야 의외로 봐줄 만하다는 걸 깨닫게 되는 얼굴이라며 외모에 신경 좀 쓰라고 스트레스를 주곤 한다.

"거 봐, 내 선택이 탁월했지? 욤에 대한 새로운 발견! 멋지잖아."

과장 섞인 말들이었지만 기분은 좋았다. 내가 어디서 그런 칭찬을 들어.

주은의 권유에 따라 나는 안경테를 바꿨다. 철테 안경을 벗고 빨간색 셀룰로이드 반 무테안경을 썼더니 단발과 어울려 발랄해 보인다고 했다. 작은 변화만으로도 얼마든지 기분이 좋아질 수 있다니. 엄마도 분명히 괜찮다고 할 것이다. 다른 건 몰라도 패션 감각은 있는 편이니까.

주은과 내가 파이를 다 먹고 나자 토란은 안도의 한숨을 내쉬었다.

"휴, 나 잘 참았지. 가학 쾌감이란 거, 이런 건가 봐. 먹지 못하는 고통과 함께 마구마구 희열이 느껴져."

일주일도 안 돼 백기를 들 줄 알았는데, 토란의 의지는 생각보다 강했다. 보름 동안 극기에 가까운 다이어트로 겨우 1킬로그램을 뺐다는 게 안타까울 뿐이다.

"참, 오늘 큐트퀸 선발 대회 예선 날 아닌가?"

토란이 습관적으로 뱃살을 만지며 말했다.

"아, 그랬지. 보러 가게?"

나는 별로 내키지 않았다.

"궁금하잖아. 여기 야외 공연장에서 하는데 한번 가 보자."

"하늘공원 올라가는 길에 잠깐 보지 뭐. 어차피 거길 지나쳐야 하니까."

주은이 너무 당연하다는 듯 말했기 때문에 반대고 뭐고 할 수 없었다. 그래, 잔뜩 꾸미고 나와 백치미를 뽐내는 소이에게 시끄러운 박수라도 보내 주자. 하고 싶은 일을 할 뿐인데 밉게 볼 게 뭐 있어. 이렇게 생각하니 우리 반 얼짱의 활약상을 보고 싶기도 했다. "소이가 예선 통과한다에 한 표."라고 말하는 토란에게 나는 "나도 한 표." 하고 맞장구를 쳤다.

야외 공연장은 꽤나 와글거렸다. 무대 앞 둥근 광장은 큐트 걸들을 기다리는 아이들로 빈틈없었고, 군데군데 초등학생으로 보이는 아이들도 눈에 띄었다. 무대는 풍선 장식을 요란하게 했을 뿐 색다를 건 없었다.

서류 전형에 통과한 참가자들은 번호 순으로 나와 사회자의 질문에 답하거나 준비해 온 장기를 보여 주고 들어갔다. 하나같이 깜찍한 얼굴에 숨은 끼들이 대단해 입이 벌어질 정도였다. 볼에 다 핑크 펄을 유난히 많이 칠한 여자애가 사회자와 능수능란하게 이야기를 나누고 들어간 후, 드디어 기다리던 이름이 호명됐다.

"참가 번호 13번, 김, 소, 이!"

맨 앞에 몰려 있던 남자애들이 "우후——." 소리를 지름과 동시에 소이가 등장했다. 연두색 탱크톱에 엉덩이만 겨우 가린 빨간색 3단 캉캉 스커트, 삐삐 머리에 미니마우스 머리띠까지, 소이는 귀여움 그 자체였다. 찡긋찡긋 눈웃음을 치며 소이가 걸어 나오자 남자애들은 정신을 잃고 쓰러지는 시늉을 했다. 무대 왼쪽에서 "김소이!"를 외치는 아이들은 소이의 추종자들이었고, 그 사이에는 진진도 끼어 있었다.

하지만 소이는 역시 머리와 순발력이 따라 주질 않았다. 각각이 초 안에 대답하도록 되어 있는 스물네 가지 질문에 "음……", "저……" 하다가 절반 이상을 놓치고 말았으니까. 길을 가다가 만 원을 줍는다면? 지금 나에게 가장 필요한 것은? 등등의 군것질 거리 같은 질문에 대해 그렇게까지 심각하게 생각하다니. 토란과 주은, 나는 이구동성으로 중얼거렸다.

"떨어졌다."

소이가 울상을 한 채 개인기로 막춤을 정말 막 추고 들어간 후, 나는 토란과 주은의 소매를 잡아끌었다.

"하늘공원 가자."

토란은 좀 더 보고 싶은 듯 아쉬워하더니 마지못해 내 뒤를 따랐다.

하늘공원엔 사람이 많지 않았지만 아는 얼굴들이 있었다. 동쪽 난간에 기대 종이비행기를 날리고 있는 것은 아람, 그리고 그 옆에 있는 아이는 3반 가영이었다. 주황색 타일 벽과 초록색 인조

잔디를 배경으로 그 둘은 쉽게 눈에 띄었다. 아람은 풍만한 체형에 노란색 스웨터와 긴 데님 스커트를, 가영은 블랙 빈티지 재킷에 블랙 진을 입고 있었다. 특히 교복 입은 모습이 단정했던 가영은 옷차림도 그런 데다 짧은 머리를 왁스로 일으켜 세워 상당히 활동적으로 보였다.

"둘이 친했나? 중학교 땐 너랑 가영이랑 같은 그룹이었다며."

토란은 내 말에 입을 삐죽 내밀었다.

"둘이 너무 붙어 다니니까 끼어들기가 좀 그렇더라."

"네가 우리랑 붙어 다녀서 가영이 못 끼어드는 게 아니고?"

주은이 말하자 토란은 혀를 날름 내밀었다.

"야, 박아람. 여기서도 종이비행기를 날리냐?"

나는 아람에게 다가가 알은체를 했다. 아람은 뒤를 돌아보더니 "재밌잖아." 하고 대답했다. 학교에서는 "지겨워서."라고 하더니. 원고지에 쓰는 글과는 다르게 일상어는 어지간히 무미건조했다. 아람은 1학기 때 교내 백일장에서 장원을 한 문학 소녀다. 좀 둔해 보일 만큼 살찐 편이라, 그 속에 남다른 감성이 숨어 있다는 걸 알았을 때 난 신선한 충격을 받았다.

옆에서 종이비행기를 접어 주던 가영이 빙긋 미소를 지었다. '너희들 2반이지? 몰려다니는 거 알고 있어.' 하는 듯한 미소였다. 162센티미터쯤 되는 키에 빼빼 마른 몸. 아람과 꽤 대조적인 외모의 가영은 얼굴도 CD로 가려질 듯 작았고 숏 커트 머리가 썩 잘 어울렸다. 「처음 만나는 자유」에 나오는 배우 위노라 라이더와 비슷한 중성적 이미지랄까. 주은이 옆에서 하염없이 바라보고 싶은 아이라면 가영은 숨어서 훔쳐보고 싶게 만드는 아이였다.

"놀 만한 데 참 없지?"

가영이 나에게 말을 걸었다는 걸 알아차리고 나는 뒤늦게 "엉." 하고 대답했다. 이렇게 멍청할 수가. 하지만 스페이스영에 올 때마다 정신을 빼앗긴다고 한 것보다는 덜 멍청해 보였을 것이다. 눈에 보이는 것마다 혹해 이곳에 하루 종일 있어도 질리지 않겠지만, 왠지 그렇다고 말해 버리면 머리가 텅텅 빈 애로 보일 것 같았다.

"머리 예쁘게 빗었다. 엄마 솜씨야?"

가영은 정수리 부분을 레게 머리처럼 가닥가닥 뒤로 땋아 넘긴 내 머리를 보고 말했다.

"어. 아니, 할머니."

갑자기 뺨이 뜨듯해지고 가슴이 설레었다. 오늘따라 내 외모에 너그러운 평가를 해주는 천사들이 많은걸?

"우리 공룡 알 있는 데 가 보자. 나 거기 좋던데."

토란이 가영에게 어색하게 손을 흔들고 앞장섰다. 가영과 더 얘기하고 싶었지만 엉거주춤 토란을 뒤따랐다. 아람이 날린 종이비행기는 고공비행을 하다 우아한 곡선을 그리며 아래로 떨어졌다. 내 카이트도 저렇게 멋진 곡예를 해주면 얼마나 좋을까.

스페이스영에 오기 전, 나는 텅 빈 학교에서 세 시간 동안이나 카이트 연습을 했다. 수위 아저씨에게 박카스 한 병을 드렸더니

"암, 남들 놀 때 공부해야지." 하며 들어가 보라고 했다. 바람이 고르게 불지 않아 카이트는 제멋대로 놀았다. 카이트가 힘을 얻는 파워 존으로 유도해야 하는데, 줄을 잡아당기고 놓아 주는 힘 조절이 제대로 되지 않았다. 파워 존은 줄이 45도 각도를 이루는 영역. 이 영역으로 카이트가 들어가야 멋진 곡예도 가능한 것이다. 하지만 기술 부족에다 바람이 심하게 변덕을 부려 카이트가 두 번이나 땅으로 곤두박질쳤다. 위기 시엔 핸들을 놓아 버리면 되는데 오히려 손아귀에 힘을 주게 된다. 내가 카이트를 가지고 노는 게 아니라 카이트가 나를 가지고 노는 것이다. 처음 카이트 동호회에 가입했을 때 몇 번 나가다 말았는데, 모임에 다시 나가 실력자들에게 개인 지도라도 받아야 할 것 같다.

주은은 나무 바닥재가 깔린 공룡 알 안에서 토란과 나에게 탭 댄스를 가르쳐 주었다. 공룡 알은 색색의 타일 조각들을 한쪽이 트인 커다란 타원형으로 이어 붙인 구조물로, 지나다니는 사람들이 보이면서도 아늑하게 독립된 듯한 기분을 주는 공간이다. 생전 처음 해 보는 탭댄스라 쑥스러워 몇 번이나 뒤로 뺐지만 조금씩 따라해 보니 재미있었다. 주은이 시범을 보이는 대로 탭댄스의 기본 동작을 반복해 연습했다.

"탭은 발목의 힘을 이용해 바닥을 두드린다는 느낌으로 해야 해. 발이 바닥에 닿는 순간 스냅을 주면서 다시 들어 올리는 거야. 따닥, 이렇게. 아 그래, 좋았어. 나보다 잘하는데?"

주은은 적당히 기분을 띄워 주며 토란과 나를 교대로 가르쳤다. 앞으로 밀어올리는 탭과 뒤로 끌어올리는 탭을 연이어 해 보았다. 발바닥과 나무 바닥재가 부딪치며 그럴듯한 소리가 났다. 따닥 따닥. 공룡 알 옆을 지나가는 사람들이 눈이 휘둥그레져 쳐다보았지만 우리는 개의치 않았다. 주은을 보는 거지, 토란과 나를 보는 게 아니었으니까. 시범일 뿐이었지만 주은의 움직임은 정말 매혹적이었다.

"앞으로 밀어올리는 탭을 '브러쉬'라 하고, 뒤로 끌어올리는 탭을 '풀'이라고 해. 이 두 가지는 탭댄스의 기초 중 기초지만 이걸 소홀히 하면 동작이 안 좋게 굳어져 나중엔 발목 쓰기가 힘들어져."

재미로 하는 건데도 주은은 잘못된 점들을 꼼꼼하게 짚어 주었다.

"원앤 투앤 스리앤 포앤, 원앤 투앤 스리앤 포앤……."

손에 든 휴대폰에서 문자 메시지 도착 음이 울렸다. 편지함을 열어 보니 발신자는 '선우창.' 녀석이 문자를 다 보내고 웬일이야. 어쩐지 토란에게 눈치가 보여 옆으로 몇 발짝 비켜 섰다.

— 친구형이내일일락하는데같이가지않을래?

띄어쓰기 좀 할 일이지. 찬찬히 읽어 보니 문장이 이랬다.

— 친구 형이 내일 일락 하는데 같이 가지 않을래?

창과 문자로 대화를 주고받았다.

　　— 일락이먼데??

　　— 일일록카페

　　— 록카페에관심무

　　— 밴드하는친구들오는데^^;;

　　— 내일할일많아~,.~

선우창에게선 더 이상 답장이 없었다. 저녁 때 시간이 될 텐데 간다고 할걸 그랬나? 하지만 토란에게도 똑같은 메시지를 보냈다면 모를까, 그렇지 않다면 가지 않는 게 마땅했다. 토란을 빼놓고 선우창의 초대에 응할 수는 없었다. 당연하잖아?

탭댄스의 기본을 대충 마무리하고 공룡 알을 나왔다. 삼십 분만 더 돌아다니다가 각자 집으로 가기로 했다. 내일은 J.rp를 보러 방송국에 가는 날. 우리는 토요일, 일요일 내내 노는 게 염치없어 남은 오후와 저녁만이라도 착실한 학생으로 보내자는 데 의견 일치를 보았다. 남의 눈을 의식하고 싶지는 않지만 대책 없는 애들로 비치기도 싫으니까.

종이비행기를 날리던 곳에 가영과 아람은 없었다. 어디로 갔을까. 그애들, 어떻게 시간을 보내는지 문득 궁금해졌다. 우리와는 좀 다르게 놀지 않을까. 낯선 동네의 골목을 되는 대로 걸어 다닌다든가, 강변 고수부지에 앉아 유유히 흘러가는 강물을 하염없이 바라보고 있다든가. 좀 특이한 아이들인 것만은 분명한 것 같다. 친해지고 싶다는 생각이 슬슬 들기 시작하는 건 그래서일지도 모른다. 특히 가영, 사람을 끄는 매력이 있는 것 같다. 주은을 거의 납치하듯 옥탑방 멤버로 끌어들인 것도 그런 이유 때문이었는데. 나, 사람들에게 너무 쉽게 끌리는 건가?

가영과 아람이 있던 자리엔 남녀 커플이 한 몸처럼 착 달라붙어 열애 중이었다. 수많은 사람들이 오가는 장소에서 정말이지 진하게 입맞춤을 하고 있었다. 나랑 아무 상관도 없는 사람들인데 얼굴이 화끈 달아올랐다. 은근히 보수적인 우리의 토란이 그냥 지나칠 리 없었다.

"이런 데서 공개적으로 부비부비할 건 뭐야?"

"들리겠다."

내가 팔을 잡아당기며 눈치를 주는데도 토란은 "내가 뭘?" 하며 뜨거워진 남녀를 노골적으로 흘겨보았다. 하지만 사랑에 빠진 남녀가 그걸 알 리 있나. 그들의 입맞춤은 길게 이어졌다.

"저런 게 바로 프렌치 키스구나. 저 사람들, 정말 달콤할까?"

계단을 걸어 내려가면서 혼잣말처럼 내가 물었다.

"달콤하긴. 침 냄새밖에 더 나겠어?"

뭐가 분한지 토란은 계속 툴툴거렸다. 주은은 재미있다는 듯 키득키득 웃기만 했다. 누가 어디서 사랑을 나누든 말든 조금도 신경 쓰이지 않는 모양이었다. 하지만 내 눈길은 흘끔흘끔 키스 남녀에게로 향했다. 사랑하는 사람과 하면 정말 달콤할까?

그저께, 수달피와 키스를 했다! 물론 옥탑방에서. 키스를 해 보자고 한 건 나였다. 연두가 호탁과 뽀뽀했다는 얘기를 들은 이후 발동한 호기심 때문이었다. 키스를 할 때 어떤 느낌이 들까. 내심 기대하며 신중히 입을 맞추었는데, 어처구니없게도 별 느낌이 없었다. 아니, 좋다거나 싫다거나 할 수 없는 정체불명의 느낌이었다. 분명한 건 촉촉함보다는 건조함에, 달콤함보다는 싱거움에 가까운 맛이라는 거였다. 뭐가 잘못된 거지? 실망을 넘어 짜증스럽기까지 했다. 아주 조금이라도 키스하는 맛이 났다면 아이들에게 적당히 부풀려 얘기해 주려고 했는데, 유감천만이었다. 나 혹시 뭐가 잘못된 거 아닐까.

나는 옷소매로 입을 닦으며 불평했다.

"혹시 인조인간 아니야? 같은 여자랑 해도 이렇게 무감각하지는 않을 텐데."

수달피는 한술 더 떴다.

"신기하네. 나도 못생긴 실리콘 인형과 잠깐 부딪친 것 같았는데."

짓궂은 표정이었지만 눈 밑이 살짝 붉어진 건 숨기지 못했다. 순진하긴. 아무리 계약 연애라지만 리얼하게 사기 치는 즐거움이 없다는 건 억울한 일이었다. 싫거나 역겹지 않았다는 걸 다행으로 알아야 하나? 암튼 수달피는 백 퍼센트 전시용 남친이라는 게 입증된 셈이다.

문득 연두가 생각났다. 호탁과 키스했을 때 어떤 느낌이었을까. 그 얘기를 할 때 수줍고 약간 들떠 있던 것으로 보아 연두는 뭔가 느낌이 있었던 게 틀림없었다.

"연두 걔, 내일은 우리랑 확실히 같이 가는 거지?"

"엉!"

연두와 호탁의 키스를 상상하다가 깜짝 놀라 대답했다. 토란이 "놀라긴." 하며 층계참을 콩콩 뛰어 다음 계단을 밟았다. 그러고는 갑자기 몸을 홱 틀더니 미간에 힘을 주고 눈동자를 데굴데굴 굴렸다.

"걔들 만날 때마다 뽀뽀할까? 혹시 더 나간 거 아냐? 어쩜 그럴지도 몰라. 사람은 대개 비밀을 털어놓을 때 가장 중요한 부분은 빼놓는 법이거든."

"소설 그만 써."

주은이 웃으며 토란의 볼을 쓰다듬었다.

토란의 말이 맞을지도 모른다. 사람 일을 어떻게 알아. 하지만 캐내고 싶진 않다. 베프라고 해서 친구의 사생활을 속속들이 들출 권리는 없으니까.

리허설이 시작되었다. J.rp의 6집 타이틀곡이 흘러나오고, 드

디어 J.rp 등장! 무대에 세팅된 계단 너머에서 J.rp가 모습을 드러
내자 일제히 절규에 가까운 비명이 터져 나왔다. 오프닝이 J.rp의
스페셜 무대라 팬들이 대거 몰려와 있었다. 공개홀 객석 중앙을
차지한 J.rp의 팬들은 양 손에 흰 술이나 흰 풍선, 흰 바람 막대를
들고 팔짝팔짝 뛰며 소리를 지르고 난리 법석을 떨었다. 응원 도
구는 공개홀 입구에서 팬클럽 임원들이 나누어 준 것이었다. 객
석은 하늘색, 노란색, 빨간색 등 특정 출연 가수들의 팬임을 표현
하는 색깔들로 각각 나뉘어 있었다.

좌석에 앉지 못하고 계단을 메운 무리는 방송국에 늦게 도착한
아이들이었다. 선착순으로 번호표를 나눠 주기 때문에 어젯밤에
미리 와 밤샌 열성파들도 많았다. 말 그대로 ‘광팬’ 들이었다. 새
벽 5시 반에 일어나 정신없이 방송국으로 달려갔을 때 길게 줄을
서 있던 담요족을 보고 얼마나 기가 막히던지. 내가 받은 번호는
213번. 200명이 넘는 오빠 부대가 지난밤이나 꼭두새벽부터 와
있었다는 얘기였다. 토란이 “이런 열성으로 공부하면 서울대라도
가겠다.” 하고 아줌마처럼 말했던 것도 무리는 아니었다.

J.rp의 신곡이 한 소절 한 소절 이어질수록 뺨이 점점 더 발그
레하게 상기되는 주은 옆에서, 토란과 나, 연두는 얼치기 팬이 되
어 어설프게 술을 흔들며 되는 대로 소리를 질렀다. 공개홀이 그
리 넓지 않은 데다 무대와 가까운 자리라 J.rp의 모습은 꽤 잘 보
이는 편이었다. 너무도 분명해서 오히려 비현실적으로 보이는 낯
섦이란! 대형 스타를 바로 가까이에서 맨눈으로 보고 있다는 사

실에 우리 얼치기들은 헤벌어진 입을 다물지 못했다. 리허설 시작 전에도 스태프들이 세트 정리를 하는 무대 한쪽 구석에서 목을 풀거나 마이크 테스팅을 하는 J.rp를 볼 수 있었지만, 그때는 그저 스타가 바로 코앞에 있다는 사실이 신기하기만 했을 뿐이다.

오랜만에 발라드를 들고 나온 J.rp는 인트로에서부터 관객을 압도했다. 환호성과 비명이 잦아들더니 애절한 노래와 몸짓에 모두가 숨을 죽이고 몰입했다. J.rp의 끊어질 듯 끊어질 듯 이어지는 목소리, 섬세하면서도 힘 있는 몸짓, 풍부한 감정을 담은 표정은 징그러울 만큼 정교했다.

"조리퐁, 라이브로 보니까 진짜 짱이다. 내 스딸은 아니지만 주은이 러브하는 이유를 알 것 같아. 나도 좀 끌리는데?"

흥분한 토란이 내 귀에 대고 말했다.

"그러게. 트집 잡을 게 없네. 하지만 난 조리퐁의 팬 같은 건 하고 싶지 않다. 저건 인간이 아니야."

들었는지 못 들었는지, 토란은 내 등 뒤로 몸을 돌려 연두에게 또 뭐라고 속닥거렸다. 똑같은 얘기겠지 뭐. 연두는 토란에게 고개를 끄덕이면서도 흰 술은 계속 허공에 대고 흔들었다.

서정적이면서 가슴을 후비는 듯한 인트로에 이어 J.rp의 퍼포먼스가 시작되고 있었다. 백댄서들의 군무와 함께 J.rp는 격렬하게 어깨를 떨고 허리를 튕기며 로봇보다도 절도 있는 동작을 이어 갔다. 아이들은 다시 꺅꺅 비명을 질러 댔다. 눈물을 짜며 발을 동동 구르는 여자아이도 있었다. 번쩍 들어 올린 두 손엔 '나의

神 J.rp'라고 쓴 플래카드가 들려 있었다. 너에게도 조리퐁이 사람으로 보이지 않는구나. 하지만 나에겐 그가 신이 아니라 예술적 재능이 프로그램으로 입력된 사이보그처럼 보였다. 그래, 저건 인간이 아니라고. 이 노래하는 신을 위해 아이들은 어느 때 그의 이름과 노래 제목을 외쳐야 하는지 미리 약속이나 한 듯 타이밍을 잘도 맞추어 악을 써 댔다.

주은은 소리 한 번 지르지 않은 채 J.rp에게 몰두해 있었다. 손가락으로 뺨을 살짝 건드렸는데도 전혀 알지 못했다. 이렇게 푹 빠질 수가 있나. 우리의 이 새로운 옥탑방 멤버에겐 조리퐁이 무엇으로 보일까. 신? 절대적 존재? 예술적 영감을 주는 별 중의 별? 분명한 건 조리퐁에 대한 주은의 사랑이 꽤나 진지하다는 거였다. 저렇게 투명한 물방울 같은 눈빛, 쉽게 볼 수 있는 게 아니지. 그래, 인정한다. 조리퐁에 대한 너의 순도 높은 사랑을.

다시 노래가 시작되고, J.rp는 백댄서들 중 유일한 여자 댄서와 접촉할 듯 말 듯 안무를 이어 갔다. 여자애들의 비명은 경악에 가까워졌다. 여자가 멀어지면서 J.rp가 순식간에 가죽 재킷을 벗어 던지고 러닝셔츠를 북 찢었을 때는 숨넘어가는 소리가 여기저기에서 튀어나왔다. 역시나, 찰흙으로 빚은 듯한 초콜릿 복근을 그는 유감없이 보여 주었다. 그의 드라마틱한 퍼포먼스에 다른 가수들의 팬들도 덩달아 쓰러지고 과장되게 신음을 내뱉는 등 '상부상조' 정신을 발휘했다. 이 열광적인 분위기에 곧 동화된 토란과 연두와 나도 꺄악 소리를 연방 내지르며 흰 술을 흔들어 댔다.

"야, 주은! 스트레스 팍팍 풀린다."

토란이 손을 뻗어 주은의 어깨를 두드리며 말했다. 그제야 정신이 든 주은은 "맘껏 즐겨!" 하며 두 눈을 가로로 늘이고 웃었다.

"정말 기대 이상이야. 텔레비전에서 보는 거랑 느낌이 완전 다르다. 살갗이 들뜨는 것 같아. 음, 그렇지?"

연두도 조리퐁의 움직임을 한순간도 놓치지 않고 눈으로 좇으며 내게 동의를 구했다.

"너 아주 홀렸구나? 그래, 조리퐁 진짜 짱, 짱, 짱이다. 공방 오길 잘 했어."

"맞아, 우리가 언제 톱스타를 이렇게 눈으로 직접 볼 수 있겠니?"

연두의 말엔 백번 동감하지만, 난 스타에 열광하는 주은을 조금은 이해할 수 있게 되었다는 데 방점을 찍고 싶었다. 1차 리허설이 끝나고 2차 리허설이 시작되기 전, 조연출이 나와 관객에게 한 말씀 했다.

"여러분 소리가 그렇게 약하면 녹화가 제대로 안 됩니다."

얼마나 더 소리를 지르라고. 그것도 발라드 곡인데 말이다.

"내가 이렇게 사인을 넣을 때마다 조금도 자제하지 말고 마구 질러 주세요."

조연출은 큐시트를 말아 쥔 오른손으로 허공을 둥글게 둥글게 휘저었다. "네에!" 하는 대답이 물결쳤다.

그러는 사이 J.rp의 코디네이터가 나와 그의 이마에 맺힌 땀을

닦아 주었다. 경기를 일으키는 아이들 사이에서 째지는 소리들이 튀어 올랐다.

"어디다 손을 대는 거야!"

"좋겠다."

"부럽당."

파하하…… 웃음소리가 번져 나갔다.

감독이 뭐라고 지시를 할 때마다 "네, 알겠습니다, 감독님." 하는 J.rp의 목소리가 마이크를 통해 흘러나왔다. 아이들은 또 "공손하기까지 해.", "그냥 목소리도 득음이다." 하며 치켜세우기 바빴다. "NG 많이 내줘, 오빠야.", "일초라도 더 보는 게 우리의 소원이니깐." 하는 애교 섞인 멘트도 들려왔다. 주은의 행복해하는 표정은 사진으로 찍어 놓고 싶을 만큼 인상적이었다. 스타에 대한 사랑으로 이렇게 행복할 수 있다는 것, 나는 확실히 실감하고 있었다.

잠시 후 조연출이 손을 높이 치켜들고 외쳤다.

"두 번째 리허설 시작합니다."

또다시 J.rp의 6집 타이틀곡 전주가 흘러나오고, 무대에 설치된 계단 저 너머에서 J.rp 등장! 조연출이 큐시트를 말아 쥔 오른손으로 허공을 휘젓자 고막이 떨어져 나갈 듯한 비명이 터져 나왔다. 흰 술과 풍선, 바람 막대, 플래카드 들이 눈앞에서 출렁이고 신에게 바치는 외마디 소리들이 사방에 난무했다. 주은은 인트로의 가사를 따라 부르며 흰 술을 들어 올린 손에다 리듬을 주었다.

몸짓이 얼마나 예쁘고 유연한지 백댄서로 무대에 서도 될 것 같았다.

이제 이 뜨거운 열기에 자연스레 녹아든 토란과 연두, 나도 묵은 스트레스를 날려 버리기로 작정한 듯 목청껏 소리치고 팔이 아프도록 술을 흔들어 댔다. J.rp가 스페셜 무대에서 선보이는 노래는 세 곡. 모두 발라드이면서도 중간 중간 역동적인 퍼포먼스가 삽입돼 오감을 골고루 자극했다. 2차 리허설에서 J.rp는 백댄서들의 안무에 일일이 신경 쓰고 감독에게 몇 번이나 '다시 한 번'을 요청했다. 그래, 조리퐁, NG 많이 내고 감독 좀 귀찮게 해라. 너의 완벽주의에 기대 우리도 좀 놀고 싶다. 본방 녹화까지 주욱.

4
위험한 비밀

"나 그땐 후회하지 않겠다고 생각했어. 덜덜 떨리게 겁났지만 서로 좋아하는 느낌은 분명했으니까. 하지만 시간이 지날수록 혼란스러워지는 거야. 이러다 내가 정말로 호탁이랑 첫 경험을 하게 되는 건 아닐까, 그렇게 된다면 후회하지 않을 수 있을까. 그런 생각이 들면서."

공부를 안 한 만큼 모의고사는 죽을 쑤었다. 점수를 공개한다면 모를까, 별로 신경 쓰진 않는다. 첫 모의고사 때 담임이 성적표를 나눠 주며 일일이 점수까지 불러 줘 얼마나 기가 막혔는지. 창이 프라이버시 침해라고 문제 제기를 하자 곧 시정되긴 했다. 등급이 처지는 아이가 건의했더라면 받아들여지지 않았을지도 모른다. 내 기억에 창은 그때 2등급이었다. 그만하면 당당하게 말할 만도 하지.

담임의 종례는 꽤 길어졌다. 일주일 사이 벌점을 받은 애들이 네 명이나 되었기 때문이다. 교내에서 담배를 피우다 걸린 애 두 명, 급식 때 새치기 문제로 다른 반 아이와 치고받고 몸싸움을 벌인 애 한 명, 그리고 나머지 한 명은 아람이었다. 아람이 대체 무슨 일을 저질렀기에. 담임이 남자애들에게만 훈계를 하여 궁금증은 더 커졌다.

"담배 맛이나 알고 피우는 거냐? 한 번만 더 걸리면 금연학교 가게 되니 알아서 해."

담배 피운 애들에게 경고한 후 담임은 아람을 보았다.

"벌점에 이의는 없겠지?"

그러나 이 말뿐이었다.

다시는 입을 벌리지 않겠다는 듯 아람은 위아래 입술을 꼭 다물고 있었다. 오동통한 손에서 빙글빙글 돌아가던 볼펜이 교실 바닥으로 굴러 떨어졌다. 정말 무슨 일이 있는 걸까.

대청소가 시작됐다. 시험이 끝나는 날은 새 마음으로 교실을 반들거리도록 만든다는 게 1학년 2반의 약속이었다. 물론 약속은 담임의 제의에 따라 마지못해 이루어졌지만 불평하는 아이들은 거의 없었다. 보충 수업도 야간 자율 학습도 하지 않기에 홀가분한 마음인 것이다.

유리창 담당인 남자애들은 창틀에 걸터앉아 머리를 맞대고 킬킬거리고 있었다. 뻔하지, '빨간 책'을 들여다보고 있는 게 분명했다. 딱 내 스타일이야, 어쩌고 하는 말들이 들려왔다. 쭉쭉빵빵걸이라도 나왔나. 한결같이 그렇고 그런 사진일 텐데 스타일은 무슨. 그들의 호기심은 정말 지칠 줄을 모른다. 교복을 터질 듯 줄여 입은 여자애들을 멍한 눈길로 바라보는 얼간이들도 적지 않다. 밋밋하게 키만 큰 나야 그런 시선을 받아 본 적이 없지만.

"야, 거기, 유리창이나 닦으면서 노는 게 어때?"

들고 있던 빗자루로 책상을 두드렸더니 더벅머리 네 개가 일제히 고개를 돌렸다. 맙소사, 선우창도 있었잖아. 창은 팔꿈치로 유리창을 문지르며 헤헤, 웃었다. 남들 망가질 때 슬쩍 같이 망가져 주는 아량을 가졌다는 건 알지만 불량 잡지까지 같이 볼 줄이야.

여자애들과 수다를 떠느라 교실 바닥은 쓰는 시늉만 하던 소이 가 선우창 옆으로 갔다. 그러고는 그의 어깨에 손을 짚은 다음 은 근히 기대며 잡지를 넘겨다보았다.

"엄마!"

과장된 비명과 함께 두 손으로 얼굴을 가리는 모습은 너무나 작위적이었다. 미리 계산된 게 훤히 들여다보이는 제스처라니. 내가 결혼을 한다면 결혼식에 와 줄 친구는 몇 명이나 될까, 하는 식의 한심한 얘기나 계속하고 있을 일이지.

일일 록카페에 갔다 온 후 소이는 창과 꽤 친한 척을 하고 있었 다. 알고 보니 창은 일일 록카페에 가자는 문자 메시지를 나에게 만 보낸 게 아니었다. 열 명도 넘는 아이들이 일락에 갔다 왔다며 떠들고 다녔으니까.

소이가 놀란 고양이마냥 칭얼거리자 창은 어린 동생 달래듯 뒤 통수를 토닥여 주었다.

"놀랄 거 없어. 코미디 같은 거니까."

몇 발짝 떨어진 곳에서 그들을 울 듯이 바라보고 있는 건 토란 이었다. 그럴 만도 하겠지. 안타깝게도 창은 토란 같은 '아기곰 형' 보다는 소이 같은 '공주형' 을 더 좋아하는 것 같았다. 다른 건 몰라도 여자 보는 눈만은 판에 박힌 수준인 게 틀림없었다.

납득하는 데 시간이 좀 걸렸지만, 소이는 큐트퀸 선발 대회 예선에 통과했다. 그렇게 멍청하게 굴었는데도 통과한 걸 보면 예쁘긴 예쁜 모양이다. 본선은 연예 오락 전문 케이블 TV를 통해 방송된다고 했다. 소이의 추종자들과 진진, 이들에 가세해 '제1대 큐트퀸'이 될지도 모르는 우리 반 얼짱에게 관심을 갖는 아이들이 많아졌다. 이거야말로 코미디 아닌가?

청소를 열심히 하는 애들은 몇 명 되지 않았다. 유리는 빗자루를 던져 놓고 승범의 튼튼한 등짝에 매달려 애교를 부렸다. 고목 나무에 매미라더니. 현유는 청소함을 정리하는 둥 마는 둥 하며 영어 단어를 외웠다. 재수 없어. 주은은 복도에서 대걸레를 잡고 라틴 댄스 스텝을 밟고 있었다. 저렇게 주위 시선을 의식하지 않을 수 있다니. 어디선가 토란이 나타나 주은에게 박수를 보냈다.

방송국에 갔다 온 이후로 주은과 훨씬 더 친해진 느낌이다. 토란과 연두도 며칠 동안은 틈이 날 때마다 주은에게 달라붙어 그날의 특별했던 경험을 두고두고 얘기했다. 토란은 자신도 최고가 되기 위해 끝없이 노력하는 J.rp를 역할 모델로 삼겠다느니 하여 주은을 웃음 짓게 했다. 하지만 그날 다른 가수들의 녹화 때도 J.rp의 무대 못지않게 열광했다는 걸 토란 스스로는 알려나. 게다가 요즘 토란은 맛있는 빵을 만들기 위한 노력보다 다이어트를 위한 노력을 더 눈물겹게 하고 있다. 선우창이 그걸 까맣게 모르고 있다는 게 아쉬울 뿐이다.

연두는 어디를 갔다 오는지 교실 뒷문으로 조용히 들어왔다.

나사가 빠진 듯 멍해서는 내 옆으로 걸어오더니 귓속말을 했다.

"이따 옥탑방에 가도 돼? 너한테 할 얘기 있어."

무슨 일이 있었나? 멍한 표정을 하고 있는 게 벌써 며칠째였다.

"그래, 네 얼굴 보니까 무슨 얘기든 들어야 할 것 같다."

연두의 귀에 대고 말하며 "먼저 가 있을게." 했다. 개인 면담을 신청했는데 비공개로 만나는 건 당연한 일이다.

청소 검사가 끝나고 카이트를 가지러 아지트로 갔다. 연두를 만나고 시간이 되면 강변으로 연습을 하러 갈 작정이다. 그리고 저녁엔 과외. 빡빡한 스케줄이라 힘을 내 뛰어다녀야 할 것 같다.

카이트를 들고 내려가려는데 밑에서 여자애들이 소곤거리는 소리가 들려왔다. 멈칫 그 자리에 선 건 아지트를 들키고 싶지 않아서였고, 귀를 기울이게 된 건 소곤거림 속에 아는 이름이 들어 있어서였다. 아람과 가영.

"진짜? 나 걔네들일 줄은 상상도 못했는데."

"백 퍼센트 확실해. 레즈비언 커뮤니티에 가입했던 애들이 말했다니까."

"다른 얘기도 아니고, 그렇게 입 가볍게 떠들고 다녀도 되는 건가? 자기들도 같은 입장이면서."

"걔넨 팬픽 이반이었대. 흉내만 내는 가짜들이지."

"어쨌든 완전 충격이야. 그런 외계인들이 우리 옆에 있었다니. 가영이 걔 분위기가 좀 묘하다 했더니, 그랬구나."

"아람이라는 애는 그냥 평범해 보이기만 하던데 레즈라니, 헐."

나는 계단에 주저앉았다. 우리 학교 레즈비언이 아람과 가영이었다고? 유리가 핫뉴스로 전한 후 레즈비언에 대한 소문이 심심찮게 떠돌았지만 꿈에도 생각지 못했다. 아람과 가영이라니.

필름이 재생되듯 두 가지 장면이 떠올랐다.

바로 어제, 아람은 과학 시간을 빼먹고 쉬는 시간이 되어 나타났다. "어디 갔었니?"라고 물었더니 머뭇거리다 "보건실."이라고 대답했다. 아파 보이기도 해 그런가 보다, 하고 지나쳤다. 지금 생각하니 출석 체크에 철저한 과학 선생님이 빈자리를 보고 별 말 없었던 게 이상했다. 혹시 담임이나 사냥개에게 불려갔던 게 아닐까. 어쩌면 벌점 사유도 소문과 관련된 것일지 모른다.

또 한 가지 장면은 교무실에서 목격한 것이었다. 3반 담임이 가영의 짧은 머리에 리본 핀을 꽂아 주는 걸 보았다. 뭐야, 저 여자. 선물을 해도 너무하잖아. 보이시한 매력이 있는 가영에게 리본핀 따윈 안 어울린다는 거 모르나? 속으로 투덜거렸으나 내가 참견할 일은 아니었다. 가영은 손으로 리본 핀을 빼며 인상을 썼다. 만일 소문이 맞다면 리본 핀에는 특별한 뜻이 담겨 있을지 몰랐다. 당장 이상한 장난을 그만두라는 경고 같은 것. 하지만 정말일까?

카이트를 가지고 계단을 내려갔다. 연두보다 먼저 옥탑방에 가 있어야 했다. 전보다 더 강력해진 괴소문엔 휘말리지 않기로 마음먹었다. 가영과 아람의 입에서 나 레즈비언이야, 하는 말이 나오기 전에는.

연두는 내가 집에 도착하고 나서 꼭 오 분 만에 옥탑방 문을 열고 들어왔다. 침대에 기대 앉아 잠시 뜸을 들이더니 그 애는 고해 성사를 보는 소녀처럼 아주 조용하게도 말했다.

"나, 모의고사 친 날 호탁이네 놀러 갔었어."

"그래서?"

분명 무슨 일이 있었구나, 싶었지만 잠자코 듣기로 했다.

"나, 호탁이랑…… 잤어."

컥. 마시던 물이 기도로 들어가 잠시 호흡 곤란을 일으켰다. 프렌치 키스도 아니고, 같이 잤다고? 연두는 더 이상은 말하기 어렵다는 듯 손톱만 물어뜯었다.

"그러니까 너네들, 사고 쳤다는 얘기야?"

기침을 겨우 가라앉히고 내가 물었다.

"응."

옥탑방에서 애들이랑 별별 얘길 다 해 봤지만 이렇게 강도가 센 얘기는 처음이었다.

"나 지금 폭탄 맞은 것 같아. 정말이야?"

"응."

얌전한 고양이 부뚜막에 먼저 올라간다더니. 저 백지처럼 하얗고 순진해 보이는 얼굴은 뭐란 거지?

"설마 너……."

조마조마한 마음으로 연두의 눈치를 살폈다.

"임신? 그런 거 아니야. 끝까지 가지도 않았고."

후유유. 나도 모르게 안도의 한숨이 새어 나왔다.

"끝까지 가지 않은 거 확실해?"

"응, 가까스로 정신을 차리고 내가 호탁을 밀어냈어."

"자랑이다. 하여튼 얌전하게 생긴 게 간도 크다니까. 너네들 어떡하다 거기까지 간 거야?"

한시름 놓고 나니 이젠 일의 전말을 캐묻고 싶어졌다. 아무리 좋아도 그렇지, 맹추같이 순간의 감정을 자제하지 못하고 홀랑 넘어가? 아니, 그게 아닐지도 모르지.

"혹시 호탁이 강제로 달려든 거 아냐?"

순해 보이는 호탁이 그랬으리라고는 상상이 되지 않았지만 모르는 일이었다. 법 없이 살 것 같은 사람이 제대로 뒤통수를 치기도 하잖아?

"호탁인 그런 애 아니야."

연두는 단호하게 말했다.

"그럼 어떡하다 반콩을 까게 된 거야?"

이런, 내 입에서 이렇게 저속한 말이 튀어나오다니. 툭하면 끼리끼리 모여 음담패설을 지껄여 대는 우리 반 남자 애들 탓이다. '반콩을 깐다.'라는 표현도 녀석들이 떠들어 대는 걸 주워들어 알게 되었다. '반콩 깐다.'라는 말은 '위에만 벗고 사랑을 나눈다.'는 뜻이라나. '콩을 깐다.'는 건 말할 것도 없이 끝까지 간다는 얘기고. 하여간 국어 성적은 바닥을 기면서도 지저분한 조어는 빠삭하게 꿰고 있는 녀석들이 신기할 뿐이다.

"나 그동안 호탁이네 두 번 놀러 갔었어."

연두는 침대에 올린 팔에 머리를 기댄 채 얘기를 시작했다.

"걔네 엄마 아빠가 맞벌이해서 저녁 7시는 넘어야 들어오시거든. 호탁이가 외동아들이라 그때까지 집은 언제나 비어 있어. 첫 번째 갔을 때는 라면 끓여 먹고 「토이 스토리」를 봤어. 초딩 때부터 그걸 수없이 보고 영어 공부를 했다면서 호탁이 대사를 줄줄 따라 외우더라고. 나중엔 지쳤는지 조용해졌는데 왠지 어색한 기분이 드는 거야. 호탁 숨소리도 약간 거칠어지는 것 같고. 정말 불편하더라. 하지만 그날은 별일 없이 지나갔어. 그런데 바로 지난번에 갔을 때……."

연두는 하던 말을 중단하고 눈을 내리깔았다. 드디어 사건이 시작되는군. 나는 끼어들지 않고 다음 얘기를 기다렸다.

"그날 호탁이 체육 시간에 무리하게 뛰어 많이 피곤하다고 했어. 우린 집에 가자마자 또 라면을 끓여 먹었는데, 내가 설거지를 하는 사이 호탁이가 소파에 누워 잠든 거야. 난 뭘 할까 하다가 그 집에 있는 방을 하나씩 들어가 보기 시작했어. 좀 떨리긴 했지만 궁금한 거야. 아파트가 워낙 큰 데다 가끔 TV에 나오는 연예인들 집처럼 인테리어가 보통이 아니었거든. 쾌적하고 넓은 거실에 아이보리색 가죽 소파가 디귿 자로 놓인 그런 집 알지? 바닥엔 호랑이 가죽 같은 게 깔려 있고 한쪽 벽엔 칠판만 한 평면 TV 모니터가 걸려 있는 집 말야. 주방도 아파트 광고에서 나오는 것처럼 널찍하고, 고급 식기랑 조리 기구가 깔끔히 정리돼 있더라. 방은 모두 다섯 개였어.”

마치 소설책을 읽어 주는 것처럼 연두는 한 문장 한 문장을 천천히 이어 나갔다. 그런데 호탁이 녀석 알고 보니 부잣집 도련님이셨군. 어쨌든 사건이 본격적으로 전개될 참이었다.

“사실 방 네 개는 기대보단 별로였어. 어디서 많이 본 것처럼 흔한 느낌 있지? 좋은 책상과 책꽂이에 애플 노트북까지 갖춘 호탁의 방도, 중후한 초대형 앤티크 침대에 금빛 커튼이 쳐져 있는 부모님 침실도 판에 박힌 수준이었어. 고급 가구에 법 관련 서적이 가득한 서재도 그냥 그랬고, 빵빵한 홈시어터를 갖춘 휴식 공간도 특별할 게 없더라. 문제는 다섯 번째 방이었어.”

꼴깍. 침을 삼킨 건 나였다. 연두에게 문학적 재능이 숨어 있었나. ‘다음 호에 계속’ 하는 연재소설처럼 다음 얘기가 몹시 궁금해졌다. 남자 친구와 갈 데까지 갈 뻔했다가 긴급 상담을 요청한 아이가 이야기 하나는 침착하게 잘도 하고 있었다.

“그 다섯 번째 방은 여자들 옷으로만 꽉 차 있었어. 호탁이 엄마가 디자인한 옷들이었을 거야. 걔 엄마 W어패럴 수석 디자이너거든. 암튼 방에는 수많은 의류들이 브랜드 별로 행거에 빽빽이 걸려 있었어. 거기서 나오는 옷들, 정말 여성스럽고 스타일리쉬하더라. 캐주얼 의류들은 더더욱 사랑스럽고. 그중에 눈이 멀 만큼 정말 예쁜 옷이 있었어. 소매가 없고 심플한 빨간 면 원피스였는데, 라운드 네크에 A라인이 무릎 위까지 내려오고 목 주변이랑 아랫단에 자잘한 유리구슬을 별처럼 박아 넣은 것이었어. 난

한 가지 생각밖에 안 났어. 입어 보고 싶다, 입어 보고 싶다, 입어 보고 싶다……."

참으로 흥미진진한 전개였다. 연두는 과연 그 옷을 입어 봤을까? 십중팔구는 입어 보았을 것이다. 모든 사건은 금지된 것을 넘어섰을 때 일어나는 법이니까. 그리스 로마 신화에서도 '결코 뒤돌아보지 마라.'는 금기를 어겨 비극을 초래하는 이야기가 몇 번 나왔던 것 같은데……. 나는 상담자가 아니라 즉석 이야기꾼의 청자가 되어 귀를 넓혔다.

"입어 볼까, 그냥 그 방을 나갈까. 몇 번을 망설이다 난 교복을 벗기 시작했어."

그 장면을 목격하는 것처럼 조마조마했다. 혹시 옷을 거의 벗었을 때 호탁 등장? 그리고 마침내 드레스 룸에서 일이 벌어진다?

"그리고 그 빨간 원피스를 입었어."

아니었구나. 내 상상력이 뭐 그렇지.

"55 사이즈라 내 옷처럼 꼭 맞는 거야. 한쪽 벽 앞에 세워진 전신 거울에 내 모습을 비춰 보았어. 옷이 날개라고, 정말 예쁜 거야. 거기에 빨간 에나멜 구두만 신는다면 곧바로 멋진 파티에 가도 될 것 같았어. 난 전신 거울 옆에 놓인 분홍색 2인용 벨벳 소파에 앉았어. 소파에 앉은 내가 잘 보이게 거울도 조금 움직여 놓고. 그런데 뒤로 묶었던 머리까지 풀고는 넋 놓고 거울을 들여다보다가 깜짝 놀랐어. 거울 속 내 뒤에서 호탁이 방문을 반쯤 열고 서 있는 거야……."

두 뺨이 달아오른 연두는 밭은 숨을 색색 쉬었다.

"거기서 일이 벌어진 거구나."

연두는 고개를 끄덕였다. 이 예쁜 아이가 흰 팔을 드러낸 채 빨간색 짧은 원피스를 입고 분홍색 벨벳 의자에 앉아 있었으니, 아무리 순진하다지만 호탁은 참기 힘들기도 했을 것이다.

"그래도 그렇지, 잠깐 정신 나간 남자 애가 덤빈다고 그걸 받아 줬다는 거니?"

"아니, 그런 게 아니야."

"그런 게 아니면."

"누가 먼저 덤비고 누가 받아 주고 그런 게 아니라, 우린……서로 조심스레 만지기 시작했어."

"뭐?"

이건 또 무슨 반전인가. 호탁이 원하는데 거부할 수 없었다거나, 순식간에 일어난 일이라 제정신이 아니었다거나, 뭐 그런 얘기가 나올 줄 알았는데 말이다.

"나사 빠진 얼굴로 상담을 하고 싶다더니, 둘이 좋아 서로 어쨌다고? 문제의 핵심이 뭐니?"

나는 화가 났다. 내 친구가 대책 없이 남자 친구와 그랬다는 것만 해도 기가 찬데, 이렇게 헷갈리게 만드니 슬슬 짜증이 일었다.

"나 그땐 후회하지 않겠다고 생각했어. 덜덜 떨리게 겁났지만 서로 좋아하는 느낌은 분명했으니까. 하지만 시간이 지날수록 혼란스러워지는 거야. 이러다 내가 정말로 호탁이랑 첫 경험을 하게 되는 건 아닐까, 그렇게 된다면 후회하지 않을 수 있을까, 그런 생각이 들면서."

"너 무슨 소리야. 첫 경험이라니. 그럼 호탁이랑 진짜 사고를 칠 수도 있다는 거니?"

내 앞에 있는 아이가 연두 맞나, 싶었다. 생긴 것만큼이나 얌전했던 연두는 어디로 가고 위험천만한 여자애가 대담하게도 말을 하고 있었다.

"그러니까 만에 하나 일어날 수도 있는 가능성을 얘기하는 거야. 나 그날 굉장히 무섭긴 했지만 그렇게 나쁘지만은 않았거든. 그…… 느낌 말야. 내가 남자를 밝히는 게 아닌가, 그런 생각까지 들었으니까. 너무 부끄럽지만 솔직히 말하면 그래."

갈수록 강도가 세지고 있었다. 사랑이 사람을 바꿔 놓는다더니, 이건 내가 알고 있던 연두가 아니었다.

"답답해 돌아가시겠네. 암튼 너 신중해야 해. 이 카운슬러는 스무 살 이전엔 끝까지 가면 절대 안 된다는 생각이시다. 일단 마음을 가라앉혀. 머리도 식히고 가슴도 식히라고. 그다음에 생각해. 알았지?"

연두는 대답 대신 한숨만 내쉬었다. 난 친구보다는 엄마가 된 기분이었다. 이 계집애 잘못되면 어쩌지? 열일곱 살과 스무 살의 차이가 무엇이며, 뭐가 잘되는 거고 또 뭐가 잘못되는 건지는 모르겠지만 말이다.

"호탁인 뭐래?"

"계속 미안하다는 말만 하고 있어. 뭐가 미안한 걸까?"

연두는 이마를 침대 시트에 대고 좌우로 문댔다. 가슴이 꽉 막히는 것 같았다.

"난 호탁일 만나면 한 대 때려 주고 싶을 것 같아. 하지만 넌 한 대가 아니라 마구 때려 주고 싶다. 아무리 좋아도 그렇지……. 어쨌든 표정 관리나 좀 하고 다녀. 나 심상찮은 고민 있어요, 얼굴에써 붙이고 다니는 것 같아."

더 이상은 나도 할 말이 없었다. 아무래도 연두가 카운슬러를 잘못 택한 것 같았다. 이건 내가 감당할 수 있는 일이 아니다. 친화력이 있으면 뭐해? 친구가 일생일대의 고민에 빠졌을 때 별 도움도 되지 못하는데. 주은이라면 어땠을까. 이 방면엔 나보다 훨씬 필요한 말을 해 줄 수 있을지 모른다. 주은도 혹시 남자와……? 워낙 생각이 자유로운 애니까. 암튼 뒤통수로 강펀치가 날아든 듯 머리가 띵했다.

연두는 침대 모서리에 상체를 기댄 채 잠들었다. 십 분만이라도 자게 내버려 둬야지. 호탁도 연두처럼 고민에 휩싸여 있을까? 그렇지는 않을 것 같았다. 남자란 단순한 동물이니까, 그렇게 어수룩해 보이던 호탁도 별 수 없는 남자니까 말이다. 연두와 호탁이 껴안고 있는 게 자꾸 상상돼 머리카락을 뒤집어 털었다.

연두와 호탁은 중3 겨울방학 때 영어 캠프에서 만났다. 한국말을 사용하면 적용되는 벌점을 가장 적게 받은 두 명이었다고 하는데, 마음까지 맞았는지 캠프 후에 가깝게 지내는 사이가 되었다. 토란과 나도 호탁을 몇 번 같이 만난 적이 있었다. 나는 호탁이 좀 계집애 같아 마음에 들진 않았지만, 순수한 면은 있어 보여 잘 봐주기로 마음먹었다. 그런데 그렇게 순진해 보였던 그 애가 사실은 속에 늑대의 본능을 감추고 있었단 말이지?

여하튼 오늘 나의 띠별 운세는 '차라리 모르는 게 낫다.' 뭐 그런 게 아닐까. 하루 동안 엄청난 쇼크를 두 번씩이나 받고 나니 멍할 뿐이다.

두 시간의 과외 공부는 동성애를 주제로 한 좌담회가 되어 버렸다. C여고의 레즈비언 적발 과정과 우리 학교에까지 번지고 있는 수상한 얘기들을 전한 후, 나는 수달피에게 아주 단순하게 질문을 던졌다.

"동성애를 이해해?"

수달피는 어깨를 으쓱해 보이고는 역시 단순하게 대답했다.

"아니."

뭐야, 난 진지하게 물었는데 너무 성의가 없잖아, 하고 면박을 주려는데 부연 설명이 이어졌다.

"하지만 그런 친구가 있다면 인정해 줄 수는 있어."

"이해하지 못하면서 인정한다는 건 또 뭐야."

"비유를 들까?"

"말이 되는 걸로."

"나는 여태껏 치킨 먹고 싶다 생각해 본 적이 한 번도 없어. 치킨이 맛있다는 걸 이해하지 못하는 거지."

"특이하네, 치킨이 얼마나 맛있는데. 하여튼 그래서?"

"하지만 일 년에 이백만 원어치 치킨을 사 먹고 겨드랑이에 닭날개가 돋은 친구 놈이 있어. 밥보다는 치킨을 더 좋아하는 놈이거든. 난 그놈은 그럴 수도 있다고 생각해. 단지 나와 식성이 다른 것뿐이니까."

겨드랑이에 닭날개가 돋았다는 게 과장인 건 알겠는데, 비유가 적당한 건지는 아리송했다. 그런 것 같기도 하고 아닌 것 같기도 하고.

"그 친구 심하다. 하지만 수달피 말대로 나도 그 닭날개 친구를 이해할 수는 있어. 그런데 말야, 여자가 같은 여자를, 남자가 같은 남자를 사랑한다는 건 정말 이상하지 않아? 인간이길 거부하는 거 아니냐고."

"거부한다는 건 의지의 문제지만 사랑한다는 건 의지를 벗어난 문제야. '사랑하겠다.'가 아니라 '사랑하게 되었다.' 뭐 그런 거지. '나는 같은 남자 혹은 같은 여자를 사랑하였다.'가 아니라 '사랑을 하게 됐는데 그게 같은 남자 혹은 같은 여자였다.'가 되는 거고."

"그런가? 하지만 다른 성에게 끌리는 게 정상이잖아."

"정상이 아니라 다수고 일반적인 거겠지. 이성애와 동성애는 다수와 소수의 차이일 뿐이야. 소수라고 해서 그 존재를 무시해서야 되겠나? 100명 중 99명이 치킨을 좋아하니 너도 치킨을 먹어야 해, 한다면 나는 너무 억울해 죽고 싶을 거야.”

“치킨 애긴 그만 좀 해.”

수달피는 내 이마를 톡 치며 웃었다.

“친구들이 왕따 당할 수 있으니 신경 좀 써 줘.”

소문의 주인공들이 친구라고는 하지 않았는데 넘겨짚긴. 하지만 친구 이상으로 신경 쓰이는 게 사실이었다. 이거 뭐야, 그렇담 아람과 가영이 레즈비언이란 소문을 인정하는 셈이 되나?

성적 소수자라. 수달피의 말이 틀리지는 않은 것 같다. 그들은 다수가 아닌 소수일 뿐이라는 것. 자기 의지로 동성을 사랑하는 게 아니라 자신도 모르는 새 그런 사랑을 하게 된다는 것. 하지만 사람과 사람이 사랑하는 일을 치킨을 좋아하느냐 좋아하지 않느냐의 비유로 설명하는 것이 적절한 건지는 모르겠다. 어쨌든 같은 성끼리 끌리는 그들, 여전히 낯선 별에서 온 이방인들 같다.

토론인지 상담인지 한참 얘기를 나누는 사이 시간이 뚝딱 흘러갔다. 어차피 공부는 물 건너갔고, 남은 시간을 어떻게 때울까. 연두 얘기를 꺼내 봐? 하지만 쉽게 입이 떨어질 것 같지 않았다. 수달피가 아무리 만만하다 해도 남자잖아? 섹스 같은 얘길 어떻게 아무렇지도 않게 꺼내. 아니, 그보다는 내 친구들 중에 그런 애가 있다는 걸 말하기가 싫은 건지도 몰랐다. 나도 허영심 같은 게 있는 건가? 친구를 남 보기 좋은 장식품처럼 달고 다니고 싶어 하는 값싼 허영심이.

“수달피, 그거 해 봤어?”

내 생각과는 전혀 상관없이 발칙한 질문이 튀어나왔다.

"뭘?"

이런, 주워 담을 수도 없고. 수달피와 너무 친해져서인지, 가끔 옥탑방 멤버로 착각할 때가 있다.

"그러니까 음…… 여자랑 자 봤냐고."

"갑자기 뚱딴지같은 소리야."

수달피는 목덜미까지 빨개져 생수 병을 입에 대고 기울였다. 생각했던 것보다 더 순진하네. 하긴, 대학생이라지만 아직 1학년이니 애나 마찬가지지 뭐.

"안 해 봤어?"

추궁하는 나에게 수달피는 미심쩍어하는 눈초리를 보냈다.

"너 무슨 일 있냐? 어떤 녀석이 너한테 자자고 그래?"

"무슨 헛소리야!"

펄쩍 뛰는 나를 보고 수달피는 귀엽다는 듯 웃었다.

"할 얘기 있음 해 봐. 괜히 날 걸고넘어지지 말고."

그럼 그렇지. 이건 수달피가 아니라 완전 능구렁이라니까.

나는 연두의 스토리를 요약 정리 했다. 이런 얘기를 하는 데 수달피만큼 제격인 사람이 또 있을까. 비밀 보장은 물론, 성심 성의껏 해 줄 수 있는 말은 다 해 주는 사람이 수달피다. 좀 장난스럽지만 제법 논리적이고 쓸 만한 얘기들도 많다. 엄마가 과외 선생 하나는 잘 골랐다니까.

"그러다 연두가 정말 콩 까게 될까 봐 걱정이야."

“그런 못된 말은 어디서 배웠냐?”

아무 생각 없이 또 지저분한 은어를 내뱉고 말았다.

“우리 반 남자애들. 끼리끼리 모여 수군거리는 거 한 학기만 들어 봐. 빠삭해지지. 수달피도 중딩과 고딩 시절을 거쳤으니 잘 알 거 아냐.”

수달피는 어이없다는 듯 웃고는 내 정수리의 머리카락을 흐트러뜨렸다. 홍조는 이제 눈 밑에만 살짝 남아 있었다.

“학교에서 엉터리 같은 순결 교육을 할 게 아니라 콘돔 사용 캠페인을 벌여야 한다니까.”

“미성년자들끼리 그러는 걸 적극 권장이라도 해야 한다는 거야?”

“열한 살이면 사춘기가 오는데 미성년자는 무슨. 그리고 남자는 동물적인 본성이 강해 충동적일 때가 있어. 네 앞에 있는 녀석도 언제 널 덮칠지 모른다고.”

수달피는 재미있다는 듯 킬킬거렸다.

“홀딱 벗고 덤벼 보라지. 아무런 감흥도 없는 이 몸은 장작개비처럼 딱딱하게 굳어 있을 텐데. 잘 나가다 한심한 소리야.”

“자식.”

내 정수리를 한 번 더 흐트러뜨리고 수달피는 생수병에 남은 물을 마셨다.

좌담을 시작한 지 딱 두 시간이 되어 수달피를 옥탑방에서 몰아냈다. 나름대로 의미 있는 과외 수업이었지만 피곤했다. 수달피는 "상담료는 후불이야?" 하면서 끝까지 너스레를 떨었다.

일찌감치 잘까 싶어 아래층에 보고하러 내려갔다. 엄마는 수목 드라마에 빠져 있었고 할머니와 치운은 각자 자기 방에 있는지 보이질 않았다.

"야, 최치운! 누님이 지금 주무실 거니까 아빠 들어오셔도 문자 날리지 마."

치운의 방이 잠겨 있어 문을 두드리며 소리쳤다. 방 안에서는 "엉." 하고 성의 없는 대답이 들려왔다. 매일 방문을 걸어 잠그고 뭘 하는 건지. 날을 잡아 한번 냄새나는 방을 뒤져 보든지 해야 지, 원.

"과외는 벌써 끝났니?"

엄마는 드라마에서 눈을 떼지 않고 물었다.

"어. 실력이 되는 사람들일수록 시간은 칼같이 지키거든."

양심에 가책도 받지 않고 거짓말이 술술 나왔다. 다음 시간엔 공부만 하자고 해야지. 옥탑방으로 그냥 올라갈까, 하다가 슬쩍 엄마 옆에 엉덩이를 붙이고 앉았다.

"엄마는 첫 키스 언제 해 봤어?"

남자랑 언제 처음 자 봤어? 하고 묻고 싶었지만 차마 그러지는 못했다.

"엄마한테 한다는 소리 하고는. 아니 너 혹시……?"

"미쳤어!"

길길이 뛰는 나를 보고 엄마는 안심했다.

"시답잖은 소리 그만 하고 올라가 자든가 해."

엄마는 다시 드라마에 집중했다. 회당 수천만 원을 받는다는 탤런트가 짙은 화장을 하고 침대에 누워 찔찔 짜고 있었다. 삼각관계로 얽힌 남녀의 그렇고 그런 사랑 얘기일 게 뻔했다. 흔해 빠진 스토리에 정신을 빼앗긴 모습이라니.

"아빠는 바쁜 일 아직 안 끝났나 보지?"

"내가 아니? 입찰 경쟁이 치열해 비상이 걸렸나 보더라. 뭐 언제나 그랬지만."

이렇게 무심할 수도 있나. 완전히 남 얘기를 하는 듯했다. 갈수록 애정 지수가 낮아지는 엄마와 아빠, 이불 속에서는 사랑을 하긴 하는 걸까? 상상을 하니 갑자기 부끄러워졌다.

"남자로 태어나지 않은 게 다행이야. 식구들 먹여 살릴 걱정은 안 해도 되잖니."

화장실에서 나온 할머니가 한마디 하고는 내 옆에 털썩 주저앉았다.

"어떻게 됐냐."

할머니는 일인용 소파에 앉아 드라마의 향방에 대해 물었다. 이삼십 대의 뒤틀린 사랑을 그린 멜로드라마에 별 관심도 없으면서 엄마에게 말을 붙이려고 괜히 관심을 보이는 척하는 게 틀림없었다. 엄마가 거실에서 혼자 TV를 볼 때마다 측은해하는 눈길을 보내던 할머니였다. 집안의 반대를 무릅쓰고 칠 년간의 열애 끝에 결혼한 딸이 매일 밤 널찍한 소파에 홀로 앉아 드라마에 눈을 박고 있는 게 딱하기도 할 것이다.

드라마 주인공들의 갈등에 대해 옥신각신하는 모녀를 남겨 두고 옥탑방으로 올라왔다. 곧장 침대로 기어들었는데 잠이 오지 않았다. 엎치락뒤치락 하다 보니 또 연두 생각을 하고 있었다. 그 아이들, 정말 사랑하는 걸까.

5
이반 사냥

　　선도부가 쉬는 시간마다 복도를 돌기 시작했다. 팔짱을 끼거나 손을 잡고 가던 여자애들이 선도부원에게 걸려 말다툼을 벌이는 등, 며칠 동안 학교는 뒤숭숭했다. 출처는 분명치 않았지만, 살벌한 이번 단속엔 '이반 사냥'이라는 이름이 붙여졌다. 쉬는 시간의 화제는 이반 사냥으로부터 시작해 동성애, 레즈비언, 게이 등의 언저리를 벗어나지 못했다.

학교에서 놀랄 만한 일이 벌어지고 있었다. 사냥개가 공개적으로 이반 색출에 나선 것이다. 교실 뒤 게시판에는 새로운 교칙 위반 검열 항목이 인쇄된 공고문이 나붙었고, 학생들에게도 한 부씩 전달되었다. 검열 내용은 다양했다.

— 동성 교제가 탄로 나면 강제 전학을 시킨다.

— 동성애가 강하게 의심되는 행위가 적발될 시 정학에 해당하는 징계를 받는다.

— 동성끼리 손을 잡거나 스킨십을 하면 제재를 받을 수 있다.

— 여학생이 지나치게 머리를 짧게 잘랐거나 남학생이 앞머리 혹은 뒷머리를 길게 기른 경우 학생부의 지시에 따라야 한다. 따르지 않을 경우 처벌의 대상이 될 수 있다.

기타 등등.

여자들끼리 손잡는 게 뭐가 어때서, 라든가 머리를 얼마나 더 촌스럽게 하라는 거야, 하는 불만들이 나왔지만 소용없었다.

선도부가 쉬는 시간마다 복도를 돌기 시작했다. 팔짱을 끼거나 손을 잡고 가던 여자애들이 선도부원에게 걸려 말다툼을 벌이는 등, 며칠 동안 학교는 뒤숭숭했다. 출처는 분명치 않았지만, 살벌한 이번 단속엔 '이반 사냥'이라는 이름이 붙여졌다. 쉬는 시간의 화제는 이반 사냥으로부터 시작해 동성애, 레즈비언, 게이 등의 언저리를 벗어나지 못했다.

3교시가 끝나고 화장실로 우르르 몰려가는데 복도의 분위기가 심상찮았다. 둥글게 만들어진 구경꾼들 사이로 말다툼하는 소리가 들렸다.

"당장 지워. 우린 아니란 말야."

"한 번 걸린 건 경고로 처리되니까 별일 없을 거야."

"아니, 우리 이름 빨리 지우라니까! 레즈비언도 아닌데 기분 더럽다고."

2학년 선도부원과 맞붙은 여학생들은 명찰이 모두 노란색. 역시 2학년 언니들이었다. 꼭 끼는 교복 허리선과 무릎 위로 10센티미터는 올라간 스커트 길이 때문에 날라리 티는 좀 났지만 특이한 구석은 없어 보였다.

"학생부장 선생님이 절대로 봐주지 말라고 했어. 난 시키는 대로 하는 것뿐이야."

"너 언제부터 사냥개 하수인이 됐어?"

아, 그런 말은 앞뒤를 살펴 가며 했어야 하는데. 하지만 이미 엎질러진 물이었다. 뒤에서 다가오던 사냥개가 그 말을 듣고 만 것이다.

"지금 한 말 다시 한 번 해 봐."

사냥개의 등장과 함께 두 언니의 얼굴에 핏기가 가셨다. 사냥개는 분필 가루가 묻은 거친 손으로 언니들의 머리를 연달아 후려쳤다.

"너희 둘, 따라와."

살구나무 지휘봉이 포물선을 휙 그리며 아래층으로 내려가는 계단을 가리켰다. 산발이 된 언니들은 찍소리도 못하고 사냥개를 따라갔다. "살벌하다." 하고 중얼거리는데 토란이 내 눈앞에 대고 체육복을 흔들었다. 아, 체육복을 갈아입으러 가던 참이었지. 4교시는 체육 시간이었다. 이미 화장실로 들어갔는지 연두와 주은은 보이지 않았다.

토란과 같은 칸에 들어가 잽싼 동작으로 옷을 벗었다. 탈의실이 없기 때문에 여학생들은 체육 시간마다 변기 냄새를 맡으며 수선을 떨어야 한다.

"사냥개 좀 오버하더라."

추리닝 바지에 다리를 꿰며 내가 말했다.

"너 모르지?"

토란이 얼른 말하고 코르셋 위로 체육복 윗도리를 끌어내렸다.

"한화 이글스가 진 다음 날, 사냥개 상태가 더 안 좋아진다는 거."

설마 싶었지만 아침에 스포츠광인 남자애들이 시끌시끌 떠들던 게 생각났다. 어제 한화 이글스가 두산 베어스에게 3 대 2로 졌다고 했던가.

아람과 가영이 사냥개에게 크게 당할 날도 멀지는 않은 것 같다. 소문의 레즈비언들이 바로 두 사람이었다는 이야기가 공공연한 사실이 되어 순식간에 학교에 퍼진 것이다. 둘이 하루에 한 번씩 사냥개와 담임에게 불려가는 건 모르는 아이들이 없었다. 결정적인 증거만 찾지 못했을 뿐, 사냥개가 가영과 아람을 소문의 장본인들로 찍고 있는 게 분명했다. 믿지 않으려고 했는데 나도 모르게 거센 회오리에 휩쓸리고 있는 게 당황스러웠다. 아람과 가영의 주변을 맴돌기 시작한 서먹한 공기도.

소식이 빠른 아이들은 사냥개가 또 다른 이반들을 찾아내기 위해 두 사람을 닦달하고 있다고 했다. 십 대 레즈비언 카페에 가입한 다른 아이들의 이름을 대라, 정상 참작을 하여 가벼운 징계로 끝내 주겠다, 고집을 부려야 좋을 게 없다, 그런 말들로 압박을 하고 있다는 거였다. 그 사람, 어쩌다 교사가 되었을까. 형사가 되었다면 나라에서 주는 훈장 몇 개는 받았을 텐데.

"아람이랑 가영이 어떡하냐, 점점 궁지에 몰리고 있으니."

서둘러 화장실을 나오며 토란에게 말했다.

"그러게."

토란은 시큰둥하게 대답했을 뿐 별다른 말은 하지 않았다.

복도에 '소녀의 기도'가 울려 퍼졌다. 토란의 손을 잡고 뛰려다

순간 탁 놓아 버렸다. 아, 미안해라. 아닌 줄 알았는데, 나도 이반 사냥을 두려워하고 있었나 보다.

체육 선생님은 난데없이 왈츠를 하겠다고 발표했다. 남자애들이 뒤로 넘어지며 비명을 질러 댔다. 지난 시간에 끝난 농구 때문에 스트레스를 받던 여자애들도 차라리 축구를 하겠다며 펄쩍 뛰었다. 체육교육과 출신의 멋쟁이 여자 선생님은 경악하는 아이들을 보며 즐거워했다.

"자, 우선 남자가 마음에 드는 여자를 찾아 파트너 신청을 한다."

"으……." 하는 신음소리가 여기저기서 들리고 "안 돼요, 딴 거 해요." 하는 원성이 빗발쳤다. 그런 가운데 묘한 흥분이 감돌기 시작했다. 쑥스럽긴 하지만 뜻하지 않은 이벤트야, 즐겨 볼 만도 하잖아, 하는 듯한 기대의 눈초리들. 원하는 사람을 향해 화살표가 죽죽 날아가는 게 눈에 보이는 것 같았다. "남녀공학은 좋은데 체육 선생님이 여자인 건 정말 괴로워." 하는 말을 끝으로 아우성은 잦아들었다.

체육 선생님의 지시에 따라 스타트는 부반장인 기수가 끊었다. 기수는 별 고민 없이 바로 옆에 있는 토란을 지목했다. 무미건조한 성격하고는. 키득거리는 웃음소리가 들리고 토란의 얼굴은 새빨개졌다. 아, 기수가 아니라 창이었어야 하는데.

이때 창이 토란에게로 걸어왔다. 이거 재미있게 돼 가는데?

"나랑 추자."

지금 무슨 일이 일어난 거야. 창은 토란이 아닌 나에게 손을 내밀고 있었다. 이게 아니라고! 하지만 그사이 토란은 기수의 손을 뿌리치지 못해 자기 손을 얹었고, 나도 얼떨결에 창의 손에 내 손을 얹고 말았다. 소이는 뭐가 잘못돼도 한참 잘못됐다는 표정을 하고 있다가, 진진이 다가와 손을 내밀자 본 척도 않고 다른 자리로 가 버렸다. 못된 계집애.

하나 둘 시작하자 좋으면 좋은 대로, 아쉬우면 아쉬운 대로 짝이 지어졌다. 주은은 반에서 가장 키가 큰 남자애와, 연두는 중학교 동창이었다는 남자애와 파트너가 되었다. 주은과 연두는 누구라도 상관없다는 표정이었고, 두 남자애는 못 먹는 감 찔러나 보았다가 감지덕지 좋아하는 눈치였다.

유리는 당연히 승범의 선택을 받았고, 소이는 닥치는 대로 거절만 하다가 체육 선생님이 짝지어 준 아이와 될 대로 되라 서 있었다. 완전히 풀이 죽은 진진은 현유에게마저 딱지를 맞고, 한쪽에 고개를 숙이고 있던 아람에게 허락을 받았다. 마지막에 남은 남자애 하나는 영광스럽게도 체육 선생님과 파트너가 되었다.

자세를 잡는 데만 이십 분을 보낸 뒤 왈츠의 기본 스텝을 배우기 시작했다. 땅에다 정사각형을 그려 놓은 다음, 3박자 리듬에 맞춰 시계 방향으로 네 모서리를 차례로 디디며 도는 게 첫 번째 과제였다. 어색한 자세에 신경 쓰느라 내 발은 자주 엇갈렸다. 창의 어깨에 올린 왼손은 불편했고, 창의 왼손과 맞잡은 오른손은 뻣뻣하기만 했다.

"샴푸 뭐 써? 냄새 괜찮다."

창은 그 와중에 넉살 좋게 말까지 붙였다. 이 녀석 혹시 선수 아냐? 어디서 배운 적이 있는지 스텝은 꽤 능숙했다. 창에게 이끌리다시피 다음 모서리로 이동하는데 애프터쉐이브 향이 코끝을 스쳤다. 털털한 줄 알았더니 은근히 멋을 내네. 상쾌한 게 그리 나쁘지는 않았다.

사각형을 반대로 돌 때까지도 나는 여전히 불편하고 뻣뻣했다. 하지만 싫지 않은 건 또 뭐람. 토란의 안타까운 눈빛이 건너오는 걸 보지 못했더라면 '이 정도면 만족해.' 라고 생각할 뻔했다. 아, 이런 상태 정말 싫다. 체육 시간, 빨리 지나가 버려라.

오랜만에 일요일 옥탑방 모임을 소집했다. 토란은 아직 도착하지 않았고, 연두는 컨디션이 안 좋다며 한 시간 전에 불참 문자를 보내 왔다. 아직도 고민 중인가? 나사 하나가 빠진 듯했던 표정은 수습된 것 같은데 생각이 복잡한 것만은 틀림없었다. 학교에서도 별 말이 없고 쉬는 시간엔 낙서를 하거나 창밖을 내다보는 게 일이었으니까.

나는 나대로 토란과 주은에게 연두 얘기를 해야 할지 말아야 할지 며칠째 고민 중이었다. 옥탑방 멤버들 간에 하나 둘 비밀이 생기기 시작하면 우리 모임은 의미가 없다는 게 내 생각이었다. 수달피와의 계약 연애를 숨기고 있는 내가 그런 생각을 할 자격이나 있는지 모르겠지만 말이다. 암튼 중요한 사실은 두 가지였다. 남녀의 사랑 문제만은 내 능력 밖이라는 것, 그리고 위태위태

한 연두를 그냥 두어서는 안 된다는 것이었다. 연두 애기를 들으면 둘 다 기절하고 말 텐데.

아래층에서 커피와 간식을 준비해 와 접이식 테이블에 올렸다. 주은은 가방에서 꺼낸 화집을 보다가 그럴듯하게 향을 풍기는 카푸치노를 받아 들고 좋아라 했다. 커피를 제대로 즐기고 싶어 하는 엄마가 공들인 작품이었다.

"나 오늘 딱 두 시간만 있다 갈게."

주은은 코끝으로 카푸치노 향을 맡으며 말했다.

"왜?"

"엄마가 쉬는 일요일이라 얌전히 공부하는 모습 좀 보이려고. 내가 뭘 하든 우리 엄마 간섭하는 법이 없지만, 내 일 내가 알아서 한다는 걸 보여 주기 때문에 마음을 놓는 거거든. 이게 바로 내가 자유롭게 살아가는 방법이야."

주은은 깜찍한 여우처럼 웃었다. 생각보다 용의주도하네.

"누구 화집이야?"

주은 앞에 놓인 화집을 끌어당기며 물었다.

"에곤 실레."

미술 교과서에 나온 「앉아 있는 화가의 부인」과 달리 너무 적나라한 나체 그림이 많아 보기 민망했다.

"야아, 진짜 예술인데. 이 화가 머릿속은 벌거벗은 몸들로 가득 차 있나 봐."

에로티시즘이니 비틀림의 미학이니 하는 설명을 미술 시간에

들은 기억이 났지만 역시 너무 적나라했다. 주은은 그냥 웃기만
했다.

"넌 연기 공부 하는 애가 화집도 많이 보더라? 원래 그림 좋아
해?"

학교에서도 틈틈이 화집을 보던 게 생각나 물었다.

"풍부한 감성을 키우는 데는 음악과 미술만 한 게 없다고, 쭌이
그러더라."

"너 쭌이랑 꽤 친한 것 같다?"

"약간."

주은은 대수롭지 않게 대답했다.

무심코 화집을 한 장 넘기다 나는 동작을 멈추었다. 「자위하는
자화상」이라. 여자들끼리 혹은 남자들끼리 나체로 부둥켜안고 에
로틱한 포즈를 취한 그림만 봐도 속이 울렁거렸는데, 손으로 자
신의 성기를 잡고 퀭한 눈을 한 자화상이라니. 하여간 예술 하는
사람들의 정신세계란 이해할 수 없다.

"난 에곤 실레의 그림을 볼 때마다 매료되는 느낌이야."

주은의 말은 더 어이없었다. 이런 그림에 매료되는 열일곱 살
의 고딩이라니. 주은이 얘 정말 그 방면으로 좀 아는 거 아닌가?
그렇다면 연두 문제에 도움을 줄 수 있을지도 모른다. 말해 볼까?
만약 연두의 허락 없이 말했다가 연두가 절교라도 하자고 나오
면? 하지만 우린 무슨 얘기든 나눌 수 있는 옥탑방 베프들이잖아.
결국엔 자신을 위해 그랬다는 걸 알게 될 거야.

에곤 실레의 그림을 들여다보며 이 궁리 저 궁리 하고 있는데 토란이 노크를 하고 들어왔다.

"둘만 너무 친한 거 아냐?"

이런 어린애다운 질투가 귀여운 건 토란밖에 없을 것이다. 딸기 모양의 천 가방을 내려놓고 화집을 휙휙 넘기는 게 짓궂어 보이기도 했다.

"참 괴상한 그림들이네. 전부 약 먹은 사람들 같아."

책을 덮어 버리는 토란을 보고 주은과 나는 웃음을 터뜨렸다.

"커피 타 줘. 블랙으로."

토란은 당연하다는 듯 심부름을 시켰다. 각설탕을 두 개씩이나 넣던 애가 웬일로. 아, 다이어트! 그러고 보니 그사이 살이 조금 더 빠진 것 같긴 했다. 남자 때문에 이렇게 참을성이 많아지다니, 놀라운 일이다. "연두는?" 하는 토란에게 "몸이 안 좋대."라고만 대답했다.

아래층에서 원두커피를 내릴 때 엄마가 흰 접시에 초록색 체크 프린트 냅킨을 깔고 파운드케이크를 잘라 주었다. 언제나 이렇게 뒤에서만 관심을 보이면 좋겠다. 토란은 케이크엔 눈길도 보내지 않았다. 체육 시간 이후 다이어트를 더 심하게 하는 것 같다. "창이 네 파트너가 되었어야 했는데." 하고 위로했을 때 토란은 "뚱뚱한 채로 같이 왈츠를 추지 않은 게 다행이야." 하고 넘어갔다. 하지만 시무룩한 표정은 숨기지 못했다. 토란이 살을 빼면 창과 잘될 가능성이 높아지기는 할까.

"가영이 말야."

토란은 커피를 한 모금 마시고 입을 열었다.

"걜 어떻게 대해야 할지 모르겠어. 아람인 원래 친하지 않았던 사이라 모르는 척하면 그만이지만, 가영인 마주치는 게 정말 불편해."

연두 얘기를 하려고 했는데 토란이 선수를 치고 말았다.

"가영이를 그냥 예전의 가영이로 보면 안 되니? 걔가 레즈비언이든 아니든 너랑 아무 상관 없잖아."

주은이 케이크를 한입 베어 물고 말했다.

"상관없긴. 좀 멀어지긴 했지만 친구는 친군데."

토란은 꽤나 심각했다.

"연기 학원에 게이 커플이 있어."

주은이 말했다.

"진짜?"

토란은 눈을 동그랗게 뜨고는 커피 잔을 내려놓았다.

"처음 그 사실을 알았을 땐 나도 그 사람들 외계인들처럼 께름칙했어. 그런데 다른 오빠 언니들은 그 커플을 다들 아무렇지 않게 대하는 거야. 물론 이전부터 그들이 게이라는 걸 알고 있었고. 근데 내가 낯설어하는 걸 보고 쭌 오빠가 그러더라. 게이라서 뭐 잘못된 게 있냐, 남에게 피해를 끼치는 것도 아니고 위협이 되는 것도 아닌데, 라고. 듣고 보니 그렇더라. 사기꾼, 이중인격자, 성폭력범, 인종차별주의자, 환경 파괴범 등등 세상에 비난할 인간들이 얼마나 많아. 그런데 자기들끼리 좋아하는 걸 가지고 시비를 거는 거, 우스운 일이지."

"그래도 난 도저히 이해할 수 없어. 밀가루는 물과 반죽을 해야지 같은 밀가루와 반죽할 수 없는 거잖아."

토란은 좀 엉뚱하다 싶은 비유를 들며 인상을 찌푸렸다.

"무조건 배척한다면 사냥개와 다를 게 뭐 있니? 나 역시 동성애를 이해하진 못해. 하지만 개네가 잘못을 하는 거라고도 말하지 못하겠어. 좋아한다는데 어떡해. 사랑은 의지를 벗어난 문제야. 사랑하겠다고 마음먹고 사랑하는 게 아니라 그냥 사랑하게 되는 거지. 토란이 네가 너 자신도 모르는 새 창을 좋아하게 된 것처럼."

허허 이것, 내 입에서 제법 그럴듯한 말이 나올 때도 있고. 밀가루 반죽 같은 얘기보단 훨씬 나았다.

"난 이성을 좋아하는 거고 개들은 동성을 좋아하는 거잖아. 정상이 아니라고."

"비정상이 아니라 소수고 일반적이지 않은 거지. 이성애와 동성애는 다수와 소수의 차이일 뿐이야. 소수라고 해서 그 존재를 무시할 권리는 아무에게도 없어."

어라, 이제 보니 수달피가 한 말을 반복하고 있었잖아. 아무리 권위 없는 과외 선생이라지만 알게 모르게 수달피로부터 영향을 받고 있었나 보다.

토란이 화장실을 다녀오겠다고 하여 이야기는 잠시 중단되었다. 주은은 다시 에곤 실레의 화집을 잡았고, 나는 머그컵을 두 손으로 감싸고 미지근해진 카푸치노를 홀짝였다. 아람과 가영은 사랑하는 게 아니라 잠시 야릇한 감정에 사로잡혀 있는 건 아닐까. 하늘공원에서 가영을 보며 내가 느닷없이 설렜던 것처럼. 물론 둘은 훨씬 그 이상이겠지만 말이다. 결국은 나도 가영과 아람이 레즈비언이 아니길 바라고 있는 건지도 모른다.

토란이 돌아와 물 묻은 손을 탈탈 털며 물었다.

"연두는 많이 아프대?"

타이밍을 놓치면 안 되겠다 싶어 나는 재빨리 말했다.

"연두 있잖아, 호탁이랑 그렇고 그런 일이 있었대."

"그렇고 그런 일이라니?"

"뭔데?"

주은과 토란은 빨리 얘기하라며 재촉했다.

"호탁이랑, 이렇게 했다고."

나는 에곤 실레의 화집을 넘겨 남녀가 깊이 껴안고 있는 그림을 가리켰다.

"뭐어!"

토란은 천장을 뚫고 나갈 것처럼 펄쩍 튀어올랐다.

"읗, 장난이지?"

주은이 날 떠보았지만 내 표정을 살피고는 어깨를 위로 추켜올렸다가 털썩 내렸다.

"언제? 어디서? 어쩌다?"

짧은 질문들을 쏟아내며 토란은 목소리를 점점 높였다.

"끝까지 간 건 아니야. 중간에 멈췄대."

"후유, 심장 튀어나오는 줄 알았네. 욥 너, 진작 그렇게 말할 일이지."

"나도 놀랐잖아. 암튼 중간에 정신을 차리지 않았다면 끝까지 갈 수도 있었다는 거네?"

어차피 시작한 것, 나는 알고 있는 사실을 빼놓지 않고 다 얘기했다. 알다가도 모를 연두의 고민까지. 토란은 진정이 되지 않는지 커피를 콜라 마시듯 꿀꺽꿀꺽 넘겼다.

"연두 걔 제정신인가? 쬐그만 게, 말도 안 돼. 그러다 잘못해 임신이라도 하면 어쩌려고. 화장실 낙태 어쩌고 하는 뉴스가 우리 얘기일 수도 있었다니, 정말 아찔하다."

토란이 비약하며 수선을 떨었다.

"아람과 가영이 얘긴 뜻밖이라고 생각한 정도였는데, 연두 얘긴 정말 한 방 얻어맞은 기분이다. 걔 고지식하고 겁도 많을 줄 알았거든."

주은도 놀란 표정을 감추지 않았다.

"근데 연두 고민이 뭐야? 너무 복잡해 뭔 얘긴지 이해하기 어렵다."

나도 이해하기가 힘든데 토란이야 오죽하랴.

"주은이 넌 어떻게 생각해?"

나는 주은의 얘길 듣고 싶었다.

"내 생각이 어떻든 도움이 될까? 연두 생각이 중요하지."

실망스러운 대답이었다. 뭔가 시원하고 분명한 답을 내놓을 줄 알았는데.

"그러니까 만약 연두가 호탁이랑 정말 그걸 하게 된다면 넌 뭐라고 할 것 같냐고."

토란이 질문을 아주 단순하게 정리했다.

"뭐, 사랑하면 할 수도 있는 거 아냐? 키스는 되고 섹스는 안 된다, 그런 거 난 좀 웃기더라. 키스와 섹스에 어떤 차이가 있는데? 섹스는 임신의 위험이 있다고? 그럼 임신하지 않게 주의하면 되는 거지. 콘돔을 사용한다든가."

주은은 거침없었다. 놀라서 손으로 입까지 막고 있던 토란이 공격적으로 물었다.

"그럼 너도 사랑하는 사람이 생기면 할 수 있다는 거야?"

"물론이지. 참을 수 없이 온몸으로 사랑하고 싶은 사람이 생기면 말야."

주은다운 얘기였지만 나에겐 역시 강도가 셌다.

"난 좀 웃길 때가 있어. 여자든 남자든 자기 성에 나름의 태도를 가질 수 있잖아. 그에 따라 행동할 수도 있는 거고. 근데 우리 현실에선 성 행위를 해도 된다, 해서는 안 된다, 허용과 금지의 대상으로 만들어 버린다는 거야. 웃기지 않아? 결혼하지 않으면 섹스는 해서는 안 되는 일이 되고, 십 대일 경우 아예 그걸 생각하는 것조차 불순한 일이 된다니 말야. 어떨 땐 우리가 믿는 도덕이 모든 청춘들을 성 불구자로 만드는 게 아닌가 싶다니까. 난 그런 폭력이 어이없다는 거야."

주은은 좀 흥분한 것 같았다.

"그럼 연두가 호탁이랑 끝까지 가는 게 옳다는 거야?"

토란은 어김없이 단순 명쾌했다.

"연두에 대해선 솔직히 잘 모르겠어. 내 문제가 아니라 연두 문제니까. 사랑은 누가 시켜서 하는 일이 아니잖아."

아무리 강력한 의견을 가지고 있으면 뭐하나. 결국은 원점이었다. 정답은 하나였다. 선택은 연두의 몫이라는 거. 하지만 난 연두가 끝까지 가는 건 결사반대였다. 어른들 말처럼 일이 잘못되면 여자만 손해일 테니까. 그렇잖아? 연두 얘길 괜히 꺼냈나 싶었다. 주은의 말엔 반박도 동조도 할 수 없었고, 왠지 머리만 더 복잡해졌다. 역시 내가 감당할 수 있는 문제가 아니었어.

도저히 풀기 힘든 수학 문제를 앞에 놓고 있는 것처럼, 한동안 침묵이 이어졌다.

"참, 주은이 생일 얼마 안 남았잖아."

토란이 다이어리를 꺼내 뒤적거리더니 빨간색 하트 스티커를 붙인 날짜를 가리켰다. 스티커 옆에는 초록색 펜으로 '주은 생일'이라고 씌어 있었다.

"생일 선물 뭐 해 줄까."

어수선한 마음을 추스르고 내가 물었다.

"글쎄, 여럿이 돈 모아서 큰 거 하나 해 주는 건 재미없어. 가격

보다는 창의성을 높게 쳐 줄 테니 각자 알아서 해 줘."

예상했던 대로 까다로웠다. 누가 오주은 아니랄까 봐.

토란이 다이어리에 무언가 적고 있는 동안 주은이 말했다.

"아, 나 있지, 어제 우리 학원 근처에서 J.rp 봤다?"

"학원 근처에서?"

"정말?"

주은인 토란과 나를 궁금하게 해 놓고는 약 올리듯 눈을 반짝였다.

"중3 때 같은 반이었던 애가 갑자기 연락을 해 온 거야. 걔도 J.rp 팬이거든. 콘서트에 같이 간 적도 있고. 근데 J.rp가 떴다면서 무조건 나오라고 하잖아. 우리 학원에서도 멀지 않다면서. 동물 흉내내기 개인 연습 중이었는데 좀 갈등하다 뛰어나갔지 뭐."

"걘 어떻게 안 거야? J.rp가 떴는지."

내가 궁금한 건 언제나 토란이 알아서 물어 준다.

"사생팬이거든. 스타의 스케줄을 귀신같이 알아내는."

"사생팬? 스토커처럼 스타들의 사생활까지 따라다니는 애들이냐."

토란이 말하자 주은은 고개를 갸웃했다.

"스토커는 아니지. 개념 상실한 부류도 가끔 있지만 나름의 룰을 지키면서 따라다니는 게 보통이니까. 난 어쨌든 프라이버시 침해 같아서 별로였는데, 어젠 바로 근처에 J.rp가 있다는 얘길 듣고 굉장히 설렜어. 사적인 장소에서 J.rp를 볼 수 있다는 게 꿈인가 싶었고."

"J.rp는 그쪽에 무슨 일로 간 거야?"

"친구가 하는 일식집이 있는데 거기서 아는 사람들하고 식사를 했나 봐. 내가 도착했을 때 J.rp가 막 거기서 나오는 거 있지. 조금만 늦었더라도 못 봤을 텐데 운이 확 트였던 거지."

"어땠어? 무대에서 보는 거랑 많이 달랐어?"

대답을 듣기도 전에 나는 주은의 기분이 어땠는지 알 수 있었다. 표정이 정말 '짱'이었으니까.

"숨 막혔어. J.rp의 일상을 생생히 보고 있다는 게. '쌩얼'에다 평범한 티셔츠와 청바지 차림으로 사람들과 이야기를 나누는 모습이 얼마나 친근해 보이던지. 우연히, 정말 우연히 시선이 마주쳤는데 눈물이 핑 돌더라. 사생팬들 몇 명과 편의점 앞에 쭈그리고 앉았던 게 좀 창피했지만."

주은의 눈빛은 바로 어제 그 장소에 있는 것처럼 촉촉해졌다. 이건 좀 과한 감동 아닌가? 방송국 녹화 현장에서 조리퐁에 대한 주은의 사랑을 인정하고야 말았지만, 그와 우연히 눈이 마주쳤다고 눈물까지 흘리다니.

"그러고 나서 조리퐁은 가 버린 거야?"

토란은 턱을 받치고 물었다.

"응, 같이 있던 사람들이랑 곧장 주차장으로 가더라. 하지만 난 혼자서 경축이라도 하고 싶은 심정이었어. 남들은 보지 못하는 데서 J.rp를 본다는 건 아무에게나 오는 기회가 아니니까. 빨리 학원으로 돌아가야 하기도 했고. 쭌 오빠가 문자를 세 번이나 날렸더라고. 수업 시작했는데 어디 있냐고."

"쭌 오빠 너에 대한 관심이 보통 이상이라니까. 융, 그런 생각 안 들어?"

토란은 호기심이 가득한 눈을 하고서 나에게 동의를 구했다.

"글쎄. 그런 것 같기도 하고, 그냥 동생처럼 챙겨 주는 것 같기도 하고."

"후자니까 그만들 해."

주은이 토란과 나를 번갈아 흘겨보았다.

"그 오빠 너한테 심오한 연기 철학을 강의한다더니, 실제로 연기도 잘해?"

이번엔 흥미진진해하는 토란 대신 내가 물었다.

"우리 학원에선 거의 스승님 수준이야. 조연이지만 얼마 전 오디션에도 합격했고. 국내 창작 뮤지컬인데 내년 봄쯤 공연한대."

"와, 능력 있네."

토란이 마치 쭌이 사촌 오빠라도 되는 것처럼 좋아했다. 그러더니 곧 울상을 지었다.

"나 어제 마들렌을 만들다 실패했어."

하여튼 느닷없이 화제를 건너뛰는 데 뭐 있다니까.

"마들렌을 제대로 만들려면 버터를 살짝 탈 정도로 녹여야 하는데, 멍청하게 너무 태운 거 있지. 만오천 원 주고 마들렌 틀까지 샀는데. 엄마랑 아빠가 열두 개를 다 먹느라 괴로웠을 거야."

내색은 하지 않았지만, 잘 만들게 되면 창에게 구워 선물하려고 시도해 봤던 게 틀림없었다.

"실패는 성공의 엄마라잖아. 몇 번만 더 해 보면 죽여 주는 마들렌을 만들 수 있을 거야. 그리고 좋아하는 사람을 위해 써먹을 만한 장기가 있다는 것만 해도 어디야."

듣기 좋으라고 한 소리는 아니었다. 나라면 스페이스영이나 기웃거리며 가격이 적당한 셔츠 따위를 골랐을 테니까. 아무것도 재주가 없다는 건 정말 비참한 일이다. 주은인 내 장점이 친화력이라고 했지만, 그걸 엄마 식으로 표현하자면 오지랖이 넓다는 말이 된다. 친화력과 오지랖이 그렇게 가까운 사이였던가?

"융, 이제 제법 하던데? 카이트 말야. 내가 옆으로 지나가는 것도 모르고 날리더라."

토란은 오늘 아침 얘길 하는 것 같았다.

"아, 너 봤어?"

"응, 오늘 좀 일찍 학교 갔거든. 집중한 것 같아 너 부르지 않고 그냥 교실로 들어갔어. 전보다 카이트가 잘 나는 것 같던걸?"

"그 정도는 기초 중의 기초일 뿐이야. 아직 회전도 맘대로 안 되는걸 뭐. 답은 하나. 연습이 더 필요한 거지."

"대회에 나가는 게 중요한 건 아니잖아. 하고 싶은 걸 한다는 게 중요하지."

주은은 나를 안심시키려고 그렇게 말했지만 난 아니었다.

"나에겐 목표를 가지고 한다는 게 더 중요해. 지금까지 뭔가에

도전해 본 적이 없거든."

주은과 토란 둘 다 고개를 끄덕였다.

우리는 자우림 6집을 듣기 시작했다. 어두우면서 투명한 느낌, 지루한 것에 익숙했던 귀를 깨우쳐 주는 소리가 방 안을 채우기 시작했다. 처음엔 다른 애들과의 차별화 전략으로 듣게 된 자우림. 이제는 정말 그 매혹적인 음악에 맛들이고 있다. 암튼 연두가 자주 빠져 속상하긴 하지만 2학기 들어 옥탑방 모임이 잦아졌다. 주은의 생일엔 한 사람도 빠짐없이 모여 떠들썩한 파티라도 벌였으면 좋겠다.

6

교과서를 찢어라

왜 이러지? 나도 모르게 창에게로 눈길이 가는 일이 많아졌다. 정확히 말하자면, 왈츠를 세 시간째 하고 나서부터였다. 손으로 전해 오는 느낌이 첫 시간과 달랐다. 왼손에 잡히는, 말랐지만 단단한 어깨, 오른손으로 감촉되는 따뜻하고 긴 손가락. 한마디로 '이런 느낌 처음이야.' 였다.

모의고사 성적이 나왔다.

성적표를 받을 때만 잠깐 신음들을 흘렸지, 과목별 성적 분석을 하는 애들은 공부 잘하는 애들 몇 명밖에 없었다. 나는 과목 대부분이 4, 5등급에 머물렀고, 외국어 영역만 3등급을 받았다. 생각했던 것보다는 잘 나왔다. 모르는 문제는 모두 3번으로 찍었는데 운 좋게 많이 건졌나 보다. 무엇보다 영어 성적이 떨어지지 않아 다행이다. 5등급이었던 수학도 4등급으로 올랐다. 카이트 페스티벌이 끝나면 마음을 다잡고 매진해 영어만은 2등급까지 올려야지. 그런데 그게 될까?

옥탑방 멤버 중에는 이변이 생겨 주은이 연두를 제치고 과목 평균 2.5등급을 받았다. 조리퐁에게 정신이 팔려 모의고사엔 신경도 쓰지 않을 줄 알았는데 예상 밖이었다. 2등급은 유지하던 연두는 3.5등급으로 추락했고, 토란은 꿋꿋하게 5등급을 지켜냈다.

주은은 "나 선방했어." 하면서 흡족해했지만, 연두는 얼굴에 그림자가 깊어졌다. 옥탑방에서의 고민 상담 이후 별일은 없었을까.

우리 반 최고는 기수, 기수와 1, 2등을 다투는 현유는 그다음, 그리고 창이 세 번째를 차지했다. 지독한 귀신들. 담임은 1등에서 3등까지만 이름을 공개하고, 나머지는 성적표를 나눠 줄 때 적당히 한마디씩 덧붙였다. 토란에겐 "만날 그 자리구나.", 연두에겐 "학원에서 제대로 가르치긴 하는 거냐?" 하며 못마땅해했다. 내 그럴 줄 알았지.

3교시 사회 시간 전, 주은이 놓고 나간 뭉크의 화집을 뒤적였다. 한 이 분이나 지났을까. 옆 분단 바로 앞쪽, 이어폰을 귀에 꽂고 책을 읽는 창이 시야에 걸렸다. 왜 이러지? 나도 모르게 창에게로 눈길이 가는 일이 많아졌다. 정확히 말하자면, 왈츠를 세 시간째 하고 나서부터였다. 손으로 전해 오는 느낌이 첫 시간과 달랐다. 왼손에 잡히는, 말랐지만 단단한 어깨, 오른손에 만져지는 따뜻하고 긴 손가락. 한마디로 '이런 느낌 처음이야.' 였다.

창은 왈츠를 꽤 잘 추는 편이었다. '두 걸음 스텝으로 방향 틀기'니 '물결 운동 연습'이니 할 것 없이, 체육 선생님의 시범을 보자마자 그대로 해 낼 정도였다. 중간 중간 헤매는 나를 교묘히 잘 리드하는 것까지! 엷게 풍기는 애프터쉐이브 향도 은근히 좋아졌다. 이래선 안 되는데…….

토란은 기수와 춤을 추면서 창과 나를 바라보다 틀리기 일쑤였다. 그리고 매번 그 울 것 같은 표정이라니! 내 잘못이 아닌데도 미안한 마음이 들었다. 그런 마음이 드는 게 속상했다. 왜 하필 창이던가. 이런 안타까움이 토란을 향한 것인지 나를 향한 것인지도 알 수 없었다. 소이는 옆으로 지나치다 느닷없이 "대학생과는 잘 돼 가?" 하는 식의 말을 한마디씩 던졌다. 창이 듣기를 바라는 것이다. 짜증나는 계집애.

진진이 창에게로 오더니 이어폰 한쪽을 빼서는 자기 귀에 꽂았다. 창이 나머지 한쪽을 마저 꽂아 주며 친절하게 말했다.

"유라이어 힙이야."

"뭐? 무슨 힙? 그런 히프도 있어?"

진진, 천진난만한 건지 바보 같은 건지. 유라이어 힙은 나도 처음 들어 보는 이름이지만 외국의 록 밴드일 거라는 짐작은 가는데. 창은 큭큭거리고 웃었다.

"거짓말처럼 큰 히프라는 록 밴드가 있단다. 「레인」이란 곡인데 죽이지?"

"에이, 내 취향은 아니다. 난 뭐니 뭐니 해도 힙합이 좋아."

진진은 이어폰을 빼 돌려주고는 창이 보던 책을 뒤집어 표지가 앞으로 오도록 했다.

"소유냐 존재냐, 에리히 프롬? 뭐야, 연애소설이야?"

연애소설이냐는 말에 창은 또 웃음을 터뜨렸다. 나도 다른 데를 보는 척하며 픽 웃고 말았다. 그 책을 읽어 보진 못했지만 현대 사회의 인간 존재 문제를 다룬 책이라는 건 알고 있었으니까. 국어 선생님이 2학기 추천 도서를 소개하면서 읽어 보라고 했던 게 기억났다.

창은 진진의 머리를 쓰다듬으며 말했다.

"맞아. 그것도 무지 찐한 연애소설. 19금이라 넌 좀 더 큰 다음에나 읽을 수 있을 거야."

진진을 무시하는 게 아니라 좋아한다는 느낌이 드는 말투였다. 예전 같으면 건방진 녀석이라고 판단해 버렸을 텐데.

"뭐해?"

주은이 어깨를 툭 치는 바람에 깜짝 놀라 화집 한 귀퉁이를 살짝 찢고 말았다.

"아, 미안."

"괜찮아. 테이프로 붙이면 되는데 뭐."

주은은 안심하라는 듯 웃고는 화집을 덮었다. '소녀의 기도'가 울린 것이다. 사회 시간. 눈을 꾹 한 번 감고 나면 수업이 끝나 있는, 뭐 그런 판타지는 안 일어나나?

사냥개는 웬일로 수업 시간 내내 부드러웠다. 교탁에 내려 둔 살구나무 지휘봉은 한 번도 집어 들지 않았다. 중간에 꾸벅꾸벅 조는 애들까지 몇 명 있었지만 화를 내는 일도 없었다. 언제나 그렇듯 수업 하나는 알차고 귀에 쏙쏙 들어왔다. 애들을 잡겠다는 사명감만 아니라면 호감형으로 인기를 누리고도 남았을 것이다. 자본주의의 발전 단계에 대해 설명하며 휘갈긴 글씨가 칠판에 가득해지자, 그는 분필을 칠판 턱으로 휙 던졌다.

"오늘은 여기까지."

최근 들어 사회 시간이 이렇게 평화로웠던 때도 있었나? 생각하는데 내 책상으로 쪽지가 전달되었다.

어제 한화 이글스가 이겼어.

토란이었다. 어쩐지. 이제 학교에서의 하루가 조용할지 회오리가 몰아칠지를 알기 위해선 스포츠에 관심을 가져야 하는 건가.

사냥개는 오 분 스피치만은 빼먹지 않았다.

"브래드 피트가 동성애 합법화 캠페인에 십만 달러를 기부한 적이 있다지? 여자와 여자, 남자와 남자가 결혼할 수 있도록 허락하라니, 제정신이 아닌 거라. 하긴 국가 차원에서 그런 변태들을 옹호하는 나라들도 있으니 말 다 했지."

여기까지 말하고 사냥개는 주먹만 한 코를 벌름거렸다. 그의 눈에서 나온 광선은 3분단 중간쯤으로 강렬하게 날아갔다. 아람이 종이비행기를 접고 있었다. 그런데 그 종이가 연습장이 아니라 사회 교과서였다! 어쩌려고…….

나는 샤프펜슬로 주은의 공책에다 빠르게 적었다.

아람이가 사냥개에게 당할 거라는 데 와플 하나 걸겠어.

주은이 바로 밑에다 이어 적었다.

난 두 개.

사냥개는 아람에게로 다가갔다.

"한 장 더 찢어 멋지게 접어 보지그래."

교실은 광풍이 몰아치기 직전의 초긴장 상태로 터질 듯 팽창하는 것 같았다. 그리고 앞으로 어떤 일이 벌어질까 기대하고 있는 잔인한 눈빛들. 나로 말할 것 같으면 이성적으로는 아람이 잘못했다고 빌기를 바라면서도, 한편으론 통쾌하게 사회 책을 찢어 주었으면 하는 어처구니없는 생각에 스릴 만점의 긴장감을 느끼고 있었다.

'찢어라, 찢어.'

나는 바깥으로 분출하려는 내면의 소리를 억누르느라 온몸에 있는 대로 힘을 주었다.

아아, 드디어, 아람은 무표정한 얼굴로 사회 책을 한 장 북 뜯었다. 그리고 진공 상태의 교실을 가르는 짝! 소리. 사냥개가 아래에서 위로 뺨을 올려붙임과 동시에 아람의 고개가 옆으로 홱 돌아갔다. 오른쪽 뺨 전체에 붉은 손자국이 생겼다.

"개기겠다는 거냐?"

사냥개는 무섭게 으르렁거렸다. 아람의 입술 끝이 터져 피가 났다.

"이래서 학교 오기가 싫다니까."

우리 반에서 좀 논다는 여자애들 중의 하나, 보라였다. 겁 없는 애들은 어디에나 있기 마련이다. 누구냐며 사냥개가 길길이 뛰는 사이, 구원처럼 '소녀의 기도'가 울렸다. 후유유.

사냥개는 아람에게 종례 후 학생부로 오라는 말을 남기고는 교실을 나갔다.

"사냥개도 재수 없지만 저년은 더 재수 없어."

보라는 눈을 덮은 앞머리를 훅, 입 바람을 불어 옆으로 날렸다. 학교에서는 거의 튀지 않는 앤데 이번 일엔 비위가 상하는 모양이었다.

보라의 말에 힘을 얻어 비난의 화살들이 아람에게 쏟아졌다.

"진짜 짜증나."

"이상한 종류라고 티내는 거야 뭐야."

"취미도 존나 이상하다니까. 종이비행기 날리기라니, 하하."

교실은 점점 시끄러워졌다. 아람은 가늘고 긴 머리카락이 흐트러진 채 꼼짝도 하지 않았다. 교실 맨 뒤에서 우렁우렁한 목소리가 들려왔다.

"그만들 해."

승범이었다. 찬물을 쫙 끼얹은 듯, 한순간에 교실엔 작은 소음 하나 일지 않았다. 아무리 배짱이 좋다 해도 승범과 맞설 만한 애는 없었다. 책상을 허벅지에 올리고 앉아야 할 만큼 거구에다 큼지막한 얼굴에 작게 찢어진 눈이 무서워서만은 아니었다. 승범은 중2 때 중3 다섯 명을 한꺼번에 쓰러뜨린 전적이 훈장처럼 따라다니는 인물이었다. 왼쪽 뺨에 붉고 커다란 점이 있는 여자애에

게 '투 페이스'라고 놀려 대는 녀석들을 오줌 지리게 때려눕혔다
는 얘기는 모르는 아이들이 없었다. 그중 한 명이 갈비뼈 두 개가
부러지는 바람에 승범이 소년분류심사원 교육과 봉사활동 100시
간을 묵묵히 치러 냈다는 얘기도.

창이 승범을 돌아보고 씩 웃더니 말했다.

"그녀의 소망은 행복해지는 건데 그것이 왜 그토록 어려울까."

아이들이 무슨 소리인지 몰라 멍하니 바라보자 창은 후후, 하
고 웃었다. 유리는 믿음직스럽다는 듯 팔을 뻗쳐 승범의 뻣뻣한
머리칼을 이리저리 헤쳤다. 조용했던 교실을 다시 일상의 잡다함
으로 돌려놓은 아이는 진진이었다.

"매점에 빵 새로 들어온 거 알아? 졸라 맛없더라. 한입 먹고 버
리려다가 오백 원이 아까워 그냥 먹었잖아."

"아 씨, 배고파. 매점 가자."

창이 진진을 앞세우고 나갔다. 몇 명이 우르르 그 뒤를 따랐다.

뒷 건물 식당에서 음식 냄새가 솔솔 넘어오고 있었다.

"오늘 메뉴 뭐야?"

누군가 묻자 기수가 이 주의 식단표를 꺼내 들고 읽어 주었다.

"현미밥, 새알미역국, 닭볶음탕, 어묵조림, 배추김치."

"또 현미밥이야? 난 맛없어서 그냥 삼켜 버리는데."

"몸에 완전 좋다잖아. 그렇게 맛없으면 미역국에서 새알 왕창
건져 먹든지."

"닭볶음탕이랑 어묵조림이 있으니 현미밥쯤 얼마든지 용서할

수 있어."

"배고파 돌아가시겠다. 쉰밥이라도 먹을 수 있을 것 같아."

영양사가 짠 식단을 놓고 저마다 한마디씩 떠들어 댔다.

교실이야 어수선하든 말든, 연두는 낙서에 열중하고 있었다. 무슨 생각을 하는지 오만 가지 표정을 다 짓고 있는 게 볼만했다. 볼펜을 들고 가 낙서하는 연습장에 한 줄 빠르게 써 넣었다.

별일 없었지?

연두는 날 올려다보더니 "응." 하며 수수께끼 같은 웃음을 지었다. 도무지 해석해 낼 수 없는 웃음. 별일은 없을지 모르지만 고민은 계속되고 있는 게 분명했다. 자수할까? 토란과 주은에게 말해 버린 게 마음에 계속 걸렸다. 결국 뾰족한 수도 없는 것을, 차라리 입을 닫고 있어야 했나? 하지만 끼리끼리 비밀을 만들 거라면 굳이 모임을 유지해 나갈 필요가 없잖아?

나, 네 얘기 했어. 옥탑방 멤버들에게.

나는 '토란과 주은'이라고 쓰지 않고 일부러 '옥탑방 멤버'라고 썼다. 연두는 얼굴이 확 굳어져서는 연습장에 휘갈겼다.

안 그럴 줄 알았는데 입 싸다.

옥탑방 멤버들끼린 비밀 만들지 말자. 내 멋대로 얘기한 건 사과할게.

수달피가 생각나 찔렸지만 나도 기분이 상했다. '베프'라면 그 정도의 고민은 함께 나눠야 하는 거 아닌가? 연두는 내 사과를 받아들일 생각이 없다는 듯 연습장에 의미 없는 도형들을 무질서하게 그려 댔다. 시험공부를 한 것보다 더 피곤했다. 친구 사귀기가 이렇게 힘들어서야. 내 의도가 뭐였는지는 조금도 헤아릴 줄 모르나? 나도 더 이상 얘기하고 싶지 않아 내 자리로 돌아와 앉았다. 그래, 친구가 위험해 보이든 아슬아슬해 보이든 오지랖 넓게 설치지 말자. 젠장, 친구 때문에 이렇게 꿀꿀해지기는 처음이었다. 마음이 아픈 건지 배가 고픈 건지 속이 무척이나 쓰렸다.

급식 시간. 이 시간이면 특히나 동작이 빨라지는 아이들을 따라 나도 잽싸게 식당으로 달려갔다. 토란은 고양이 밥만큼, 주은은 급식 당번이 퍼 준 만큼, 나는 거기에 반 주걱 더한 만큼 밥을 담았다. 급식 당번인 연두는 기계적인 동작으로 닭볶음탕을 식판에 담아 주었다. 위생 마스크를 쓰고 있어 어떤 표정을 하고 있는지는 알 수 없었다. 신경 쓰지 말자. 밥 먹을 때만은 스트레스 없이! 창가에 자리를 차지하고 앉아 열심히 숟가락과 젓가락을 놀렸다. 새알미역국과 닭볶음탕은 맛있었고 어묵조림은 별로였다.

조금 늦게 온 가영은 혼자 밥을 먹었다. 주위로 빙 둘러 생겨난

빈자리. 가영을 잘 모르는 2, 3학년들도 그 옆에 앉으려다 누군가 조르르 다가와 해 주는 귓속말에 얼른 다른 자리로 가 버렸다.

안 되겠다 싶어 식판을 들고 일어서려는데 3학년 여자 선배들 둘이 가영 앞에 앉았다. 한 친구가 뒤에서 노골적으로 "쟤 누군지 몰라?" 하자 "그래서 뭐가 어떻다고." 하며 태연히 밥을 먹던 선배들. 고데기로 구불구불 만 머리 하며 날라리 티는 풀풀 났지만 터프하고 멋져 보였다. 가영과 멀지 않은 자리에 앉았으면서도 토란은 끝까지 못 본 척했다.

식판에 남은 밥알을 긁어모으는데 가영이 일어서는 게 보였다. 나는 숟가락을 내려놓았다.

"나 먼저 일어날게."

"어?" 하는 주은과 토란에게 "이따 봐." 하고는 식판을 들고 가영을 따라갔다.

"얘기 좀 해."

식판과 식기, 남은 음식을 분리하는 곳에서 가영에게 말을 걸었다. 돌아서서 "나?" 하는 가영의 눈이 차갑게 메말라 보였다.

나는 가영을 내 프리버드가 있는 아지트로 데려갔다. 무슨 말이든 꼭 해야지, 생각했는데 막상 둘만 있게 되니 많은 얘기들이 뒤엉켜 잘 풀려 나오지 않았다.

"아람이 사냥개에게 맞았어."

아, 이게 아닌데. 가영이 이미 알고 있을 얘기를 다시 들춰서 뭘 어쩌겠다고. 발보다 빠른 것은 말. 3교시가 끝나자마자 그 애긴 가영의 귀에까지 들어가고도 남았을 것이다. 급식실로 가기 전, 아람이 창가에서 종이비행기를 날리고 있는 걸 복도 창으로 보았을지도 모르고.

"알고 있어."

가영은 높낮이 없이 건조하게 대꾸했다.

"나, 너네 소문 어디까지 믿어야 할지 모르겠어. 하지만 그게 사실이라는 가정 하에 말할게. 정식으로 커밍아웃할 거 아니면 너희들, 학교에선 좀 엎드려 있는 게 어때?"

이 말은 별로 나쁘지 않았다. 내 진심이었으니까.

"우린, 커밍아웃을 생각해 보기도 전에 아웃팅 당한 거나 마찬가지야."

가영은 지나치다 싶을 만큼 딱딱하게 말했다. 작은 얼굴은 보기 민망할 정도로 빨갛게 달아올랐다.

"그건 그렇지……."

가영의 말을 틀리다고는 할 수 없었다. 소문은 학교 전체로 퍼져 있고, 이미 그러자고 마음먹은 부류들로부터 비웃음을 당하고 있으니까. 하지만…….

"하지만 튀어서 좋을 거 없잖아. 특히 아람이 걔, 보고 있기 진짜 불안해. 안 그래도 사냥개가 작심하고 벼르고 있는데 말야. 다 그런 건 아니지만 아이들 시선도 꽤나 싸늘하다고."

"종이비행기 날리는 거, 아람이가 현실을 견뎌내는 방법이야. 그 애가 말을 하는 방법이기도 하고."

"······?"

"이반 사냥이 시작되기 전까지, 아람인 종이비행기에 시를 적어 날려 보냈어. 나에게. 화단에서, 화단 옆 보도블록에서, 운동장에서, 종이비행기를 주워 그걸 펴 보면 거기 아람의 마음이 있었어. 아주 보드랍고 순수한."

뭐라고? 영어 단어를 반복해 쓰거나 수학 문제를 푼 연습장이 아니라, 가영에게 보내는 시를 적은 것이었다니. 그토록 수없이 날려 보낸 종이비행기를 어디에서도 발견할 수 없었던 것도 그럼······. 정신이 멍해 나는 아무 대꾸도 하지 못했다.

"하지만 사냥개가 짖기 시작하면서 종이비행기엔 시가 적혀 있지 않았어. 명조체로 빽빽하게 인쇄된 벌레 같은 글자들, 글자들뿐이었지. 그걸 펴 볼 때의 기분, 넌 모를 거야."

가영은 거기까지 말하고 입을 다물었다.

몇 층인지 아이들 떠드는 소리가 어렴풋이 들려왔다. 가영은 "그만 갈게." 하고는 교복 앞섶을 팽팽하게 잡아당겼다. 납작하지만 곡선이 예쁜 가슴이 드러났다.

"너, 우리 모임에 들어오지 않을래?"

엉덩이를 털고 일어나는 가영을 붙잡고 나는 다짜고짜 말했다.

"고립될수록 친구가 필요한 법이야. 넌 아직 이해하진 못하지만 나, 그렇게 당하는 게 웃기는 일이라는 건 알아. 돕고 싶어. 우리, 친구하자."

못 말려. 또 오지랖이었다. 앞뒤 재지 않고 나서는 버릇은 아무래도 고치기 힘든 병인 것 같다. 상대가 어떻게 받아들일지 생각해 보지도 않고서 무턱대고 말부터 꺼내다니. 게다가 옥탑방 멤버들의 의사를 먼저 들어 보는 게 순서라는 걸 깜박 잊고 말았다. 이렇게 한심할 데가 있나.

허무하게도 가영의 대답은 간단했다.

"노."

저렇게 웃으면서 한마디로 거절하는 건 또 뭐야. 창피했다. 하지만 그만한 걸 가지고 부끄러워한다면 윰이라고 할 수 없지.

"천천히 생각해도 좋아. 언제 한번 내 옥탑방으로 초대할게. 우리 항상 거기서 모이거든."

어쩌면 다행일 수도 있었다. 내 생각을 옥탑방 멤버들에게 말할 시간이 생겼으니까. 가영은 "뭐 그때 봐서." 하고 일어섰다. 그냥 내려갈 줄 알았는데 옥상으로 나가는 문을 열려고 했다.

"잠겼어."

나는 이렇게 말하고 문 옆 귀퉁이에 세워진 카이트 케이스를 집어 들었다. 가영에게 보여 주고 싶었다. 화려하고 커다란 새 한 마리를. 카이트를 꺼내 순식간에 척척 조립해 펼치자 가영은 "아, 이거였구나." 했다.

"오늘 아침에 네가 운동장에서 날리는 거 봤어. 새벽 공기 맡으려고 집에서 일찍 나왔거든. 잘하던데?"

너무 뜻밖이라, 나는 언젠가 하늘공원에서 그랬던 것처럼 가슴이 기분 좋게 울렁거렸다. 관심이 가는 애한테 칭찬을 듣는 건 어쨌거나 설레는 일이다. 카이트 날리는 데 열중했는지 나는 가영이 지나가는 걸 보지 못했다.

"처음보단 나아졌지만 기술이 좋은 건 아니야. 하긴, 카이트가 제 멋대로 날아다니다 어이없이 곤두박질치던 때에 비하면 지금은 봐 줄 만할 수도 있지."

사실이었다. 연습만이 왕도라는 생각으로 꾸준히 카이트와 놀았던 결과, 적어도 오른쪽 왼쪽이 헷갈리거나 카이트가 맥없이 바닥을 향하는 일은 발생하지 않게 되었다.

가영이 카이트를 유심히 살펴보더니 말했다.

"아람일 데려와서 보여 줘도 될까?"

"다른 사람에게 들키지 않는다면 얼마든지."

"아람이 좋아하겠다."

가영의 눈빛이 살아났다. 사랑을 하는 아이의 눈빛. 기침과 가난과 사랑은 숨길 수 없다고 하던데, 아람일 정말 사랑하고 있구나. 조금은 놀랍고, 조금은 이상했다.

며칠 동안 아무 일도 없었는데 마음이 왠지 어수선했다. 해결되지 않은 문제들을 잔뜩 끌어안고 있는 것 같아 영어고 뭐고 머릿속에 들어오질 않았다. 수달피는 오늘따라 지나치다 싶을 만큼 유창하게 혀를 굴려 더 알아먹을 수가 없었다. 나는 독해 문제 지문을 읽는 수달피의 입을 막았다.

"오늘 공부 쫑하자."

“왜, 또. 1학기 중간고사 때 딱 한 번 오르고 영어 성적 줄곧 제자리잖아. 나도 염치가 있지, 어머님이 봉투 주실 때마다 절반만 주세요, 하고 싶다니까.”

수달피는 그러면서도 내가 덮어 놓은 참고서를 다시 펼치지는 않았다.

“아직 한 시간도 더 남았는데, 뭘 할 참이야?”

“갈 데가 있어.”

“뭐?”

수달피는 두 팔을 들어 올리고 기지개를 켜다가 그대로 멈추었다. 내가 밖으로 나가리라고는 생각을 못 했겠지.

“울 엄마, 간식 올려다 주고는 다시 올라오는 법 없잖아. 불을 꺼 놓고 나가면 일찍 자는 줄 알 거야.”

사실 들킬까 봐 걱정할 일은 없었다. 한창 혈기왕성한 남자와 딸이 한 방에 붙어 앉아 있는데도 엄마는 별 신경을 쓰지 않았다. 왜냐, 수달피의 빛나는 학벌 때문이다. 학벌이 A급이면 그 인간의 모든 것이 A급이라고 믿는 건 엄마도 예외가 아니었다.

수달피는 “글쎄.” 하며 떨떠름해했다. 안 그런 것 같으면서 가끔 소심할 때가 있다니까.

“과외 끝나는 시간에 맞춰 치운에게 문자 날려 놓으면 돼. 누님이 피곤해 취침 들어가니까 깨우지 말라고.”

“이 밤에 어딜 가려고?”

마지못해 고개를 끄덕이면서 수달피가 물었다.

“D학원.”

“거긴 뭐하러?”

“꼭 만나야 할 철부지들이 있어. 여기서 좀 머니까 에스코트나 해 줘. 과외의 연장이라 생각하고.”

“뭐야, 이상한 녀석들이랑 어울려 다니는 건 아니겠지?”

“대꾸할 가치도 없어.”

픽픽거리긴 했지만 수달피가 듬직해 보였다. 진심으로 걱정해 주는 눈빛이었으니까. 사랑의 감정까지는 아니더라도 그동안 수달피와 나, 정이 많이 든 것 같다. 사실 요즘은 계약 연애 상대라기보다는 ‘절친’ 같은 느낌이 더 강하다.

“수달피 쌤, 내가 잘못될까 봐 그러는구나? 고맙기도 해라. 나 수달피 쌤, 영원히 잊지 못할 것 같아.”

장난스럽게 말했더니 수달피는 한 술 더 떴다.

“왜 그래, 헤어지려고 마음먹은 사람처럼.”

“됐거든.”

나는 자리에서 일어나 침대에 걸쳐 두었던 윈드브레이커를 입었다.

D학원으로 연두를 찾아가기로 마음먹은 것은 궁금증이 너무 커져 정수리를 뚫고 나올 것 같았기 때문이다. 연두와 호탁은 어떻게 지내고 있을까. 학원엔 여전히 함께 다니는 건가? 혹시 당분간 만나지 않기로 한 건 아닐까? 설마 친구를 걱정에 휩싸이게 해 놓고 정작 둘은 속 편히 지내고 있는 건 아니겠지? 자존심은 어디

로 갔는지, 어이없게 '입이 싸다.' 라는 말을 듣고도 이렇게 궁금해하는 이유를 알다가도 모르겠다. 우선 학원 근처에 숨어서 두 철딱서니들을 지켜보기로 했다. 둘이 같이 나오든 혼자 나오든 뭔가 느낌이 오겠지.

수달피와 몰래 집을 빠져나와 버스를 탔다. D학원까지 예상 소요 시간은 약 삼십 분. 아직 10시도 되지 않았으니 서두를 건 없었다. 그런데 나도 참, 과외 시간까지 빼 가지고 뭘 하자는 건지. 오지랖도 끝없이 넓은 오지랖이다. 하지만 이 시간을 이용하는 게 가장 만만하니 어쩔 수 없는 일. 아빠, 엄마, 과외비는 언젠가 꼭 갚아 드릴게요.

수달피는 D학원 건너편까지 나를 데려다 주고 집으로 돌아갔다. "어디서 기다리고 있을까?" 하고 보디가드처럼 폼을 잡기도 했지만, 나는 더 이상은 귀찮다며 등을 떠밀었다. 밤이라 위험하다며 몇 번 고집을 부리다 마지못해 돌아서는 그가 진짜 남자 친구 같은 착각이 들기도 했다. 하지만 그 순간 난데없이 창이 떠올라 기겁하고는 고개를 저었다. 내가 미쳤지.

편의점에 들어가 유리창으로 학원 입구를 바라보며 틈틈이 군것질을 했다. 6차선 도로라 미간을 좁히고 건너편을 주시했다. 지나다니는 차량들 때문에 시야가 종종 가렸다. 그냥 자리를 차지하고 있는 게 눈치 보여 사발면에 삼각김밥까지 먹었다. 살짝 덜 익은 면을 나무젓가락으로 대충 건져 올려 입에 넣으며 창밖을 주시했다.

그런데 밤 11시를 넘어서자 학원 버스가 줄줄이 나타나 학원 입구를 가려 버렸다. 이건 또 뭐야. 연두를 보려면 학원 앞으로 가야 한다는 건가? 한 젓가락 남은 사발면과 삼각김밥을 한꺼번에 입에다 넣고 편의점을 나섰다.

학원에서 아이들이 쏟아져 나오기 시작한 것은 길을 건너고 나서 약 십 분 후였다. 학원 입구에 있는 전화 부스에 들어가 정신없이 눈동자를 굴렸다. 이게 학교야 학원이야. 끊임없이 밀려 나오는 아이들을 하나하나 눈으로 헤집느라 어지러울 지경이었다. 이러다 허탕치는 거 아냐? 하는데 하얀 얼굴이 시야에 걸려들었다. 연두다!

연두 옆에는 호탁도 있었다. 손을 꼭 붙잡은 것을 보니 왠지 약이 올랐다. 애틋하기도 하셔라. 호탁과는 저렇게 잘 붙어 다니면서 온갖 고민은 나한테 다 털어놓고, 친구들에게 말했다고 까칠하게도 구셨지. 그런데 저 얼굴은 뭐지? 연두는 작은 얼굴에 오만 가지 표정을 다 담고 있었다. 알 수 없어라. 호탁도 표정이 오묘하기는 마찬가지였다. 애들 왜 이러나. 그 상태를 해석할 겨를도 없이 연두와 호탁은 학원 버스를 향해 걸어갔다.

"차연두!"

공중전화 부스에서 튀어나올 때 연두보다 놀란 것은 나였다. 이게 아니었는데. 연두는 내가 땅을 뚫고 나타나기라도 한 듯 화들짝 놀라 멍하니 서 있었다.

어색하게 손을 들고 인사를 대신하는 호탁에게 말했다.

"오랜만이다. 보자마자 미안한데, 먼저 가 주면 안 될까? 연두랑 할 얘기가 있어."

"이렇게 늦은 시간에?"

호탁은 떨떠름하게 말하더니 밭은기침을 했다. 목소리도 약간 쉰 듯한 게 감기가 든 것 같았다. 내가 팽팽한 눈길을 보내자 그는 연두의 눈치를 보다가 "그러지 뭐." 하고 버스에 올랐다. 연두가 아무 말 없는 걸 '먼저 가라.'는 뜻으로 받아들인 모양이었다. 순진한 건 여전하네. 창가에 앉은 그는 기침을 하며 연두에게 손을 흔들었다.

학원 버스가 출발하기도 전에 나는 연두를 데리고 스물네 시간 문을 여는 맥도날드로 들어갔다. 외고 반이 끝나는 시간에 맞춰 삼십 분 후 학원 버스는 또 한 번 출발한다고 했다. 사실 연두에게 특별히 할 말은 없었다. 호탁과 어떻게 지내는지 눈으로 보고 싶었을 뿐이니까. 그래도 무슨 얘기든 해야겠지?

나는 주문한 핫초코 두 잔을 받아다 놓고 연두에게 말했다.

"아직도 내 입이 싸다고 생각하는 거니? 내 의도는 널 도우려 했던 거지 널 무시하려 했던 게 아니야."

"알고 있어."

연두는 싱겁게도 대꾸했다.

"넌 언제나 친구 돕기를 사명으로 아는 애니까."

이 비아냥거림은 또 뭐지? 벌떡 일어나 나가고 싶었다.

"그렇게 비꼴 것까진 없잖아."

"비꼬는 거 아니야. 나 고맙게 생각하고 있어. 네가 내 얘길 떠벌린 게 아니라 어떻게든 해결책을 찾고 싶어 그랬다는 거."

"알고 있었으면 티를 낼 일이지 까칠하게 굴긴."

연두의 머리를 콩 쥐어박았다.

"윰, 내가 너한테 엄살을 피운 이유가 바로 그거야."

"……?"

"네가 친구 돕기를 사명으로 안다는 것. 그리고 넌 사람을 편안하게 해 주잖아. 그래서 엄살하고 투정부리게 되나 봐."

난 그 오지랖 때문에 얼마나 피곤한 줄 아냐.

"너네들, 정말 별일 없는 거지?"

연두는 또 수수께끼 같은 웃음을 지었다.

"나, 한 가지는 분명히 알게 되었어."

"뭘?"

"내 몸을 내 의지에 따라 마음대로 할 수 있다는 거."

이건 또 무슨 소리야. 자기 몸을 마음대로 할 수 있다니.

"몸을 함부로 굴리겠다는 게 아니라, 내가 원하는 대로 내 몸을 자율적으로 컨트롤할 수 있게 되었다는 거야. 하지만 그래서 더 불안하기도 해."

알 것 같기도 하고, 모를 것 같기도 하고. 하지만 그 말 때문에 연두가 더 위험해 보이는 것만은 분명했다.

"그러니까 별일이 있었다는 거야, 없었다는 거야?"

연두의 말에 비해 지나치게 단순한 질문이란 건 알았지만 할 수 없었다. 내가 확인하고 싶은 건 그것뿐이니까.

"윰, 내가 또 엄살하고 싶고 투정 부리고 싶을 때 다시 SOS 칠게."

답답해라. 그사이 무슨 일이 있었던 건 아니겠지? 과외도 내팽개치고 달려온 걸 이 철부지가 안다면 이렇게 속을 태우진 않을 텐데. SOS는 칠 일이 없기를 바란다, 연두야. 핫초코 맛은 더럽게 달기만 했다.

집에 오는 길에 스페이스영에 잠깐 들렀다. 버스가 그 앞을 지날 때 안내 방송을 듣고는 충동적으로 내리고 말았다. 한밤중에도 개방하는 야외 공연장과 하늘공원엔 사람들이 많았다. 언제나 그렇지만 놀기 좋아하는 십 대가 대부분이었다.

야외 공연장엔 비보이들이 춤 연습을 하고 있었다. 다섯 명쯤 되는 남자애들이 카세트 라디오 음악 소리에 맞춰 차례로 개인기를 펼칠 때마다 주변에 모여든 관객들이 아낌없는 환호성을 보냈다. 한쪽 손바닥을 땅에 짚고 온몸을 거꾸로 세운 상태에서 손목에 반동을 주며 통통 튀는 아이, 두 팔을 이용해 사방으로 전신을 회전시키는 아이, 정수리를 바닥에 대고 물구나무 자세에서 다리를 굽힌 채 빙글빙글 도는 아이……. 저만큼 하기 위해 얼마나 구르고 또 굴렀을까. 내가 카이트 기술을 익히기 위해 하는 노력쯤은 비할 바가 못 되는 것 같았다.

비보이들이 한 명씩 공중에 붕 뜨며 회전하여 바닥으로 구르듯 떨어지는 걸 끝으로 작은 공연은 끝났다. 그리고 박수와 환호를 자기 방식대로 보내는 개성 만점의 관객들. 큐트퀸 선발 대회보다 훨씬 훌륭한 볼거리였다.

하늘공원에 올라가 볼까, 하다가 그냥 발길을 돌렸다. 심야 시간, 데이트 족이나 끼리끼리 몰려다니는 애들뿐일 텐데 처량하게 혼자서 배회할 필요는 없지.

야외 공연장에서 이어지는 계단을 내려와 버스 정류장으로 걸어가다 나는 "어?" 하고 발걸음을 멈추었다. 은행나무 가로수 밑에 떨어진 종이비행기. 아람이 날린 게 분명했다. 주워서 펼쳤더니 꼼꼼하게 눌러 쓴 빨간색 글자들이 한눈에 들어왔다.

사랑하는 사람이 너라는 것. 내가 사랑했는데 그 사람이 바로 너라는 것. 그것만이 진실이다.

'진실이다.' 라는 말 옆에는 색연필로 일곱 색깔 무지개가 그려져 있었다. 내 주변으로 느낌표가 소나기처럼 떨어져 내렸다. 아람, 정말로 가영을 사랑하는구나. 가영이 정말로 아람을 사랑하듯이.

종이비행기를 다시 접어 힘껏 날렸다. 포물선을 그리며 날아가던 종이비행기는 기막히게도 내가 타고 갈 버스 지붕에 얹혔다. 어라, 언제 버스가 온 거지? 승객 두 명이 앞문으로 올라타는 것을 보고 후다닥 버스로 달려갔다. 집으로 가는 동안, 버스 지붕에서 내 머리 위로 계속해서 느낌표가 떨어져 내렸다.

7
열일곱 살의 외계인들

"난 내가 사랑하는 애랑 첫 경험을 했다는 게 다행스러워. 정말 그래. 하지만 나중에 사람들한테 볼 장 다 본 애라고 손가락질 당할까 봐 무서운 것도 사실이야. 열일곱 살밖에 안 된 여자애가 남자랑 잤다는 걸 알면 다들 색안경 끼고 날 욕할 테니까. 그런 생각들이 뒤죽박죽 난리여서 혼란스러운 거야."

주은의 생일 파티는 네 명이 다 모이지 못한 채 시작해야 했다. 늘을 것 같으니 기다리지 말라고, 연두에게서 연락이 왔다. 호탁이 아프다나. 학원으로 찾아갔을 때 기침을 하던 그가 떠올랐다. 이해를 못할 것도 없지만 그래도 친구 생일인데 너무한 거 아닌가? 생일 파티 날도 일부러 토요일로 잡았는데 말이다. 부풀었던 가슴에 구멍이 숭숭 뚫리고 그곳으로 스팀이 팍팍 솟는 것 같았다.

"이 정도면 연두, 우리 모임 탈퇴해야 하는 거 아니니?"

토란이 눈 꼬리를 치켜 올리고 말했다. 언짢을 만도 하지. 벌써 몇 번째야. 그러면서 엄살하고 투정 부리고 싶을 때 SOS를 치겠다고? 사랑은 이렇게 인간을 이기적으로 만드는 것인가 보다.

"사랑에 불붙은 건 알아서 사그라질 때까지 아무도 못 끈다고, 어디서 들었더라? 조금 더 참아 보자."

토란에겐 이렇게 말했지만 속은 끓었다.

파티의 주인공답게 주은은 단박 눈에 띄는 차림을 하고 나타났다. 호피 무늬가 배색된 후드 티셔츠에 커다란 주머니가 붙은 승마 바지, 그에 어울리는 웨스턴 부츠까지. 가장 압권이라고 할 수 있는 것은 작은 얼굴에 씌워진 고양이 가면이었다. 고무풍선으로 옥탑방을 꾸미고 있던 토란과 나는 와, 놀란 채로 입을 다물지 못했다.

"방 완전 예쁘다."

늘씬한 고양이 한 마리가 방으로 들어오며 말했다.

"어, 나름 신경 썼지."

농담처럼 대답했지만 주은의 파티복에 비하면 너무 유치하다 싶었다. 토란과 내 머리에서 나온 게 그렇지 뭐.

우선 천장 네 모서리를 색색의 고무풍선으로 장식하고, 벽에다가는 'HAPPY BIRTHDAY' 꽃 장식 글자를 붙였다. 스마일 문양 종이 테이블보를 덮은 교자상엔 토란이 만들어 온 케이크를 한가운데 올리고, 샛노란 종이 접시에다 역시 토란이 구워 온 갖가지 모양의 쿠키를 담았다. 싸구려지만 샴페인 한 병과 콜라, 과일, 포도주스, 바다 속 동물들이 인쇄된 파티 컵도 준비했다.

"연두는?"

"좀 늦을 거라며 먼저 시작하고 있으래."

간단히 대답하자 주은은 "그래?" 하고는 파티 용품에 관심을 보였다. 주인공이 조연들의 출결 상황에 크게 신경 쓰지 않으니 다행이었다.

고양이 콘셉트가 아주 잘 어울린다고 하자, 주은은 토란과 내 복장도 '나이스'라고 말했다. 귀여움이 생명인 토란은 붉은악마 머리띠에 곰돌이 푸 티셔츠를 입었고, 나는 베이지색 카고 바지에 엄마가 안 입겠다며 버린 빈티지 티셔츠와 벨벳 조끼를 주워다 입었다. 사이즈가 작아 꼭 끼는 게 오히려 멋스럽다고, 주은이 말해 주었다.

생일 축하 노래 후 큰 초 하나와 작은 초 일곱 개의 불을 훅 불어 끄고, 주은은 케이크를 잘랐다. 치즈케이크였는데 역시 제과점 것보다 못생겼지만 그래서 더 먹음직스러워 보였다. 옆에서 준비하고 있던 나는 곧바로 샴페인을 터뜨렸다. 병을 조금만 흔들었는데도 거품이 맹렬히 쏟아져 나와 잠시 소란이 일었다.

"추카추카! 오늘 부로 진짜 세븐틴이 된 걸 축하해."

나는 이렇게 말하고 한지로 포장한 선물 두 개를 내밀었다.

"윰이 네 생일을 특집으로 꾸며 샘은 좀 나지만 나도 진심으로 축하해. 생일 선물은 치즈케이크와 쿠키로 대신해도 되지? 전에 산 코르셋 때문에 아직 용돈이 궁해서. 요즘 제빵 실습을 많이 해 재료비도 만만찮거든."

"창에게 제대로 된 작품을 주려고 맹연습 중이구나? 난 이 정도로도 꾸벅, 머리 숙여 감사야. 내가 이런 선물을 어디 가서 받겠니? 아까워서 먹지도 못하겠다."

토란의 밉지 않은 어리광을 주은은 기분 좋게 받아 주었다. 토란이 헤헤, 웃고는 코를 찡긋 했다.

"윤토란, 다음 네 생일엔 풍선으로 옥탑방을 가득 채워 줄게. 풍선들 헤치며 술래잡기나 하자."

붉은 악마 뿔을 손톱으로 두드리며 내가 말했다. 창에 대한 얘기는 하지 않았다. 왠지 자연스럽지 못했다. 토란은 "됐거든." 하고 눈을 흘기며 웃었다.

치즈케이크를 한입 베어 먹고 '토란표'의 마니아가 될 것을 맹세한 후, 주은은 내가 준 선물 두 개 중 부피가 큰 것의 포장을 벗겼다.

"와! J.rp!"

주은은 J.rp의 화보를 들고는 외쳤다.

"나름 정성 들여 만든 거야. 인터넷서 조리퐁 사진 수집해 열 개만 엄선한 다음 포토샵 처리까지 한 거니까. 전문 출력 센터에 가서 프린트 했는데 멋지지? 이런 것도 저작권 침해에 해당하나?"

"아니 아니, 그게 죄라면 벌은 내가 다 받을게. 눈물겹다."

주은은 검은색 고급 화방지로 만든 화보집을 넘기며 정말로 눈물을 글썽였다. 이 똑 부러지는 아이를 이토록 홀리게 만든 조리퐁, 대단하긴 대단한 사람이라니까.

"아 정말, 윰! 어떻게 이런 걸 생각해 냈지?"

조리퐁의 화보에 감동한 채, 주은은 두 번째 선물인 DVD를 집어 들고 또 한 번 경탄했다.

「웨스트사이드 스토리」.

"실은 인터넷으로 찾아봤어. 뮤지컬에 대해 나 완전 무식하잖아. 검색해 봤더니 「웨스트사이드 스토리」가 뮤지컬 영화 중 최고라는 사람들 많더라. 보너스 트랙이 볼 만하대. 연습, 촬영, 개봉까지의 과정이 모두 들어 있다던가? 뭐 그런 것 같았어."

"땡큐. 손으로 직접 만든 생일 케이크랑 쿠키에다, J.rp 화보와 「웨스트사이드 스토리」까지."

우리는 샴페인을 따라 건배하고, 주은이 가져온 폴라로이드 카메라로 사진도 몇 장 찍었다. 그다음은 음악을 들으면서 먹고 마시고 수다 떨기. 주은의 생일인 만큼 음악은 조리퐁의 신곡으로 깔았다. 연두에게서는 아직 연락이 없었지만 그대로 고고 하기로 했다.

"나 있지, 실은 그저께 또 J.rp 보러 갔었어."

"또?"

토란과 내 입에서 '또?'라는 말이 재채기처럼 튀어나왔다.

"응, 잠깐 갈등은 했지만 어쩔 수 없었어. 안 가곤 못 배기겠더라고."

"이번엔 또 어디서 봤는데?"

토란이 샴페인을 홀짝이며 물었다.

"J.rp 다니는 헤어숍이랑 카페에서."

"중학교 동창이라는 애가 또 콜 한 거야?"

"응."

"걘 무슨 재주로 조리퐁 가는 데를 귀신같이 알아내는 거지?"

"사생 택시라고, 사생팬들 상대로 영업하는 택시가 있거든. 그 사생 택시 기사 아저씨들이 스타들 숙소에서부터 식당, 녹화 현장, 공항 등등 그들이 움직이는 대로 쫓아다니면서 사생팬들에게 연락을 해 준대. 나도 그날 처음 알았어."

"파파라치도 아니고 스토커도 아니고 뭐야."

내가 시큰둥하게 말하자 주은은 치즈케이크를 오물거리며 웃었다.

"좀 극성이긴 하지만 J.rp를 괴롭히는 무개념들은 없더라."

"사생활을 쫓아다니는 게 괴롭히는 거 아닌가?"

안방팬만 몇 번 해 봤던 나는 사생팬들의 행동을 이해할 수 없었다.

"바로 옆까지 접근해서 귀찮게 구는 것도 아니고, 눈살 찌푸리게 사진을 찍어 대거나 소리를 지르는 것도 아닌데 뭐. 난 스타라면 그 정도는 감수해야 한다고 생각해. 그런 열혈 팬들이 새 앨범 나오면 수십 개씩 사 주고, 홍보랑 마케팅에도 발벗고 나서고, 인기 가요에 열심히 투표도 해 주잖아. 어쩌면 스타를 스타로 만드는 데 중요한 역할을 하는 존재들일지도 모르지."

"그런데 이번엔 조리퐁을 헤어숍이랑 카페 두 군데서나 봤단 말이지?"

토란은 주은과 나의 대화엔 아랑곳없이 자기가 하고 싶은 말만 했다.

"정확히 말하면 헤어숍과 카페 바깥에서 본 거지. 그것도 아주 잠깐씩. 하지만 그것만으로도 감동이었어. 누구나 볼 수 있는 모습이 아니니까. J.rp, 그날은 여유가 좀 있는지 어떤 언니들한테 농담까지 하더라. 사진 몇 장 찍었니, 이상한 건 빼라, 그러면서. 골수 사생팬들이었나 봐."

"그런 면도 있었단 말야? 의외다. 조리퐁 헤어스타일은 어땠어?"

토란은 주은보다 더 신이 나 있었다.

"왕자님?"

주은은 그렇게 대답하고 입 꼬리를 늘이며 웃었다.

"근데 사생 택시 말야, 타는 데 얼마야? 엄청 비쌀 것 같은데."

토란은 즉흥적인 질문을 잘 하지만 그만큼 시원시원할 때가 많다.

"시간당 삼만 원. 고딩으로선 좀 비싸지. 그건 나도 좀 놀랐어. 어디서 돈이 생겨 이렇게 펑펑 쓰나, 하고 말야. 그래선지 중딩이나 고딩은 몇 명 없고 거의 대딩하고 직장인들이었던 것 같아."

"빠순이 짓도 돈이 있어야 하는구나. 난 그냥 안방 사수하고 있어야겠당."

토란이 눈동자를 위로 굴리며 뒤로 넘어가는 시늉을 해 한바탕 웃지 않을 수 없었다.

"가영이 걔, 갈수록 이해 안 돼. 그 정도면 심각한 거 아냐?"

토란이 또 화제를 건너뛰면서 다음 이야기는 가영에게로 초점이 맞춰졌다. 토란은 학교에서 있었던 일을 떠올리며 인상을 찌푸렸다. 보수파 토란이라면 그럴 만도 하지.

오늘 가영인 학교에 삭발을 하고 나타났다. 몇몇 극소수의 아이들은 이 획기적인 사건에 '브라보!'를 외쳤지만, 아이들 대부분은 너무 놀라 헉! 소리를 낼 정도였다. 하지만 계란형 두상이 파르스름하게 드러난 머리는 정말 예뻤다. 1학년 3반에 구름처럼 모여든 아이들은 0교시 수업이 시작되자 아쉬운 듯 흩어져 자기 반으로 돌아갔다.

이후의 얘기는 쉬는 시간마다 우리 반 통신원 유리를 통해 들을 수 있었다. 정리하자면 대충 이랬다.

가영은 수업 시간에 허리까지 내려오는 새까만 가발을 쓰고 있었다. 0교시 영어 듣기 수업 시간은 그냥 넘어갔지만, 조례 시간에 담임에게 딱 걸리고 말았다. 전에 가영의 머리에 리본 핀을 꽂아 주었던 담임은 가발을 가차 없이 벗겨 내고는 말했다.

"학교 그만 다니고 싶니?"

가영은 수그러들지 않았다.

"전 머리를 강제로 기르라는 신체적 억압에 대해, 그러고 싶지 않다는 제 의사를 표현했을 뿐입니다."

3반 담임은 긴 얼굴이 새파래진 채 가까스로 흥분을 참으며 말했다.

"엄마 오시라고 해야지 안 되겠다."

아이들과의 실랑이에서 힘이 달릴 때 교사들이 내놓는 상투적 필살기였다. 가영은 눈 하나 깜박하지 않고 대구했다.

"엄마도 이미 알고 계세요. 예쁘지만 학교에선 좀 튈 테니 적당히 하라고 하셨고요."

오, 믿을 수 없을 만큼 멋져라. 우리의 엄마들 중 그렇게 말할 수 있는 엄마가 몇이나 될까. 가영이네 집안 분위기를 상상하니 가영에 대한 호감 지수가 한층 더 상승하는 것 같았다.

삭발 투혼을 놓고 벌인 맞대결에서 불리해지자 3반 담임은 폭풍 같은 한숨을 몰고 교실을 나갔다. 사냥개가 마녀 사냥에 점점 열을 올리고 있을 때라 골치가 더 아프기도 했을 것이다. 레즈비언 커뮤니티에 가입했던 아이들의 이름을 대지 않아, 아람과 가영은 학생부에서 매일 한 차례씩 곤욕을 치르고 있는 것 같았다. 아람은 실어증에 걸린 아이처럼 학교에선 한마디도 말을 하지 않았다.

가영과 3반 담임의 기 싸움이 그렇게 끝나고 나서 아이들은 제각각 떠들었다. 레즈비언만 아니라면 끌릴 만한 앤데, 하고 아쉬움을 나타내는 파와 강 건너 불구경 식의 무관심 파는 소수에 불과했다. 재수 없어, 담순이 지랄하는 거 재밌나, 역시 외계인이었어, 하는 적대파가 다수였다. 가영을 변호하고 싶은 애들도 분명 있을 텐데, 앞으로 나서는 아이는 없었다. 다수에 기가 눌려 잠자코들 있는 것이다. 내가 우리 반 레즈비언인 아람을 위해 적극 나서지 않는 것처럼. 하지만 무턱대고 나섰다가 긁어 부스럼을 만들면 강 건너 불구경만도 못하게 될 수도 있었다.

아람과 가영은 며칠 전부터는 급식실에도 가지 않았다. 사냥개가 불시에 들이닥쳐 둘이 밥 먹는 걸 떼어 놓은 후부터였다. 그 시간에 우리 아지트에 따로 따로 올라가 둘이 빵과 우유를 먹는다는 건 나만 알고 있었다. 가영이 점심시간에 아지트를 좀 이용해도 되겠느냐고 했을 때, 나는 언젠가 그랬던 것처럼 "들키지만 않는다면." 하고 승낙했다.

토란은 포도 주스를 한 모금 마시고, 보라색 자국을 입 주변에 남긴 채 말했다.

"걔네들, 바보 같은 짓을 하고 있는 거야. 아이들에게 거의 왕따를 당하고 있는 것도 당연한 결과라고."

"궁지에 몰리는 거 알면서도 그런다면 어쩔 수 없는 거 아니니? 마음이 시키는 대로 하는 것뿐인데, 걔들 잘못은 아니지. 하지만 나라면 그렇게 무모하게 반항하지는 않을 거야."

주은은 냉정했다. 토란은 또 너무 완고하기만 하고.

"토란이 너, 가영이랑 한때 친한 친구였으면서 좀 너그럽게 봐주면 안 돼?"

내가 말하자 토란은 들고 있던 주스 잔을 탁 내려놓았다.

"넌 언제나 주은이랑 의견이 같지."

빈정거리는 듯한 말투. 토라진 게 분명했다. 하지만 그만한 일을 가지고 억지를 부리는 건 어이없었다.

"생각하는 게 비슷한데 의견이 같은 거, 당연한 일 아니야? 그리고 난 그 애들이 무모한 반항을 하고 있다고 생각진 않아."

토란은 말문이 막히는지 주스만 꼴깍거리고 마시더니 조금 있다가 이렇게 말했다.

"솔직히 난 좀 겁나. 가영일 어찌어찌 해서 이해하게 된다 해도, 그 애랑 가까이 했다가 나까지 더러운 애로 몰릴까 봐."

정말 솔직하시군. 하기야 겉 다르고 속 다른 인간이라면 옥탑방 멤버가 되진 못했겠지. 그건 그렇고, 더러운 애 어쩌고 하는 건 너무하잖아.

"가영이랑 아람이 더럽다고? 신이 아닌 이상 누구도 그렇다고 단정할 순 없지. 하지만 사냥개가 야만적이라는 건 분명해. 인간적인 모멸감을 주면서 제자들을 괴롭히니까."

주은이 토란의 말을 반박하고 나섰다.

생일 파티가 토론회로 변하고 있는데 휴대폰에서 문자 메시지 도착음이 울렸다. 주은의 휴대폰이었다. 메시지를 확인한 주은이 양 볼을 부풀리고 고개를 갸웃했다.

"연두 얘 또 무슨 일 있나?"

"연두야? 뭐래?"

나는 주은이 건네는 휴대폰을 받아들었다.

— 주은아미안ㅜㅜ 나지금갈수가없어 네생일인데. 나중에라도 꼭! 축하할게 쏘리ㅜㅜ

혹시나 했더니 역시나군.

"연두 진짜 이래도 되는 거니? 다른 날도 아니고, 주은이 생일 파티잖아. 정말 분위기 깬다."

옆에서 주은의 휴대폰 액정 화면을 들여다보던 토란이 발끈했다. 나는 휴대폰을 돌려주려다 그대로 통화 버튼을 눌렀다. 통화 연결음인 이루마의 피아노 연주가 오래도록 울렸다. 연두는 전화를 받지 않았다. 정말 무슨 일이 있는 건가? 아슬아슬, 위태위태, 시한폭탄이 따로 없었다.

산뜻하게 시작한 생일 파티는 가영과 아람 얘기로 잠시 딱딱해지는가 싶더니, 연두의 문자 메시지로 무겁게 가라앉았다. 파티를 계속하기엔 김이 빠져 누구도 분위기를 다시 띄우려 하지 않았다. 뭐 어차피 이렇게 된 거, 할 수 없는 일이었다. 생일 파티는 조용히 마무리하고 연두를 찾아 나서야 할까 보다.

연두는 일찌감치 집에 들어가 있었다. 별 기대 없이 연두네 집으로 전화를 했는데 동생 파란이 받아 말했다.

"조금 전에 들어왔는데 뭔 일이 있는지 방에 틀어박혀 꼼짝도 안 해요. 얼굴이 완전 좀비예요. 라면 끓여 먹자고 했더니, 자길 귀찮게 하지 말아 달라나 뭐라나 하면서 어찌나 짜증을 내던지. 여자들은 대체 왜 그래요?"

한 시간쯤 후에 가겠다고 하자 파란은 배가 고프다며 떡볶이를 사다 달라고 했다. 몇 번 보지도 않았는데 붙임성도 좋아. "토요일이라 학원 안 갔구나." 하며 말을 건네자 두 시간 후에 논술 특강을 들으러 가야 한다고 했다.

"떡볶이 2인분하고 오징어튀김도 사 갈게."

하고는 전화를 끊었다.

생일 파티는 한 시간 반 만에 끝났다. 잘라 놓은 케이크를 상자 안에 넣고, 각자 가방을 챙겨 옥탑방을 나섰다.

연두네 집으로 갈 사람은 나밖에 없었다. 주은은 연기 학원에 가야 한다고 했고, 토란은 엄마와 재고 세일 의류 매장에 가기로 했는데 연두네까지 가기엔 시간이 빠듯하다고 했다. 그렇다면 이번에도 할 일 없고 오지랖 넓은 내가 대표로 갈 수밖에. 한 번쯤 자기 스케줄을 포기할 수는 없나.

연두는 자기 방 침대에 누워 있었다.

"떡볶이 먹을래?"

까만 비닐봉지를 내밀며 말했더니 쳐다보지도 않고 고개를 저었다. 같이 먹으려고 들어왔던 파란에게 "좀 남겨 놔라." 하고는 봉지를 들려 밖으로 내보냈다.

"아파서 못 온 건 아니지? 어떻게 된 거야?"

나는 본론부터 말했다. 컨디션이 어떤지 눈치를 살피고 어쩌고 할 기분이 아니었다. '베프'라면 공유하고 나누어야 할 일들에 연두가 너무도 소홀했던 게 사실이니까. 상황이 특별했다는 걸 고려하더라도 그렇지, 마음만 먹는다면 최소한 생일 파티에 얼굴 정도는 내밀어야 하는 거 아닌가? 나라면 그럴 것이다.

"나, 마침내 그 일을 하고 말았어."

"무슨 일?" 하려다 나는 입을 다물고 말았다. 그렇게 물으려는 순간 '그 일'이 무엇인지 알아 버린 것이다.

"……."

나는 아무 말도 할 수 없었다. 도대체 내가 무슨 말을 해. '그 일'에 대해, '그 일'의 의미에 대해 아무것도 모르는 내가 말이다. 이럴 땐 오지랖이 아니라 오지랖의 할머니라도 아무 소용 없는 것이다. 그런데 '마침내' 그 일을 하고 말았다니. 칭찬받을 일이라도 했다는 건가?

"이번엔 충동이라기보다는 나와 호탁의 마음이 먼저 연결되었어. 아주 고요하게."

오 마이 갓. 그래서 아름다운 영화라도 찍었단 거니? 나는 거의 자포자기의 심정이 되어 연두의 말을 들었다.

"사실은 오늘 생일 선물을 준비해 옥탑방으로 가려고 아침 일찍부터 서둘렀어. 입고 나갈 옷을 고르는데 호탁이 전화를 한 거야. 열이 심하다면서 좀 와 달라고. 부모님이 부부 동반 외출을 해서 안 계신다고 했어. 솔직히 말하면 생일 파티 때문에 크게 갈등하진 않았어. 생일 축하는 언제고 할 수 있지만 아픈 친구에겐 당장 달려가야 했으니까."

그랬겠지, 왜 아니겠어. 하지만 아프다고 전화를 할 정도라면 그에게 가기 전 생일 파티에 잠깐이라도 들를 수 있지 않았을까.

연두는 이불을 목까지 끌어당겨 덮고는 말을 계속했다.

"호탁인 감기약을 먹고 침대에 누워 있었어. 난 비닐봉지에 얼음을 채워다가 이마에 올려 주고 나서 그 애 옆을 지켰어. 손을 꼭

잡고 있는데 좀처럼 열이 내리질 않는 거야. 난 침대로 올라가 호탁을 뒤에서 두 팔로 감싸 안고 한참 동안 그렇게 있었어. 그러자 열이 점점 내 몸으로 옮겨지는 것 같더니, 나중엔 둘 다 미열로 몸이 따뜻해지는 거야. 그때 호탁이 내 팔을 풀고 뒤를 돌아 살며시 날 안아 주었어. 그리고……."

연두는 잠깐 말을 멈추고 머뭇거렸다. 가슴이 쿵쿵 뛰었다. 어떻게 된 일인지 연두보다 내가 더 떨고 있는 것 같았다. 말이 되는 건가, 지금?

"그렇게 해서 마침내 그 일을 했다는 거네. 그런데 뭐 때문에 너 이러는 거니?"

'마침내 그 일을 하고 말았다.'라는 표현도 소화하기가 힘들었던 데다, 미열로 따뜻해진 열일곱 살 소년과 소녀의 러브신은 건너뛰고 싶어 선수를 쳤다.

"답답하고 짜증난다는 거 알아. 너한테 뭐라고 설명하기가 어려운데, 그니까…… 좀 오글거릴지 모르지만 난 내가 사랑하는 애랑 첫 경험을 했다는 게 다행스러워. 정말 그래. 하지만 나중에 사람들한테 볼 장 다 본 애라고 손가락질 당할까 봐 무서운 것도 사실이야. 열일곱 살밖에 안 된 여자애가 남자랑 잤다는 걸 알면 다들 색안경 끼고 날 욕할 테니까. 그런 생각들이 뒤죽박죽 난리여서 혼란스러운 거야."

"어유, 사랑하는 애랑 첫 경험 한 걸 다행스러워하면서 남의 눈까지 의식하다니, 혼란스럽기도 하겠다. 하지만 어떤 줄 아니? 네 태도, 딱 까놓고 말하면 난 좀 어이없어. 너네들 사랑에만 충실하면 다른 건 문제될 게 없다는 것 같거든?"

나는 솔직하게 말했다. 단순한 머리로 판단하자면, 연두에겐 다른 사람의 생각 따위는 고려할 의사가 없는 듯했다.

"난 호탁일 많이 좋아하지만 그 애가 내 사랑의 처음이자 마지막이라고 자신할 수는 없어."

뭐? 갈수록 태산이라더니, 이건 얌전한 고양이가 한층 진화한 꼴이었다. 요즘 연두는 내가 조선시대 여잔가 싶을 만큼 까마득히 앞서가고 있었다. 열 길 물속은 알아도 한 길 사람 속은 알 수 없다는 속담, 과연 맞는 말이다.

"네 고민 들어주는 거, 나한테는 아무래도 벅찬 것 같아. 차라리 주은이라면 대화가 좀 될지도 모르겠다."

"이렇게 옆에 있어 주는 것만 해도 고마운데 뭘. 내 문제는 누구도 풀어 줄 수 없어. 내가 풀어야지."

"난 모르겠다. 나 같은 저차원한테는 너무 어렵다고."

정말 두 손 들고 싶을 만큼 어려웠다. 연두가 생각하는 것, 행동하는 것, 말하는 것 모두. 그런데…….

"그런데 너희들…… 바보같이 논 건 아니지?"

임신에 대한 걱정이라는 건 연두도 잘 알 것이었다.

"응, 호탁에게 콘돔이 있었어."

"뭐? 그걸 작정하고 가지고 다녔단 말야?"

내가 펄쩍 뛰자 연두는 "아니." 하며 손사래를 쳤다.

"걔 아빠가 생일 선물로 주신 거래. 절대로 여자애들 울리지 말고, 혹시 정신이 나가 대책 없이 사고를 친다든가 할 때 사용하라고."

"윽, 신개념 아빠라고 해야 하나."

"부모님이 굉장히 개방적이신가 봐."

"부전자전이라고, 호탁이 걔 혹시 부모님이 사고 쳐서 태어난 애 아냐? 암튼 내가 안심할 수 있는 답을 찾았으면 고맙겠다, 친구야."

연두는 대답 없이 커다란 눈만 깜박였다.

"생일 파티는 어땠어?"

"궁금하긴 했니? 연두 네가 오지 않아 어정쩡하게 끝났지 뭐. 파티 분위기 제대로 내느라 공을 들일 대로 들였는데. 나중에라도 정식으로 사과해."

"알았어."

"아무런 도움이 되지 않는 이 몸은 이만 퇴장하련다."

연두의 방을 나서는데 나도 모르게 한숨이 나왔다.

"누나, 떡볶이 남았는데……."

주방 식탁에서 파란이 말했지만 "나중에 데워 먹어." 하고는 운동화에 발을 꿰었다. 참을 수 없을 만큼 피곤이 몰려왔다.

치운은 엄마에게 된통 야단을 맞고 있었다. 컴퓨터로 '야동'을 보다가 들켰다는 것이다.

"슈퍼에 심부름을 보내려고 애 방 문을 열었는데 글쎄, 세상에 그렇게 망측한 게 다 있니."

엄마는 눈을 까뒤집듯이 위로 치뜨며 가슴을 팡팡 쳤다.

치운이 녀석, 어쩐지 매일 방문을 걸어 잠그고 유난을 떨더라니. 그러고는 멍청하게 엄마가 볼일이 있을 때 깜박하고 손잡이의 잠금 장치를 누르지 않은 것이다.

"거기까지라면 내가 청심환 같은 건 먹지도 않았을 거야. 저 녀석이 글쎄, 뭘 했는 줄 아니? 더럽게 글쎄……."

엄마는 '글쎄'라는 말만 자주 끼워 넣었지 제대로 말을 하지 못했다. 하지만 듣지 않아도 뻔한 얘기였다. 마스터베이션인가 뭔가, 그런 걸 하고 있었겠지.

"사내 녀석이 그까짓 장난쯤 쳤다고 뭘 그렇게 수선이냐."

대수롭지 않은 일에 웬 호들갑이냐는 듯 나선 사람은 할머니였다. 그런데 할머니도 야동을 아나? 언젠가 노인복지관에서 컴퓨터를 배운다는 말을 들은 적은 있는데. 어쨌든 방에서 불경을 들고 나온 할머니는 치운의 방을 건너다보며 거실 소파에 앉았다.

할머니 말은 아랑곳없이 엄마는 치운을 닦달했다.

"뭐? 고등학교 가서 공부벌레가 돼 가지고 교과서를 몽땅 파먹어 치울 만큼 공부를 하겠다고? 그러니 중학교 때는 좀 여유 있게 학교엘 다니겠다고? 그래서 여유를 가지고 그런 쓰레기 같은 걸 보면서 이상한 짓을 하고 있는 거야?"

전부 의문문뿐인 말이 숨차게 들렸다. 웬만한 말썽을 부려도 저렇게 흥분한 적은 없는데, 놀라긴 많이 놀란 것 같았다. 요즘 십대가 어떤지 몰라도 너무 몰랐지.

"엄마, 요즘 그런 거 안 보는 남자애들 별로 없어. 모르면 오히려 바보 취급 당한다니까."

치운을 옹호한다기보다 엄마를 진정시키려고 한 말인데 오히려 역효과가 났다.

"누나가 저 모양이니 동생이 제대로겠어? 내가 애들 교육을 헛시켰다니까. 세상에 제일 한심한 짓을 한 녀석이 내 아들이고, 그게 잘못된 게 아니라고 역성드는 계집애가 내 딸이라니."

이러다 심한 욕까지 나오는 거 아닌지 몰라. 말대꾸를 더 했다간 정말 그렇게 될 것 같아 잠자코 있었다.

치운은 시종일관 될 대로 되라, 하는 표정을 유지했다. 하여튼 남자애들은 왜 그렇게 생겨먹었을까. 물론 야동을 보는 게 모두 남자라는 건 아니지만, 그 왕성한 동물적 욕구엔 질리는 게 사실이다.

"앞으로 방문을 잠그면 또 그 짓을 하는 줄로 알고 내쫓아 버릴 거야."

엄마는 이렇게 경고를 날리고는 후우 한숨을 뽑아내며 주방으로 갔다. 고개를 푹 떨어뜨리고 있던 치운도 침대로 몸을 날리며 "으." 짧은 신음을 내뱉었다. 앞으로 야동을 끊고 감시당할 일이 암담하기도 하겠지.

하지만 나는 야동에 빠져 매일 밥 먹듯 그런 걸 보는 건 한심해도, 마스터베이션을 하는 건 이해가 갔다. 나도 가끔 잠들기 전에 내 가슴이나 그곳을 만져 보기도 하니까. 왜? 글쎄, 그냥 기분이 좋아서라고 할 밖에. 그러면 나에게도 성적인 욕구가 있다는 얘긴가? 생각만 해도 얼굴이 화끈거렸다. 그런 욕구를 자위가 아닌 사랑의 행위로 감행한 연두, 참 대단한 아이임엔 틀림없는 것 같다. 그 작은 몸 어디에 그리 큰 간덩이가 들어 있는 걸까.

아빠는 아직 들어오지 않았다. 아빠를 제대로 볼 수 있는 게 일주일에 두 번은 되나? 아빠를 생각하면 공부 좀 열심히 해 볼까, 싶지만 언제나 그때뿐이다. 단 한 번도 공부하라고 잔소리하지 않는 아빠, 설마 나에게 관심이 없는 건 아니겠지? 언젠가 크게 칭찬받을 만한 일을 하고 싶은데 잘 될지 몰라.

"엄마는 몇 살 때 처음 연애해 봤어?"

주방에서 엄마의 눈치를 살피다가 슬쩍 물었다.

"전엔 언제 첫 키스를 했냐고 묻더니 웬 시답잖은 소리야. 열여덟 살 때였다, 왜."

"와, 진짜? 울 엄마 조숙했네."

"억울하게도 그게 처음이자 마지막 연애였다는 거 아니니."

향이 좋은 카푸치노를 만들면서 흥분이 가라앉았는지 말투가 딱딱하진 않았다.

"억울하긴 하겠다. 그런데 그게 바로 아빠였다는 거지?"

"그렇다니까! 귀찮으니 네 방으로 올라가."

엄마는 짜증을 내며 우유에 넣은 거품기를 왱왱 돌렸다. 처음이자 마지막 사랑인데 좀 알콩달콩 살아 보지, 하는 말은 입 밖에 낼 수 없었다.

엄마 아빠라고 뭐 그러고 싶어 그럴까. 어쩌면 딴 애들처럼 가정불화를 겪지 않는 것만으로도 다행으로 알아야 할지 모르지. 부모가 시도 때도 없이 전쟁을 벌여 잔뜩 졸아붙어 사는 애들, 엄마 아빠가 갈라서 축구공처럼 이 골대 저 골대 옮겨 다니는 애들, 부모 중 어느 한쪽이 바람을 피워 집안이 난리 블루스인 애들, 이런 애들에 비하면 난 복 받은 축에 속할 테니.

암튼 사랑이란 정말 한여름 매점 김밥만큼이나 맛이 변하기 쉬운 것인가 보다.

옥탑방에 올라와 영어와 수학 참고서를 꺼냈다. 친구들 문제에만 온 정신을 집중하느라 한동안 공부는 완전히 뒷전이었다. 중간고사 때는 껑충 뛰어오르고 싶은데. 수달피에게 주는 과외비가 아깝다는 말이 나오지 않게 하기 위해서라도 말이다.

계약으로 맺어진 대학생 남자 친구 수달피, 이 땅의 평범한 십대라면 피해 갈 수 없는 지옥의 하이틴 시절을 심심찮게 해 주는 이야기 상대, 그리고 나를 꾸며 주는 그럴듯한 아이템.

그런데 요즘은 대학생과 계약 연애를 하고 있다는 우쭐함 같은 게 많이 사라졌다. 그 이유를 나는 안다. 창 때문이다. 그의 손과 어깨를 잡았던 감촉, 사라지지 않고 내 손에 계속 남아 있다.

아, 모레는 체육 실기 시험. 그동안 배운 것을 평가받는 것으로 왈츠는 끝난다. 시험과 함께 창의 어깨를 만질 일도, 손을 잡을 일

도 없겠지. 어쩌면 잘된 일인지도 모른다. 창을 좋아하는 토란을
생각한다면. 그래, 맞아. 나 원래 그랬지. 사랑 따윈 필요 없어.

8
그 여자들의 행복

1학기 첫 아침 방송 조회 때가 생각난 건 나뿐만이 아니었을 것이다. '성(性)이란 지키기 위해 있는 것이다.' 라는 요지의 길고 긴 교장 훈화를 듣고, 손바닥을 교실 TV 모니터 속 교장에게 펼쳐 보인 채 순결 선서를 한 다음, 담임이 나눠 준 '순결 캔디'를 바드득바드득 씹어 먹었던 그 지루했던 시간! 감동 제로였고, 모두가 순결한 채로 졸업을 할 거라고 믿는 아이들은 아무도 없었다.

체육 시험은 개판을 쳤다.

두 커플씩 나와 음악에 맞춰 왈츠를 추는데, 연습할 때보다 백 배는 더 떨렸다. 왈츠 곡은 경쾌했지만 내 몸은 감각을 잃은 것처럼 뻣뻣하기만 했다. 나는 머릿속이 뒤죽박죽되어 자포자기로 창을 쫓아다니기만 했다.

요한 스트라우스의 왈츠 곡을 엉망으로 모욕하고 들어오면서 창에게 "미안." 했다. 창은 씩 웃으며 혼잣말처럼 중얼거렸다.

"아쉽다."

뭐가 아쉽다는 건지. 뭐 '더 잘할 수 있었는데.' 라는 말이 생략된 거겠지.

토란은 내가 옆으로 가 앉자 귓속말을 했다.

"너, 그 정도로 못하진 않았잖아. 왜 그랬어?"

안 그래도 속상한데, 가만히 좀 있어 주면 안 되나?

"내가 시험엔 약하잖아."

대수롭지 않다는 듯 말했지만 슬금 짜증이 났다.

나를 끝으로 옥탑방 멤버는 시험을 다 치렀는데, 주은이 단연 잘했고 토란은 보통, 연두는 나 못지않게 헤매다 들어왔다. 머리가 복잡한 연두야 스텝이 제대로 될 리 없었겠지.

왈츠 시험에서 단연 두각을 나타낸 건 놀랍게도 진진이었다. 연습 때도 좀 잘한다 싶긴 했는데, 유연한 몸놀림으로 완벽하게 리듬을 타 체육 선생님의 칭찬을 받았다. 하지만 아이들은 침묵했다. 파트너가 아람이었기 때문이다. 아람은 박자와 순서, 스텝이 틀리진 않았지만 무표정했고 동작이 기계 같았다. 수십 개의 눈동자가 광선을 쏘아 대고 있는데 어떻게 자연스러울 수 있을까.

가영과 아람에 대한 아이들의 태도는 '전따'에 가까워지고 있었다. 전교생의 따돌림. 그것은 바람이 불면 낙엽이 일제히 한 방향으로 쓸려 가는 것과 같은, 개인의식이 결여된 맹목적 집단 심리였다. 벌레를 피하듯 피해 다니며 수군거리든, 노골적으로 골탕을 먹이든, 아이들은 흥미진진한 게임이라도 하는 것처럼 가영과 아람을 괴롭히려 했다. 동성애와 관련한 교칙 위반 단속이 강화될수록 괴롭힘은 더 잦아졌다. 그에 가담하지 않는 아이들은 어떻게 되든 조용히 지켜보기만 했다.

오늘 1교시가 시작되기 전에도 한 가지 사건이 있었다. 몇몇이 짜고 한 짓인지, 2반과 3반 사이의 복도에 아람과 가영의 책상 걸상을 나란히 내다 놓은 것이다. 삭발 때문에 일주일 스무 시간 교내 봉사활동 벌칙을 받은 가영은 학교 어디선가 청소를 하고 있었을 것이다.

아람이 자기 책상을 들고 교실로 가려 하자 유치한 야유가 쏟아졌다.

"애인끼리 밖에서 수업을 해 보시지."

"외계로 자진 철수하든가."

"외계인 중에도 저런 뚱보가 있나?"

모두 남자애들이었다. 머저리 같은 자식들. 참다못해 내가 나섰다.

"찌질한 소리들 그만 해. 너무하는 거 아냐?"

이 한마디에 머저리들은 '쟨 또 뭐야?' 하는 듯 나를 쳐다보았다.

"동성애 단체 활동가라도 되는 모양이지?"

"2반 반장 쟤, 의리 빼면 시체잖아."

따귀라도 올려붙이고 싶었지만 꾹 참았다. 상대하기엔 시간이 아까운 녀석들이었다. 하지만 나 대신 팔을 걷어붙인 아이가 있었다.

"그만들 해."

역시, 승범이었다. 승범이는 가영의 책상 걸상을 한꺼번에 번쩍 들어 3반에 갖다 놓은 후, 아람의 것을 우리 반으로 옮겼다. 아람이 그 뒤를 따라갔다. 머저리들을 비롯해 그 누구도 찍소리조차 하지 못했다. 승범이었으니까.

아람과 가영은 얼마 전부터 완전히 따로 다니기 시작했다. 사냥개가 부모님께 알리겠다고 했기 때문이다. 이미 아웃팅 되었으니 언젠가 집에서도 알게 되겠지만, 학교에서 그 사실을 통보한다면 양쪽 집 모두 큰 쇼크를 받을 게 분명했다.

4교시 체육 시간 후, 아이들은 옷도 갈아입지 않고 급식실로 뛰어갔다. 그들이 일으킨 먼지를 마시며 옥탑방 멤버들은 조용히 교실로 들어왔다.

나는 사물함에 넣어 두었던 2절 켄트지를 꺼내 펼쳐 들었다.

"붙이자."

일명 '대자보'였다. 꼭대기에 빨간 매직펜으로 쓴 제목이 눈에 잘 들어왔다.

그 여자들의 행복.

'그 여자들'이란 가영과 아람을 지칭하는 것이었고, 전체 글의 요지는 말 그대로 '그 여자들의 행복은 누구도 침해할 수 없다.'는 것이었다. 사람이 사람을 좋아하는데 왜 다른 사람의 동의를 얻어야 하는가, 무슨 권리로 누구를 좋아해라 마라 할 수 있는가, 그런 주장도 함께.

교실 뒤에다 대자보를 붙인다는 아이디어는 수달피에게서 나왔다. 역시 대학생은 대학생이야. 수달피는 내용 작성에도 도움을 주었다. 글의 첫머리가 꽤나 유식하게 된 이유도 바로 거기에 있었다.

호모포비아는 과연 정당한가.

바로 밑에 괄호를 치고 '호모포비아란?' 하고 설명을 달아 놓
는 친절도 빼먹지 않았다.

**(동성애나 동성애에 대한 비이성적이고 막연한 두려움과 혐오,
억압을 말한다.)**

한국 사람들은 좀 유식하게 말을 해야 아, 그런가? 하고 귀를
기울이는 습관이 있다고, 수달피는 말했다.
대자보 마지막엔 파란색 매직펜으로 이렇게 썼다.

**그 여자들의 행복을 지켜 줘야 한다는 생각에 동의하면 서명해
주세요.**

주은과 나는 대자보를 게시판에 붙이고, 그 옆에 서명지를 붙
였다. 서명지에는 이미 주은과 나, 연두, 토란의 서명이 위 넉 줄
을 차지하고 있었다. 토란은 나와 주은의 회유로 마지못해 서명
했는데, 대자보를 붙이고 나서까지 찜찜한 표정이었다.
"매점 가자. 오늘 내가 칠리 핫도그 쏠게."

나는 이렇게 말하고, 세 동지들의 엉덩이를 때리며 밖으로 몰고 나갔다. 하지만 좀 긴장되었다. 아이들의 반응이 어떨지, 과연 몇 명이나 서명을 할지……. 재수 없이 사냥개가 발견하거나 야비한 녀석이 그에게 일러바치지는 않을까, 그런 걱정은 하지 않았다. 까짓 교내 봉사활동쯤이야 얼마든지 해 줄 수 있으니까.

왈츠 따위는 이제 잊어버리기로 했다. 친구들 일에나 집중해야지. 즐거운 오지랖! 아무래도 그게 가장 나다운 것 같다.

대자보를 쓴 것은 가영이 옥탑방에 놀러 오고 나서였다.

지난 수요일, 나는 가영을 옥탑방으로 초대했다. 아람도 함께 오라고 할까, 생각은 했지만 그렇게는 하지 않았다. 틈 하나 없이 문을 닫아 건 아람은 왠지 말을 붙이기도 어려웠고, 가영만큼 아람을 좋아하지 않는 것도 사실이었다.

가영은 머리카락이 5밀리미터쯤 자랐지만 아직은 까까머리라고 할 수 있었다. 어린 밤송이처럼 여전히 예쁜 두상은 긴 가발로 완벽하게 숨겨져 있었다. 가영을 보자마자 엄마는 일본에서 온 미소녀 같다며 몇 번이나 예쁘다고 했다. 허리까지 출렁이는 긴 머리는 '짱'이라면서. 짧은 머리를 보면 긴 머리가 어울리지 않는다는 걸 알 수 있을 텐데.

치운은 맨발에 추리닝을 입고 나와 "안녕." 인사하고는 입을 헤벌린 채 서 있었다.

"할머니는?"

하고 물었더니 멍청하게 고개만 양옆으로 흔들었다.

"먹을 거 사 왔으니까 간식 같은 건 필요 없어."

나는 엄마에게 슈퍼마켓 봉지를 보여 주고는, 얼른 가영을 데리고 계단을 올라갔다.

"오늘 원두 좋은 거 갈아 왔는데, 커피 내려 줄까?"

엄마가 친절하게 말했지만 "아니." 해 버렸다. 커피를 핑계 삼아 올라와 가영에게 이것저것 말을 붙일 게 뻔했기 때문이다.

"좋은 시간 보내삼."

어쩌 그냥 넘어가나 보다 했더니. 가영은 소리 나지 않게 풋, 입을 막고 웃었다.

토란은 옥탑방으로 오라는 문자 메시지를 보내고 나서 정확히 삼십 분 후에 왔다. 방으로 들어서자 움찔하는 게 꽤나 놀란 모양이었다. 가영도 뜻밖이라는 듯 눈을 둥그렇게 뜨고는 들고 있던 비타민 음료 캔을 방바닥에 내려놓았다.

"너네들 중딩 때처럼 잘 지내 보라고 이렇게 자리를 만들었어."

내가 말하자, 가영과 토란 둘 다 얼굴이 붉어져서는 어색하게 웃었다.

"하여튼 바쁘다, 너. 인간관계 복구위원회 위원장이라도 시켜 줘야 한다니까."

토란이 침대에 기대앉으며 비꼬는 소리를 했다.

"날 못마땅해하는 거 알고 있어. 하지만 섭섭하거나 그렇진 않아. 말도 안 되게 시비 걸고 못살게 굴지 않는 것만으로도 눈물 나게 고마울 지경이니까."

가영의 말도 부드럽게 들리지는 않았다.

"나도 네가 당하고 있는 거 열나 짜증나. 하지만 대체 어떻게 아람을 좋아하게 된 거야? 어떻게 그럴 수 있는 거니? 나 정말 이해할 수 없어. 정상이 아니잖아."

토란은 가영을 향해 속사포처럼 쏘아 댔다. 꽤 직설적이었지만 내가 원하던 바였다. 속으로 담아 두고 있다 썩게 만드는 것보다 차라리 터뜨리는 게 낫지.

가영은 음료수를 한 모금 마시고는 말했다.

"우린 서로 학대하면서 좋아하거나 추잡한 짓은 안 해. 그저 조용히 좋아할 뿐이지. 비정상이라는 말은 옳지 않다고."

"조용히든 시끄럽게든, 어떻게 같은 여자를 좋아할 수 있니?"

토란은 여전히 똑같은 질문을 하고 있었다.

"어떻게, 라고 물으면 설명하기 곤란해. 나도 알지 못하는 사이에, 라고밖에 대답할 수 없으니까. 처음엔…… 그래, 처음엔 나도 혼란스러웠어."

가영은 잠시 뜸을 들였다.

"6학년 때였어. 내가 레즈비언이라는 성정체성을 확신하게 된 거 말야."

놀란 것은 토란과 나, 둘 다였다. 그렇게 어린 나이에! 하긴 열한 살이면 사춘기가 온다고, 수달피가 말했지. 나야 사춘기가 뭔지도 모른 채 고등학생이 되었지만. 여하튼 6학년 때부터 레즈비언의 성정체성을 확신했다는 말은 충격적이었다.

"남몰래 고민 많이 했어. 나는 왜 남들과 다르지? 친구들은 남자 연예인에 열광하고 남자친구와 사귀는데 나는 어째서 같은 여자애를 마음에 두고 끙끙 앓아야 하는 거지? 그런 고민들."

토란과 나는 입을 다물고 듣기만 했다. 가영이 너무나 진지해 함부로 끼어들 수가 없었다.

"레즈비언인 나를 받아들이기로 마음먹기까지는 이 년이 걸렸어. 초등학교 동창애가 날 찾아왔고, 그 애가 나에게 손을 내밀었지. 사실 우린 6학년 때부터 서로를 알아보았던 거야. 그리고 똑같이, 말 한마디 건네지 못한 채 헤어졌다가 이 년의 방황을 거쳐 다시 만나게 된 거고."

"그럼, 그 애가 아람?"

토란은 더 이상 참지 못했다. 가만있었을 뿐이지 궁금한 건 나도 마찬가지였다.

"아니. 그 앤, 죽었어. 자살."

"……!"

"……!"

"결국 견디지 못한 거야. 그 앨 좋아하는 교회 오빠가 어떻게 알아서는, 그만두라고 집요하게 쫓아다니며 괴롭혔거든. 신을 거역하면 지옥에 떨어진다나. 신이 있다면, 우릴 이렇게 만든 것도 바로 그 신일 텐데 말이야."

가영은 눈물 한 방울 흘리지 않고 차분하게 말했다.

"난 그때, 무슨 일이 있어도 절대로 죽지 않을 거야, 그렇게 생각했어. 부당하고 폭력적인 세상에 굴복하고 싶지 않았으니까."

간간이 음료수 삼키는 소리만 났을 뿐, 한참 동안 우리는 침묵 속에 있었다. 토란도 수없이 많은 생각이 얽힌 묘한 얼굴을 하고는 도톰한 아랫입술을 윗니로 꼭꼭 씹어 댔다.

음료 캔 세 개가 모두 바닥났을 때쯤, 토란이 가영에게 물었다.

"아람이랑 어디까지 갔어?"

"윤토란!"

내가 눈을 흘겼지만 토란은 개의치 않았다.

"뭘, 물어보면 안 돼?"

"그렇게 물으니 기분 좋다. 우릴 특별 취급하는 것 같지 않아서."

가영은 치아가 반짝 드러나도록 웃으며 "키스까지."라고 담백하게 말했다. 나도 모르게 으음, 하는 신음 소리가 입에서 새어 나왔다.

"나, 중학교 때 네가 그런 줄은 까맣게 모르고 있었는데. 그때의 이가영이 그랬다니 믿어지지 않아. 난 아직도 완전히는 이해가 안 돼. 거부감은 아주 아주 조금 사라졌지만."

이만하면 성공이었다. '완전히 이해가 안 돼.' 와 '완전히는 이해가 안 돼.' 는 하늘과 땅 차이. '는' 이라는 조사가 이렇게 위대한 것인 줄 미처 몰랐다.

가영은 토란의 변화에 좀 느슨해졌는지 약한 마음을 내비쳤다.

"집에서 알게 될까 봐 얼마나 겁나는지 몰라. 특히 엄마. 사고 방식이 자유로운 것 같으면서도 아니라고 생각하면 가차 없거든. 나 삭발하고 들어갔을 때도 웃으면서 그랬어. 객기는 한 번으로 끝내라고. 기겁하고 난리를 치는 것보다 더 무섭지. 이반이란 걸 알게 되면……."

가영의 작은 얼굴은 언젠가 다가올 일에 대한 공포로 창백해졌다. 얼마 전 자기 반 담임과의 빅 매치에서 당돌하게 했던 말, 엄마가 삭발한 모습을 보고 쿨하게 넘겼다는 그 말은 지지 않기 위한 것이었을까, 위기를 모면하기 위한 것이었을까.

"근데 있지, 레즈비언 커뮤니티에 가입했던 애들, 너 진짜 아는 거야?"

토란은 단순 명쾌하게 물었다.

"알아도 몰라도, 난 얘기할 수 없어. 그뿐이야."

가영은 단호했다.

"아람은 어때? 학교 밖에서도 그렇게 무표정하고 말이 없어?"

이렇게 물었더니, 가영은 천천히 고개를 끄덕였다.

"그렇지 뭐. 종이비행기만 계속 날리고. 아, 다행스러운 게 하나 있긴 해. 글을 쓸 줄 안다는 거. 개한텐 현실을 이겨내는 좋은 도구지. 이번에 K대 주최 문예 백일장에서 아람이가 산문으로 2등한 거, 모르지?"

"그래? 난 몰랐는데."

"나도."

"학교로 통보가 갔는데, 너희 담임 그냥 개별적으로 불러다 상장 건네 줬나 보더라. 아람이가 아니라 다른 애였담 공개적으로 전달했을 텐데."

그런 일이 있었다니. 우리 담임 패기는 없어도 인자한 줄 알았는데, 정말 실망이었다.

어쨌든 옥탑방에서의 특별한 모임은 저녁 8시까지 계속되었다. 할머니에게 돈을 타내 자장면까지 시켜 먹고, 동네에 새로 생긴 커피 전문점에서 가영이 산 캐러멜마키아토까지 마시고 헤어졌다.

가영을 많이 알게 되어 기쁘다.

운동장엔 아이들이 많지 않았다. 스산하게 바람이 불었고, 서쪽 하늘 가장자리엔 흰 구름이 길게 길게 번져 있었다. 카이트를 가지고 운동장으로 나왔다. 점심시간에 날려 보기는 처음이다. 이제 웬만큼 폼이 나니 공개적으로 보여 줘도 망신살은 뻗치지 않겠지.

카이트는 잘 날았다. 두 줄을 잡은 손에 어느 정도 감각이 생겨, 바람의 길을 능숙하게 찾아 나갔다. 파워 존을 벗어나지 않고 회전시키는 것도 문제가 없었다. 학교에서 날린 이래 아마도 최고인 것 같았다.

기분이 점점 고양되었다. 마치 내가 탁 트인 창공을 날고 있는 듯한 느낌! 이런 걸 카타르시스라고 하나. 카이트 페스티벌 때도 이렇게 잘 해낼 수 있으면 좋겠다.

구경하는 애들이 하나둘 모여들기 시작했다.

"오올, 멋진데."

"무지 크다."

"야, 나도 한번 해 보면 안 되냐?"

목소리가 우리 반 애들이었다.

"바람과 카이트와 섬세한 두 손의 예술적 조화, 환상이다."

바로 내 뒤, 선우창이었다. 동요하지 말자. 나는 창을 2반 남자 애들 중의 하나일 뿐이라고 스스로에게 타이르며 카이트에만 집중했다. 다행히, 흔들리지 않았다.

몇몇 아이들이 누군가에게 인사하는 소리가 들렸다. 좋지 않은 예감. 아니나 다를까, 바리톤의 느끼한 목소리가 오른쪽 귀를 울렸다.

"학교에서 뭐하는 거냐. 그만 하고 내려라."

국사 선생님이었다. 시험을 보면 틀린 개수대로 사정없이 알밤을 먹이는 남자. 맞을 때 몇 개인지 스스로 세게 하여 더 치욕을 주기 때문에, 아이들은 벌벌 떨면서도 이를 갈았다. 그래도 성적이 늘 거기서 거기라는 게 신기하다.

나는 카이트를 내릴 생각이 없었다. 이렇게 바람도 좋고 감도 좋은 날이 자주 오는 게 아닌데, 그만 내리라니. 하지만 되도록 고분고분해야 한다는 건 알고 있었다. 악명 높기로는 사냥개 다음이니까.

"점심시간 동안만 할게요. 날린 지 몇 분 안 되는데."

"자식, 그만 하랄 때 그만 해."

이건 완전히 습관이었다. 하지 마라, 하지 마라, 하지 마라. 카이트를 날려서 내가 누굴 현혹하기라도 했나.

"왜 안 되는 거죠? 운동장에서 농구도 하고, 축구도 하고, 족구도 하고 다 하는데요."

결국 나는 말대꾸를 하고 말았고, 그러면서도 손은 멈추지 않았다.

"이놈아, 농구 축구는 운동이고 이건 오락이잖아."

맙소사. 두 손 두 발 다 들었다. 카이트 날리기가 오락이라니. 이 사람 레포츠라는 말도 모르나?

"선생님, 카이트는 여가를 즐기면서 신체를 단련할 수 있는 운동이에요, 운동."

"말대답 끝내고, 카이튼가 뭔가도 끝내라."

나는 카이트를 오른쪽으로 계속 몰아 땅 가까이 내려오게 한 다음, 두 줄에 탁탁 반동을 주었다. 카이트는 조용히 착지했다. 기분이 잡쳐 더 날리고 싶은 마음도 사라졌다. 정말, 이래서 학교에 오기가 싫다니까.

교실에 들어왔더니 승범이 대자보 옆에 서 있었다. 알고 보니 누군가 대자보를 떼려 했고, 승범이 "놔둬."라는 한마디로 그를 제압한 뒤 계속 그러고 있었다는 것이다. 든든해라. 서명지에는 옥탑방 멤버들 이름 아래로 승범, 유리, 진진의 이름이 서명돼 있었다. 창의 이름이 없다는 게 왠지 섭섭했다. 아, 또. 나는 내 머리를 주먹으로 콩 쳤다. 그를 특별하게 생각하지 말자. 어쨌거나 지금까지 서명자는 모두 일곱 명. 서른일곱 명 중 일곱 명이면 절망적인 수는 아니었다.

5교시는 영어 시간. 우리 반 정보통 유리는 영어 시간엔 색다른 수업을 하게 될 거라고 알렸다. 색다른 수업이란 '성교육'이었다.

"영어 선생님이 한 반씩 돌아가며 성교육을 하고 있대. 4교시엔 5반에서 했다는데?"

"영어 선생님이 왜?"

진진이 물었다.

"영어 선생님 작년하고 재작년, 학교 쉬고 교육청 청소년 상담 센터에 있었잖아. 지금 우리 학교 상담 교사인 거 몰라?"

우리 학교에 상담 교사가 있었나? 처음 듣는 소리였다. 뭐, 학교마다 형식적으로 두게 돼 있어 적당히 맡긴 거겠지. 하여튼 유리, 정보력 하나는 끝내준다.

"근데 웬 난데없는 성교육? 정자 난자 만나는 슬라이드 정말 지겨운데. 난 손톱이나 다듬어야지."

소이였다. 큐트퀸 선발 대회 본선에서 떨어졌는데 풀도 죽지 않았다. 연예기획사 매니저가 명함을 주며 연락을 하라고 했다나 뭐라나. 며칠 동안 심심하면 그 얘기였다.

성교육이 어쩌고저쩌고 말들은 많아도, 아이들은 싫지 않은 기색이었다. 공부만 하지 않으면 뭐든 좋으니까.

갑자기 왜 성교육을 하게 되었느냐는 질문에, 영어 선생님은 길지 않게 대답했다.

"교무회의에서 결정 난 일이라 갑작스럽긴 나도 마찬가지야. 하지만 수업 대신이라면 너희들, 그럭저럭 고맙기까지 할 텐데, 안 그래?"

긍정의 뜻을 담아 키득거리는 소리가 군데군데에서 들려왔다.

영어 선생님이 교실 뒤의 대자보를 훑어볼 때는 교실 전체에 싸한 정적이 흘렀다. 드디어 대자보에 대한 평이 나왔다.

"지금까지 본 게시판 글들 중에 베스튼데? 별 다섯 개."

나이스! 영어 선생님은 기대했던 것보다 후한 점수를 주었다. 예쁘다고는 할 수 없는 얼굴에 화장도 하지 않는 서른다섯 살의 아줌마 선생님. 솔직히 영어 발음도 썩 좋지는 않고 수업도 좀 지루한 편인데 이해심만은 최고라고 할 수 있었다.

"슬라이드 같은 건 초등학교 성교육 시간에 다 봤을 테고, 오늘은 문답식으로 진행해 보자. 학교에서는 성에 대한 올바른 가치관을 심어 주라고 했지만, 그런 얘기 너희한테는 맹자왈 공자왈 하는 소리로 들리잖아, 내 말 맞지?"

"네!" 하는 소리가 우박처럼 쏟아졌다.

1학기 첫 아침 방송 조회 때가 생각난 건 나뿐만이 아니었을 것이다. '성(性)이란 지키기 위해 있는 것이다.'라는 요지의 길고 긴 교장 훈화를 듣고, 손바닥을 교실 TV 모니터 속 교장에게 펼쳐 보인 채 순결 선서를 한 다음, 담임이 나눠 준 '순결 캔디'를 바드득바드득 씹어 먹었던 그 지루했던 시간! 감동 제로였고, 모두가 순결한 채로 졸업할 거라고 믿는 아이는 아무도 없었다. 그런데 이제 와서 또 성에 대한 올바른 가치관을 심어 주라고 했다니. 어쩌면 이반 사냥과 함께 '그들은 비정상이다.' 라는 걸 깊이 깨우쳐 주라는 지시가 내려진 건지도 몰랐다.

영어 선생님은 미리 준비해 온 백지를 돌린 후, 성과 관련한 질문을 하나씩 적어 내라고 했다. 뜻밖에도 아이들은 진지하게 생각했고, 고심해서 써 내는 것 같았다. 나는 진지하게 생각은 했으나 결국 백지로 냈다. '친구가 사랑하는 친구를 사랑하는 건 죄일까요?' 같은 걸 써 낼 수는 없었으니까.

나도 모르게 창을 바라보다가 눈이 마주쳤다. 화끈 달아오르는 뺨을 들키지 않기 위해 손바닥으로 눈 밑을 덮고는 다시 앞을 보았다. 잠시 잊고 있었어. 창은 우리 반 남자애들 중 하나일 뿐!

가로 세로로 두 번 접은 질문지들은 앞으로 앞으로 전달돼 교탁에 쌓였다. 영어 선생님은 그중 하나를 골라 착착 펼쳤다.

"기대되는데? …… 자위행위는 나쁜 짓인가요?"

첫 번째 질문이 공개되자 여자애들은 꺅, 미쳤어, 어떻게 저런 질문을, 하며 호들갑을 떨었다. 반면 남자애들은 킥킥 웃거나 얼굴이 벌게져 책상에 털퍽 엎드렸다.

"자위행위는 그 자체로는 전혀 나쁠 게 없어. 생리적으로도 심리적으로도. 배가 고플 때 밥이 없어 빵이나 과일로 배를 채우는 것과 같으니까. 밥이 없으면 굶어라, 이건 말이 안 되잖아?"

영어 선생님의 시원시원한 답변에 긍정의 뜻을 나타내는 머리통들이 여기저기 보였다.

"하지만 너무 자주 하게 될 경우 다른 일에 집중할 수 없고, 괜한 공상으로 시간을 낭비하게 되는 게 문제지. 게다가 몸이 피곤해져 만사가 귀찮아진다고."

남자애들은 즉시 아, 피곤해, 공부에 집중이 안 돼, 나 배 마이 고파, 하고 아우성을 쳐 여자애들을 웃겼다. 엄마에게 '치운은 자기 방에서 밥 대신 빵을 먹고 있었던 것'이라고 말하면 먹혀들기나 할까.

문답식 성교육은 계속 이어졌다. "배란 주기로 볼 때 임신에 가장 안전한 때는 언제인가요." 하는 상식적인 질문에서 "루프 사용에 대해 알려 주세요." 하는 구체적 필요에 의한 질문까지, 다양한 질문들이 나왔다. 나도 모르게 눈길이 연두에게로 향했다. 연두는 책상에 엎드려 선생님이 나눠 준 종이에 낙서를 하고 있었다. 엉킨 실 뭉치 같은 그림이 여러 개 그려진 게 보였다. 듣기가 괴로운 것 같았다. 왜 안 그렇겠어. 마침내 '그 일'을 하고 고민에 빠졌는데 성 교육이니 뭐니 하고 있으니 말이다.

남자애들보다는 여자애들이 질문을 더 많이 써 낸 것 같았다. 문득, 우리 반에 '버진'이 아닌 여자애들은 몇 명이나 될지 궁금했다. 연두가 그중 하나라는 사실이 속상했고, 내가 그중에 끼지 않는다는 사실이 다행스러웠다.

영어 선생님은 몇 가지 질문에 답을 하고 나서 이렇게 말했다.

"정작 피임을 생각해야 할 사람들은 여자들이 아니라 남자들이야."

그러고는 칠판에다 '콘돔'이라고 썼다.

"여자 친구에게 성적 욕구가 생기는 사람들은 콘돔부터 준비하도록 해. 너희들 나이 때엔 충동을 억누르지 못해 갑작스러운 관계를 갖게 될 가능성이 많으니까. 잘못은 성행위에 있는 게 아니라 무책임한 성행위에 있다, 그 말이지."

수달피의 말이 생각났다. 학교에서 콘돔 사용 교육을 시켜야 한다던가 뭐라던가. 그 말을 지금 영어 선생님이 하고 있었다. 콘돔 교육을 하면 정말 물불 못 가리는 녀석들이 신사다워지기나 할까.

영어 선생님은 콘돔 사용 교육 끝에 여자애들에게 하는 충고도 빼먹지 않았다.

"그 어떤 피임법보다 콘돔이 가장 손쉽고 부작용도 없다는 거, 꼭 알아둬라. 남자들의 충동 앞에서 절대 마음이 약해져서는 안 된다는 것도. 뜻하지 않은 일이 발생할 경우, 고통은 여자가 90퍼센트 이상 감수하게 돼 있으니까."

내 눈길은 또다시 연두에게로 향했다. 연두는 책상에 엎드려 낙서를 계속 하고 있었다. 엉킨 실 뭉치에 이어 검정 볼펜으로 지그재그 수없이 그어지는 거친 직선들. 분명히 듣고 있다는 걸 알 수 있었다.

연두는 괴로웠겠지만 성교육 시간은 기대 이상으로 흥미진진했다. 졸거나 자는 아이는 한 명도 없었다. 영어 수업도 이렇게 재미있다면, 하는 아쉬움이 들기도 했다. '일부러 신체 접촉을 하고 지나가는 것도 성추행에 해당하나요.' 같은 몇 가지 시시한 질문에 답한 후에, 영어 선생님은 나머지 종이들을 모두 펴 보았다.

"시간이 얼마 안 남았으니 마지막으로 하나만 더 골라야겠다."

영어 선생님은 아, 이것, 하듯 별 고민 없이 질문지 한 장을 집어 들었다.

"동성끼리 좋아하는 건 정상인가요, 비정상인가요."

아이들의 시선은 슬금 한 사람에게로 향했다. 아람. 그러나 아람은 눈 하나 깜짝하지 않은 채 종이비행기를 접었다. 비행기 오른쪽 날개마다 작은 무지개가 그려져 있었다. 영어 선생님은 손바닥으로 탁자를 몇 차례 가볍게 두드리고는 모두들 눈을 감으라고 했다.

"다 감았지? 좋아. 이제 내 말 잘 들어. 같은 성의 친구에게 친구 이상의 감정을 잠깐이라도 느낀 적이 단 한 번도 없는 사람, 살짝 손 들어 봐."

정체된 공기가 미세하게 흔들리는 것 같았을 뿐, 교실은 귀가 먹먹할 정도로 조용했다. 나는 어떻게 할까 망설이다 손을 올리지 않았다. 정말 잠깐이었지만, 가영을 보고 설렜던 게 사실이니까.

분필로 판서하는 소리가 따다다닥 몇 초간 들렸다.

"자, 손 든 사람 내리고, 눈 떠도 좋아."

나는 금세 눈 뜨지 못했다. 누군가 손을 들지 않은 나를 보았을 것 같아서. 칠판엔 '콘돔'이란 글자 옆으로 '31 : 6'이라고 큼직하게 씌어 있었다.

"손을 든 사람 서른하나, 들지 않은 사람 여섯. 이건 뭘 말하는 걸까. 이중에 여섯 명은 동성에게 끌린 적이 있다는 얘기지."

어디선가 "설마." 하는 소리가 들렸다.

"글쎄, 설마일까? 모 기관에서 조사한 통계 자료에도 비슷한 결과가 나와 있어. 청소년 1,500명을 대상으로 설문조사를 한 결과, 90여 명이 스스로 동성애가 아닐까 고민해 본 적이 있다, 라고. 그럼 그 90여 명을 모두 비정상이라고 해야 하나?"

아이들은 의자 끄는 소리 한 번 내지 않고 조용했다. 아람은 종이비행기를 왼쪽 뺨 밑에 대고 엎드려 텅 빈 눈을 천천히 깜박였고, 연두도 낙서를 그만두고는 책상에 올린 두 팔에 턱을 받치고 있었다. 주은은 영어 선생님의 얘기를 들으면서 프리다 칼로의 화집을 한 장씩 넘겼다.

"당연히 그렇지 않지. 그들은 단지 그 수가 적을 뿐이야. 2반에서 동성에게 끌린 적이 있는 여섯 명도 역시 마찬가지고."

"선생님."

3분단 앞쪽에서 누군가 오른손을 어깨 높이로 들어 올렸다.

"유행병이나 착각 같은 거 아닐까요? 야오이나 팬픽 보면 그런 거 해 보고 싶어지기도 한다던데요. 그리고 친구가 넘 넘 좋으면 자기가 혹시 동성애자가 아닐까, 헷갈릴 수도 있을 것 같아요."

다분히 경험에서 나온 듯한 질문. 소이의 추종자 중 비교적 얌전한 애였다.

"분명한 차이점이 있어. 유행이나 착각은 길게 이어지지 못하지만, 이반들의 사랑은 지속된다는 거. '워너비'와 '겟투비'의 차이랄까. 그렇게 되고 싶다가 아니라, 그렇게 되었다는 거지."

영어 선생님은 "음……." 하고 잠깐 사이를 두었다가 다시 말을 이었다.

"여자의 마음 깊은 곳엔 남자가, 남자의 마음 깊은 곳엔 여자가 들어 있어."

"아니무스와 아니마 말인가요?"

부저를 일찍 누른 퀴즈 대회 참가자처럼, 창이 말했다.

"와, 카를 구스타프 융을 아는 고딩이 있다니, 놀라운데?"

영어 선생님은 이렇게 말하고, 하려던 설명을 계속했다.

"동성애는 한 여자가 다른 여자의 마음 깊은 곳에 있는 남성성을 좋아하게 되는 것, 또 한 남자가 다른 남자의 마음 깊은 곳에 있는 여성성을 좋아하게 되는 것일 수도 있어. 그러니까 누구나 그런 가능성이 자기 안에 잠재해 있다는 거지."

흥미로운 얘기는 여기서 중단되었다. '소녀의 기도'가 울린 것이다. 늘 반가웠던 소리가 오늘따라 주책없이 들렸다.

영어 선생님은 칠판을 지우고 나서 손에 묻은 분필 가루를 탁탁 털었다.

"너희들, 자유롭게 살고 싶지 않니?"

네, 말하면 잔소리죠, 등등의 대답이 여기저기서 튀어나왔다.

"남을 자유롭게 해야 자기 자신도 자유로워질 수 있어. 성교육
은 이것으로 끝!"

아이들은 잠시 멍해 있다가, 영어 선생님이 나가자 얼떨떨하여
자리에서 일어나 움직이기 시작했다.

나는 교실 뒤로 가 서명지는 그대로 놔둔 채 대자보를 떼었다.
처음엔 두려워할 일이 뭐 있으랴 싶었지만 성가신 일이 생겨 봤
자 좋을 게 없을 것 같았다. 어쩌면 매일 점심시간에만 붙이는 게
대자보의 내용을 환기시키는 데는 더 효과적일지도 몰랐다. 그런
데 영어 선생님의 성교육이 서명지를 채우는 데 도움은 될까?

종례 후 슬그머니 사라졌던 연두는 청소가 거의 끝나 갈 때쯤
나타났다. 자기 자리에 멍하니 앉아 있더니 다시 교실 뒷문으로
나갔다. 왠지 불안해 보여 곧바로 뒤쫓아 나갔다. 토란과 주은이
"어디 가?" 하고는 내 옆으로 따라붙었다.

연두는 복도 끝 보건실에서 3층, 4층으로 계단을 올라갔다.

"아지트에 가는구나."

등 뒤에 대고 말했더니 돌아보지도 않고 "응."이라고만 대답했
다. 아지트에 네 명이 함께 모였던 게 언제더라. 꽤 오랜만인 것
같았다. 연두가 호탁을 만나느라 따로 놀기 시작한 후론 다 함께
몰려다니기가 어려워진 게 사실이다.

층계참 끝에 걸터앉은 연두는 검지 손톱을 꼭꼭 씹어 댔다.

"호탁이랑 너, 요즘 어떻게 지내고 있는 거야? 네 고민은 아직

진행 중이야? 너네들 설마 또…… 아니지? 말 좀 해 봐."

토란은 쉬지 않고 연두에게 쏘아 댔다. 연두의 러브 스토리 2탄을 전해 듣고 울먹이기까지 한 토란이었다. 가영과 아람의 관계를 납득하지 못했을 때처럼, 연두와 호탁의 문제 또한 받아들이기 힘든 모양이었다. 제 몸을 자기 의지에 따라 자유로이 할 수 있었다는 연두의 감동에 대해 거부감을 나타내기도 했다. 친구들 때문에 주기적으로 쇼크를 받고 있다며 지친다고도 했다. 연두의 두 번째 고민만 아니라면 당장 '베프 철회'를 선언했을지도 모른다. 첫 경험을 했다는 사실을 알았을 때 남들이 보낼 시선을 두려워하는 건 당연한 일이고, 그런 두려움마저 없다면 막 나가는 아이가 된다는 게 토란의 주장이었다. 나는 생각의 차원이 다르다는 이유로 '연두의 문제는 연두가 알아서'라는 결론을 내렸지만, 기본적인 생각은 토란과 같은 차원이라고 할 수 있었다.

"내 고민을 이해할 생각이 없으면서 무슨 말을 하라고. 열일곱 살 여자앤 이래서는 안 된다, 저래서도 안 된다, 도덕 교과서로 무장하고서 어떤 말을 듣겠다는 건데?"

연두는 약간 짜증을 섞어 말했다.

"이해할 생각이 없는 게 아니라 이해를 못하겠다니까? 전교생에게 설문조사를 해 봐. 몇 명이나 이해하나. 머리 좋은 것 말고는 지극히 평범하던 애가 갑자기 4차원, 아니 4.5차원이 된 것 같아 나 적응이 안 돼."

토란의 통통한 두 뺨이 흥분으로 붉어졌다. 이러다 둘 중 하나가 옥탑방 모임에서 튕겨 나가는 거 아닌가 몰라. 연두의 위기를 넘어서 옥탑방 멤버들의 위기를 맞고 있는 것 같았다.

"난 연두 이해해."

팔짱을 낀 채 듣고만 있던 주은이 간결하게 말했다. 주은을 쳐다보는 토란의 눈에 바짝 힘이 들어갔다.

"우린 이제 삼 년만 있으면 스무 살이 돼. 성인이 되는 거지. 하지만 스무 살이 된다고 모두가 성인이 되는 걸까? 그건 아니라고 봐. 어른이 되려면 주체적으로 살 수 있어야 해. 정신적으로든, 육체적으로든. 어쩌면 연두는 더 이상 애가 아닐지도 몰라. 스스로 금기의 문을 열고 한바탕 변화를 겪었으니까. 금기를 깬 적도 없고 아무런 경험도 없는 우리랑은 다른 거지."

모두들 입을 다문 채, 대학교 교양 강좌라도 듣는 듯 주은의 얘기를 들었다. 평소 말을 잘하는 편이긴 하지만, '사생팬'인 친구를 따라 조리퐁을 쫓아다니던 주은이라고는 믿어지지 않는 말솜씨였다. 끊임없이 새로운 모습을 보이는 나의 베프들, 심심치 않아 좋다고 해야 하나.

"근데 연두야, 내가 너라면 이쯤에서 멈출 것 같아."

어른의 세계로 진입한 연두를 잔뜩 치켜세우는 것 같더니 이건 또 무슨 반전? 연두와 토란도 멍해서 주은을 쳐다보았다.

"네 첫 경험이 네 의지로 한 거라서 깊은 감동을 주었다면, 그 감동은 앞으로도 고스란히 남아 있을 거야. 하지만 계속 고민에 빠져 있는 널 보니까 여기서 스톱하는 게 좋을 것 같다. 그 일이 되풀이될수록 넌 그만큼 더 두려워질 게 뻔해. 안 그러니?”

연두는 아무 말 없이 앉아 있고 토란과 나만 고개를 끄덕끄덕했다. 이 중요한 순간, 아래층에서 보충 수업을 알리는 ‘소녀의 기도’가 울렸다.

“쉬는 시간은 왜 이렇게 짧은 거야? 보충 걍 건너뛰고 싶다.”

토란이 툴툴거리며 말했다.

“그러게. 하지만 우린 또 주르르 교실로 내려가야 한다는 거지.”

내가 엉덩이를 털며 일어나자 토란이 “보충, 야자, 지겨워.” 하며 칭얼거렸다.

“가자.”

연두의 팔을 잡아 일으킬 때, 그 애의 왼쪽 눈에서 눈물 한 방울이 투둑 떨어져 내렸다. 열일곱 살의 매혹적인 사랑은 금기가 되어야 한다는 것, 연두의 눈물을 보니 어쩐지 부당하다는 생각이 들었다. 하지만 그 금기가 전적으로 옳지 않다고 자신 있게 말할 수 있는 것도 아니었다. 이렇게 주관이 없어서야. 사랑은 이렇게 어려운데 춘향이나 줄리엣은 그 나이에 어떻게 그런 사랑을 한 거야? 아무튼 사랑은 나에게 버거운 주제인 것만은 틀림없다.

9
푸른 도나우 강은 흐르고

나는 그 자리에 얼어붙고 말았다. 정말이었을까. 창이, 내 입술에, 가볍게, 키스를 한 것이다. 온몸으로 퍼지는 아찔한 느낌! 나는 뒤돌아 달렸다. 창이 나를 부른 것도 같았지만 그대로 앞만 보고 달렸다. 창에게로 가고 싶은 만큼, 나는 더 빨리, 더 멀리 달려가고 있었다.

토요일 수업을 마치고, 매점 샌드위치로 점심을 때운 후 시립 도서관에 왔다. "여고생이 봉사활동을 할 만한 데가 어디 없을까요? 힘든 일도 괜찮아요." 하고 시청에 전화를 걸어 알아본 사람은 엄마였다. 유난을 떤다고 할 수는 없었다. 봉사활동 점수는 누구나 엄마들이 관리하니까. 스무 살이 되기 전까지, 우리는 모든 걸 관리 받는다. 부모에게, 교사에게, 학원 강사에게, 과외 선생에게. 내 과외 선생인 수달피야 예외긴 하지만.

두 사람만 필요하다는 걸, 도서관 직원에게 조르고 졸라 넷이 하도록 허락받은 건 나였다. 연두는 하고 싶지 않다는 걸 겨우 달래서 끌고 왔다. 친구들 챙기기가 이렇게 어려워서야. 담당자는 우리가 다 함께 일하길 바라는 걸 알고, 모두 자연과학실로 보내주었다. 어디서든 친절한 사람을 만나는 건 기분 좋은 일이다. 주은과 연두는 가볍게 파손된 책 수리, 나와 토란은 이용자들이 보고 난 책을 제자리에다 꽂아 두는 일을 맡았다. 처음이라 더디긴 해도 어렵지는 않은 일들이었다.

다 보고 난 책들을 분류 번호에 맞게 서가에 꽂는 일은 재미있었다. 아무래도 나에겐 단순 노동이 딱인 것 같다. 사람들이 모두 제각각인 것처럼 보는 책들도 제각각인 것도 흥미롭고. 하지만 날마다 이 일만 해야 한다면 사흘도 못 가 지치고 말겠지?

이동 책장 하나를 다 비우고 돌아왔더니, 연두가 손으로 턱을 받친 채 눈을 감고 있었다.

"만사가 귀찮으신 모양이야."

주은이 연두 앞에 놓인 책들을 자기 앞으로 옮기며 말했다.

"책 냄새는 좋은데 머리가 아파."

연두는 실눈을 뜨고 중얼거렸다.

"그거 다 스트레스 때문이야. 내가 너라면 병원에 두 번은 입원했겠다. 아니, 네 얘기를 들은 내가 더 쇼크를 먹었지. 저렇게 완전 무공해 얼굴을 해 가지고…… 나 아직도 믿기질 않아."

토란은 믿기지 않는 게 아니라 믿고 싶지 않다는 듯 울상을 지었다.

"머릿속 깨끗이 정리하고 하루 속히 우리 곁으로 돌아와라, 연두. 토란의 쇼크를 진정시키기 위해서라도."

농담처럼 말했지만, 나도 연두가 당장 혼란에서 빠져나와 별 고민 없이 국제 통역관을 꿈꾸는 소녀로 돌아와 주길 바랐다.

넷이 모여 일은 하지 않고 수군대자 사서 한 명이 다가와 무슨 일이냐고 물었다.

"이 친구, 생리통이 심해서요. 생리 때마다 움직이지 못할 정도로 괴로워하거든요."

주은은 아무렇지도 않게 거짓말을 했다. 젊은 남자 사서는 민망해하며, 엎드려 쉬라고 하고는 자기 자리로 돌아갔다.

"일하기 힘들면 잠깐 쉬어."

주은이 의자에 걸쳤던 면 재킷을 둘둘 말아 턱 밑에 대 주자 연두는 "고마워." 하고 기어 들어가는 소리로 말했다.

토요일이라 도서관엔 사람이 많았다. 화장실에 갔다 오면서 우리 학교 아이들도 몇 명 만날 수 있었다. 토요일, 일요일 가리지 않고 '열공' 하는 애들, 정말 존경스러워.

아람과 가영은 지금 뭘 하고 있을까. 성교육 시간 이후, 노골적으로 그 애들을 멸시하는 일은 조금 줄어든 것 같았다. 서명지에도 여섯 명이 더 서명을 하여, 이제 모두 열세 명이 '그 여자들의 행복'을 바라게 되었다. 그중엔 선우창도 있었다. 창, 그럴 줄 알았어.

대자보에 대한 얘기는 사냥개의 귀엔 들어가지 않았다. 아이들은 사냥개보다도 승범을 더 무서워하는 것이다. 사냥개의 힘은 무자비하지만, 승범의 힘은 정의롭기 때문이다. 서명지 역시 어떤 선생님에게도 들키지 않았다. 교실을 구석구석 살필 만한 여유가 그만큼 없는 것이다. 이것도 다행이라고 해야 하나.

처음에만 재미있었지, 도서관 일은 은근히 힘들고 하면 할수록 지루해졌다. 자연과학실 이용자들이 많아 정리해야 할 책은 꾸준히 쌓였다. 나중엔 꾀가 나 사서들이 안 보이는 곳에서 『세계의 명화 100편』 같은 책을 뒤적이며 시간을 때우기도 했다. 이럴 때 의기투합할 수 있는 건 토란뿐이다.

겨우 두 시간이나 했을까. 『파브르의 곤충기』가 꽂힐 자리를 찾고 있는데 젊은 남자 사서가 "저기." 하고 멋없이 불렀다.

"좀 쉬었다 하라고."

그는 토란과 내가 들고 있던 책을 슬쩍 가져가 분류번호를 확인했다. 이런 사람은 생긴 게 마음에 들지 않아도 오빠, 라고 불러주고 싶다.

주은과 연두는 열람실 한쪽 구석 탁자에서 종이컵에 담긴 티백 녹차를 마시고 있었다. 토란 것과 내 것도 물론 녹차. 토란은 종이컵을 들어 후후 불면서 말했다.

"나, 어제 마들렌 성공했어. 엄마 아빠가 100점이래. 그 정도면 선물을 한다 해도 맛이 어떨까, 걱정할 일은 없을 것 같아."

창에게 줄 선물을 얘기하는 거겠지. 그러고 보니 토란의 몸 곳곳을 감싸고 있던 군살도 눈에 띄게 빠진 것 같다. 그리 독하게 다이어트를 했는데 빠질 만도 하지.

"드디어 대시할 순간이 다가오는구나. 언젠가 토란표 마니아에게도 맛볼 기회를 주겠지?"

주은이 말하자 토란은 "당연하지." 하면서 히 웃었다. 나는 "좋겠다."라고만 하고는 긴 탁자 끝으로 가 앉았다. 더 이상은 장단을 맞춰 줄 만큼 신이 나지 않았다. 나, 왜 이렇게 인색해졌지? 왜라니. 창 때문이지. 그에 대한 관심을 끄기로 했는데도 이것저것 자꾸 신경이 쓰였다.

연두는 컬러판으로 된 두툼한 책을 들고 내 옆으로 왔다. 표지를 보니 『우리들의 성 이야기』란 책이었다. 이런 책은 어디서 찾아온 거지? 별 고민 없이 국제 통역관을 꿈꾸는 소녀가 되길 바라는 내 마음과는 달리, 연두의 고민은 아직 '진행 중'인 것 같았다.

"나…… 호탁이랑 헤어질까?"

연두가 책을 한 장 넘기며 조용히 말했다. 목소리가 너무도 차분해 고요하게 시를 낭송하는 듯했다.

"진심이야?"

진심이 아니라는 건 연두의 얼굴에 씌어 있었다.

"왜, 호탁이 힘들게 해?"

연두는 고개를 저었다.

"내가 호탁을 힘들게 하는 것 같아."

"뭐라고?"

어이가 없어 들고 있던 종이컵을 탁자에 내려놓았다. 연두 얘 사람 놀라게 하는 데 타고난 재주가 있다니까.

"무슨 일이야? 말을 해야 알지, 답답하다."

"호탁일 보면 사랑하는 마음과 미워하는 마음이 동시에 들어. 개랑 같이 있으면 마냥 행복하다가도, 모든 걸 감당할 수 있을 때까지 왜 좀 더 기다리지 못했을까 화가 나기도 해. 호탁이를 만지고 싶다는 욕구와 죄스러움이 번갈아 이어지면 왈칵 짜증을 내게 되고."

"그러게 감정에만 충실해 '고!' 할 게 아니었던 거지."

이럴 때 내 입에서 나오는 얘기라고는 왜 이렇게 판에 박힌 것뿐일까.

"호탁이랑 자주 싸우는구나."

"아니, 걘 그냥 미안하다고만 해. 난 그게 더 화가 나기도 하고."

복잡하기도 해라. 듣고만 있어도 머리가 지끈지끈 아팠다.

"난 주은이가 했던 말 너한테 도움이 될 줄 알았는데."

"다 기억하고 있어."

연두는 이렇게 얘기하고 남은 녹차를 마셨다. 토란이 다가와 무슨 냄새라도 맡는 듯 코를 찡긋거렸다.

"무슨 밀담들을 나누는 거야. 일하자, 이제."

나는 "오케이." 하고는 책이 잔뜩 쌓인 이동 책장으로 갔다. 여러 모로 배려를 해 준 사서 오빠를 봐서라도 남은 시간만큼은 열심히 일을 해야 할 것 같았다. 그리고 뭐니 뭐니 해도 머리 아플 땐 단순 노동이 최고지.

해는 서쪽으로 완전히 기울고, 저녁 바람이 선선하게 불었다. 봉사활동을 끝낸 후, 도서관 매점에서 유부가 멋없이 둥둥 뜬 우동을 한 그릇씩 먹은 다음, 정기간행물실에서 이런저런 잡지책들을 뒤적이다 나왔다. 오래된 종이 냄새라고 할까, 도서관 특유의 냄새를 맡으며 느긋하게 책을 보고 있는 시간이 좋았다.

연두는 도서관 앞에서 주은의 손에 무언가를 쥐어 주었다.

"생일 파티 못 가 미안해. 선물은 아니고, 재미삼아."

손바닥을 편 주은은 "어머!" 하고 활짝 웃었다.

"이제 봤더니 센스쟁이잖아? 참신해."

연두가 준 것은 비눗방울 장난감이었다. 돌고래 모양의 플라스틱 통을 여니 뚜껑에 대롱이 달려 있었다. 주은이 대롱 끝을 후 불자 작은 비눗방울들이 포르르 날아갔다.

"예쁘다. 나도 해 볼래."

"나도. 어릴 때 해 보고 한 번도 못 해 봤어."

토란과 나는 주은에게서 대롱을 빼앗아 번갈아 비눗방울을 날렸다. 무지갯빛 비눗방울이 주변을 맴돌다 폭폭 터졌다. 토란은 「아기 공룡 둘리」에 나오는 '비눗방울 송'을 불렀다. 쏘옥쏙쏙 방울—빙글뱅글 방—울 여기저기 내 방—울 쏘옥쏙쏙 방—울 빙글뱅글 방—울 여기저기 무지개—. 토란이 손가락으로 허공을 찔러 대는 모습이 귀여워 다들 깔깔깔 소리 내어 웃었다.

유치원 때였나, 「아기 공룡 둘리」를 비디오 필름이 늘어지도록 본 적이 있었다. 그땐 어떻게 하면 치운보다 많이 먹을 수 있을까, 그 따위 고민만 했을 텐데, 키가 40센티미터쯤 자란 십 년 동안 우리의 정신세계는 무시무시하게 복잡해진 것 같다.

비눗방울 놀이에 정신을 팔고 있는데 휴대폰 벨 소리가 들렸다. 주은의 것이었다.

"잠깐만."

주은이 전화를 받는 동안 토란과 연두와 나는 다시 신나게 비눗방울을 날렸다. 이렇게 재미있을 줄이야. 우리에게 아직 동심이 남아 있는 것 같아 기분이 좋아졌다.

통화를 끝낸 주은은 난감한 얼굴이 되었다.

"누구야?"

토란이 물었더니 "중학교 동창." 하고 대답했다.

"조리퐁 사생팬?"

내가 넘겨짚자 고개를 끄덕였다.

"지금 J.rp가 있는 곳을 알아냈다고 빨리 오래. 학원에서 저녁에 보충 지도 있는데 어떡하지?"

"학원으로 가라. 너 조리퐁 쫓아다니는 거 좀 지나쳐."

내가 정색을 하고 말하자 토란도 "또야?" 하며 눈을 동그랗게 떴다.

"J.rp 두 달 후면 한국에 없어. 도쿄 팬 미팅으로 시작해서 일본, 대만, 홍콩, 태국 활동 들어가거든. 칠 개월 동안. 내가 J.rp를 바로 곁에서 보는 일은 일본 활동 전까지일 거야. 2학년 되면 공방팬, 아니 안방팬으로 돌아갈 생각이거든."

"하지만 그게 잘될까? 사생팬 동창이 계속 널 불러 낼 테고, 너도 유혹을 뿌리치기가 쉽지는 않을 텐데."

"노력해 봐야지. J.rp가 원하는 것도 바로 그런 걸 테니까. 나의 최종 목표는 실력 있는 뮤지컬 배우가 돼서 J.rp 앞에 나타나는 거거든."

이런 아이에게 무슨 말을 더 할 수 있을까. 주은이 과연 마약과 같은 사생 뛰기를 딱 끊을 수 있을지 의심스러웠지만 말려야 소용없을 것 같았다.

"조리퐁 놓치겠다. 늦기 전에 빨리 가."

토란이 등을 떠밀었더니 주은은 "바이." 손을 흔들며 뛰어갔다.

"주은이 쟤 생각하는 게 귀엽다."

"저것도 사랑은 사랑이겠지?"

"친구들이 하나같이 특이해 벅차다니까."

연두와 토란과 나는 주은의 뒷모습을 바라보며 한마디씩 하고 버스 정류장으로 이어지는 길을 걸어 나왔다.

토란과 연두가 타고 갈 버스가 먼저 와 태워 보내고, 나는 가로수가 촘촘히 이어진 길을 걷기 시작했다. 집까지는 다섯 정류장. 아주 멀지는 않은 거리였다. 이럴 땐 천천히 걸으며 사색에 빠지는 것도 괜찮은 일이겠지?

말이 사색이지 널을 뛰듯 이 생각 저 생각 떠올리며 네 정류장을 걸었다. 연두와 호탁, 가영과 아람, 토란과 창, 그리고 나……. 머리가 아파 왔다. 집에 들어갈 때는 좀 가벼워지고 싶어, 생각을 털어 내듯 머리를 좌우로 몇 번 흔들었다. 차도로 노란색 소형차가 지나가는 게 보였다. '예쁘다.'고 생각하는데 바로 그 차가 10

미터쯤 앞에서 멈추었다.

"엇."

노란색 차에서 내린 것은 창이었다. 운전석을 보니 머리를 자연스럽게 틀어 올린 젊은 여자가 선글라스를 고쳐 쓰고 있었다. 삼십 대 중반쯤 되었을까. 저녁 어스름이 내리고 있어 자세히 볼 수는 없었지만, 까만색 니트 숄을 두른 모습이 꽤나 세련돼 보였다. 차를 출발시키기 전, 여자는 창에게 길고 가느다란 손가락을 춤추듯 움직여 보였다. 설마 원조교제나 뭐 그런 건 아니겠지?

창이 자동차 뒤꽁무니에다 손을 흔든 후 나에게 다가왔다.

"무슨 생각을 그리 골똘히 하고 가냐?"

"어, 하, 할머니."

나는 핑계를 댈 일이 있을 때 습관적으로 할머니를 찾는다.

"할머니가 요즘 기운이 없으셔서. 원래는 명랑한 분인데……. 저 아줌마 누구야?"

나는 대답을 얼버무린 채 직설적으로 물었다.

"새어머니."

"아, 그래."

순간 당황했으나 태연한 척했다. 놀랄 일도 아니었으니까. 요즘 이혼 가정이 어디 한둘인가. 하지만 '새엄마'도 아니고 '새어머니'는 또 뭐야.

"아빠랑 셋이 외식을 했는데, 아빠는 헬스장 가고 새어머니랑 둘이 들어가던 참이야."

창은 즐겁지도 따분하지도 않은 표정이었다.

거뭇거뭇 어둠이 내려앉고 있었다. 창과 나는 집 가까이 와서 동물병원이 있는 상가 뒤 작은 놀이터로 들어갔다. 놀이기구들이 너무 낡아 삐걱삐걱 소리가 날 것 같은. 누가 먼저 가자고 한 것도 아닌데 자연스레 둘의 발길이 이곳으로 향했다.

페인트칠이 벗겨진 나무 벤치에 나란히 앉았다. 창과 나 사이의 간격은 10센티미터쯤. 그러나 결코 좁혀질 수 없는 거리였고, 많이 어색했다. 다 그렇지 뭐. 나는 속 편히 생각하려고 애썼다.

그런데 창이 벤치 위로 휙 다리를 올리더니 "엄마." 하고 어리광을 부리며 내 다리를 베고 누웠다.

"엄마? 누나도 아니고 엄마라니, 장난이 심해."

나는 창의 머리칼을 한 주먹 집어 올리며 말했다. 아프다고 엄살을 떨더니 창은 다시 몸을 일으켜 앉았다. 그와 나 사이의 간격은 이제 3센티미터 정도. 싫지 않았다.

"그냥, 엄마라고 불러 보고 싶었어."

창은 이렇게 말하고 헤, 웃었다. 이런 모습도 있었구나. 똑똑하고 잘난 창이 아니라, 애정 결핍이면서 비뚤어지지는 않은 연약한 소년 같았다.

"엄마와 아빠는 언제 헤어지셨어?"

나는 담담하게 물었다. 그런 말에 상처를 받을 아이라면, 노란색 자동차를 타고 간 여자를 아무렇지 않게 '새어머니'라고 하지도 않았을 것이다.

"내가 초등학교 4학년 때. 엄마가 위암으로 돌아가셨거든."

맙소사, 괜한 얘기를 꺼냈잖아. 그렇게 아픈 과거가 있을 줄은 눈곱만큼도 생각지 못했다. 다행히 창은 그냥 그런 일이 있었어, 하는 표정이었다.

"참 유쾌한 엄마였는데. 너처럼."

"나처럼?"

"엉."

창은 점퍼 안주머니에서 반지갑을 꺼내 열어 보였다. 투명 비닐로 된 사진 꽂이에 단발의 여자애 사진이 한 장 끼워져 있었다.

"엄마가 여고생이었을 때야. 어때, 너랑 비슷하지."

가로등 불빛 아래서, 사진 속 여고생은 교정을 배경으로 함박꽃처럼 웃고 있었다. 체육복 차림에 키가 껑충하게 큰 소녀였다. 단발에 키가 크다는 것 외에 나와 닮은 구석은 없어 보였다. 하지만 엄마가 된 것처럼 창의 머리를 쓰다듬어 주고 싶은 건 또 뭔지. 이게 만일 첫사랑이라면, 내 짧은 첫사랑은 모성애로 끝나는 건가?

"나와는 달리 미인이시네."

사진을 돌려주며 "진짜." 하고 덧붙였다.

"어젯밤에 찾았어. 오랫동안 엄마 사진 보지 않았는데."

창은 죽은 엄마를 잊지 못하는 것 같았다.

"참, 우리 새어머니도 굉장히 멋지지?"

지갑을 다시 점퍼 안주머니에 넣으며 창이 말했다.

“자세히 보진 못했지만, 스타일 괜찮더라.”

“잘 봤네. 엄마가 죽기 전에 그랬어. 엄마 없는 아이는 슬프다고. 언제라도 새엄마가 생기면 잘 지내야 한다고.”

창은 동화책을 읽는 것 같았다. 정말 슬퍼지는 느낌이 들어 아무 말도 하지 않았다.

“우리, 여기서 왈츠 한번 출까?”

처음엔 알아듣지 못해 멍하니 있다가 나는 “뭐엇?” 하고 펄쩍 뛰었다.

“체육 시험 망쳐 미안하다고 했지. 그 벌이야.”

장난 같지는 않았다. 벌써 내 앞에 서서 손을 내밀고 자세를 취하고 있었으니까.

“나 몸치인 거 알면서 왜 그래……”

말이 끝나기도 전에 창에게 손이 잡혀 일어났다. 그러고는 춤추는 자동인형처럼 왼손을 그의 어깨에 올리고, 그의 스텝에 맞춰 발을 움직였다. ‘왜 이러지?’ 하는 생각은 들지 않았다. 창에게 손을 잡히는 순간, 그와 춤을 추고 싶은 마음이 너무나 간절해졌으니까. ‘이게 마지막이야.’ 라고 나는 유치한 다짐을 했다.

창과 나는 하나 둘 셋 박자도 세지 않고 춤만 추었다. 머릿속에는 「푸른 도나우 강」이 부드러운 리듬을 타고 흘러갔다. 가로등 하나만 켜진 저녁의 놀이터에서, 창과 나는 스텝 하나 틀리지 않고 완벽하게 왈츠를 추었다. 저녁 바람에 묻어 오는 창의 냄새가 좋았다.

"이렇게 잘하면서."

창은 발을 멈추고 나에게 말했다. 아, 푸른 도나우 강은 벌써 흘러갔구나. 왈츠 시험 후 창이 "아쉽다."라고 했던 말이 무슨 뜻이었는지 알 것 같았다.

너무 창피해 손을 놓으려다 나는 그 자리에 얼어붙고 말았다. 정말이었을까. 창이, 내 입술에, 가볍게, 키스를 한 것이다. 온몸으로 퍼지는 아찔한 느낌! 나는 뒤돌아 달렸다. 창이 나를 부른 것도 같았지만 그대로 앞만 보고 달렸다. 창에게로 가고 싶은 만큼, 나는 더 빨리, 더 멀리 달려가고 있었다.

10
일단 정지

수달피와의 관계는 친밀한 남매지간 같았다고 말해야 옳을 듯했다. 이미
접기로 한 일이지만 나는 '남자'라는 느낌으로는 줄곧 창을 생각하고 있었
으니까. 하지만 수달피, 사랑에도 종류가 있다면 내 사랑의 목록에 수달피
를 기꺼이 올려놓을 의사는 충분히 있어. 수달피를 잊지 않을 거라고.

오후 7시 23분, 음악 전문 케이블 TV 방송국 건물을 빠져나오니 택시들이 몇 대 대기하고 있었다.

"아저씨, 기름 빵빵하게 채우셨죠? 고속도로에서 뛸 거니까."

"아저씨, 일 분만요. 편의점에서 먹을 것 좀 사 오게요."

우리와 거의 동시에 방송국을 뛰어나온 여자들이 '아저씨'를 불러 대고 있었다. 일곱 명쯤 되는 여자들은 대부분 대학생 언니들로 보였다. 고딩은 녹화 방송 현장에서 만난 노란 머리띠의 사생 블로거와 주은, 그리고 토란과 나뿐인 것 같았다. 남들은 학교와 학원과 집에서 '열공' 하고 있을 시간에 사생 택시를 타고 고속도로를 달리게 될 줄이야.

주은이 사생 블로거에게 문자 메시지를 받았을 때 옆에 있지만 않았어도 사생 택시 같은 건 탈 일이 없었을 것이다. 그리고 야자가 없는 수요일만 아니었어도 "학교는 지겨워." 하며 갑갑한 일인용 책상에 붙어 앉아 있었겠지. 또 아니면 주은이 '마지막'이라는 말만 하지 않았어도 마음이 흔들리지는 않았을 것이다. 주은은 이런 말로 우리를 꼬였다.

"중학교 동창 애가 확실한 정보원이라며 소개해 주긴 했지만, 사실 사생 블로거들과 어울리는 거 자연스럽지가 않아. J.rp 일정 확인하고 새로운 소식들 접하는 데는 딱인데, 노숙자처럼 며칠씩 숙소 앞에서 담요 덮고 밤을 새거나 하는 애들 약간 부담되거든. 아예 학교 자퇴하고 검정고시 준비하면서 사생을 뛰는 아이들도 있으니까. 오늘 같이 다니기로 한 애는 그 정도는 아니지만, 나 J.rp를 옆에서 지켜보는 거 마지막으로 너희랑 하고 싶어. 마지막으로."

그러고 나서 대학생이 될 때까지 안방팬으로만 살겠다는 주은의 청을 거절할 수는 없었다. 주은이 정말 안방팬으로 만족할 수 있을지는 의문이었지만 토란과 난 너무도 마음이 약한 종족이었으니까. 연두는 제 문제만으로도 버거운 데다, 한마디로 "난 빠질게." 하여 오지랖 '꽈' 들만 따라나선 것이다. 어쩔 수 없었지 뭐.

"아저씨, 대구까진 안 가고 중간 휴게소까지만 갔다 올 건데 가실 수 있어요? 셋인데."

노란 머리띠가 빈 사생 택시로 다가가서는 기사 아저씨에게 말했다.

"타."

사생 택시 기사의 포스인지, 아저씨는 옆으로 눈도 돌리지 않고 고갯짓만 했다.

"이십만 원이다."

내 입에서 컥, 하는 소리가 튀어나왔다. 이십만 원이라니. 얘들 제정신인가? 토란도 내 옆구리를 쿡 찌르며 "미쳤어." 하고는 고개를 가로저었다. 차라리 그 돈으로 대구에서 열리고 있다는 '빅스타 페스타' 공연 티켓을 살 일이지. 그 정도 액수의 좌석이면 좋은 자리에서 볼 수도 있을 것이다.

노란 머리띠가 알아서 운전석 옆에 올라탔고, 우리 셋은 뒷좌석으로 주르르 기어 들어갔다.

"너네들 겁먹었구나? 그냥 고속도로 휴게소에서 오빠만 보고 오는 거야. 휴게소 작전이지. 다른 팬들과 경쟁할 일도 없고, 매니저도 별 저지를 하지 않아 오히려 편하게 오빠를 볼 수 있거든."

"어, 창의적인 아이디어네."

내가 말하자 노란 머리띠는 "그렇지?" 하며 까르르 웃었다. 창의적이긴 개뿔. 그때 방송국 주차장 쪽에서 검은색 밴이 모습을 드러냈다. 마치 기다렸다는 듯 사생 택시들이 밴을 따르기 시작했다. 밴 안에는 방금 자신의 녹화 분을 끝내고 나온 J.rp가 타고 있을 것이었다. 가운데 앉은 토란은 잔뜩 긴장해 주은과 내 팔을 꼭 붙잡고 있었다. 안 그런 척했지만 나도 겁이 나긴 마찬가지였다. 집에다 도서관 간다고 거짓말을 하고는 사생 택시를 탄 채 고속도로를 누비게 생겼으니까. 스타를 사랑하는 친구를 둔 덕에 별 모험을 다 한다니까.

"주은아, 택시비는 있어?"

토란이 들릴락 말락 한 소리로 주은에게 속삭였다.

"응, 아까 현금 지급기에서 찾아 놨어."

주은이 토란의 어깨에 팔을 두르며 작게 말했다.

J.rp의 밴이 대로를 달리기 시작하면서 일대 추격전이 벌어졌다. 막히면 막히는 대로, 뚫리면 뚫리는 대로 검은색 밴을 놓치지 않기 위해 사생 택시들은 아슬아슬한 곡예 운전을 계속했다. 우리가 탄 택시까지 석 대. 상아색 소형 승용차로 휴게소 작전에 합세한 언니들도 한 팀 있었다. 추격전은 위험했다. 갑작스러운 차선 변경에 신호 위반, 과속까지. 아직 고속도로로 접어들지도 않았는데 속도계가 120까지 올라갈 때도 있었다. 거뭇거뭇 어둠이 내리는 대로에서, 오금이 저려 왔다.

"롤러코스터를 능가하는데? 장난 아니네."

"나, 간이 점점 쪼그라드는 것 같아."

나와 토란은 자동차 추격 신의 대역이라도 된 것처럼 온몸에 힘을 준 채 속닥거렸다. 토란은 완전히 얼어붙어 눈물까지 글썽거렸다. 괜히 따라왔나. 하지만 내장이 졸아붙는 듯한 스릴은 아찔하면서도 즐길 만했다. 주은은 조리퐁의 밴이 움직이는 대로 빠르게 눈동자를 굴리고 있었다. 마지막이란 말만 믿는다, 주은아. 그런데 그렇게 될까?

사생 택시는 무서운 속도로 고속도로를 달렸다. J.rp의 밴도 그만큼 빠른 속도로 달리고 있다는 얘기였다. 언젠가 무리한 스케

줄을 소화하기 위해 과속을 하다 고속도로에서 대형 교통사고를 당했던 아이돌 그룹이 생각나 부르르 몸을 떨었다.

"야, 차라리 로열 석에서 공연을 보는 게 낫지 않냐? J.rp의 공연이라면 끝내줄 텐데."

앞좌석의 노란 머리띠에게 물었다. '위험천만에다 돈 버리고, 시간 버리고.'라는 말은 하지 않았다.

"하하, 나도 초딩 땐 안방순이였고 중딩 땐 공방순이였지. 그러다 고딩이 되면서 뛰는 놈 위에 나는 놈 있다는 걸 알게 된 거야. 기획사 사무실이나 미용실, 숙소 앞으로 가면 오빠를 더 자주 볼 수 있다는 사실에 눈이 확 뒤집히더라. 공방 가서 하루 종일 기다리다 오빠의 콩알만 한 얼굴을 보는 것보다 훨씬 감동적이잖아. 운 좋으면 평상시 모습이랑 '쌩얼'도 볼 수 있고. 오늘처럼 거의 '단독' 뛰는 날은 횡재한 거나 다름없지. 고속도로 휴게소에서 오빠를 볼 수 있는 건 사십만 팬들 중 단 몇 명에 불과하니까."

"조리퐁이 휴게소에 안 들르면 어떡해?"

택시가 다른 차량을 추월할 때마다 움찔움찔 몸을 떨던 토란이 끼어들었다.

"조리퐁?"

"아, 아니, J.rp 말야."

"아, 그런 걱정은 하지 않아도 돼. 아무리 주변을 의식하는 스타라도 네다섯 시간 걸리는 장거리를 논스톱으로 달릴 수는 없으니까. 적어도 한 번쯤은 화장실엘 가거나 간단하게라도 뭘 먹어

줘야 하잖아."

"그런가?"

토란이 주은을 돌아보았지만 주은은 J.rp가 탄 밴에 정신이 팔려 친구들의 대화엔 신경도 쓰지 않았다. 어디선가 전화가 계속 오는 것 같았지만 주은은 번호만 확인하고 받지 않았다.

"난 이제 오빠의 작은 표정 하나하나가 무엇을 의미하는지 알 수 있을 것 같아. 오빠가 웃으면 나도 웃음이 나오고, 오빠가 울면 나도 울고 싶어지고."

노란 머리띠는 묻지도 않았는데 조리퐁에 대한 사랑을 고백했다. 조리퐁이 톱스타가 아니라 일반인이었다면 열두 번이라도 프러포즈를 했을 것 같았다. 대체 어떤 호르몬이 분비되기에 이런 열정이 샘솟는 걸까.

"그래서 거금 들여 이렇게 먼 데까지 따라다니는 거란 말이지?"

토란이 노란 머리띠에게 말했다. 이해할 것 같다는 건지, 이해할 수 없다는 건지 아리송한 말투였다.

"물론이야. 음식점, 카페, 미용실, 시상식, 공항, 고속도로 등등 오빠가 가는 데는 어디든 달려가지."

이때 토란의 입에서 "엄마야!" 하는 작은 비명이 튀어나왔다. 사생 택시가 갑작스레 차선을 바꾸며 승용차 한 대를 추월한 것이다. 부딪칠 듯 아슬아슬 비껴간 순간 나도 머리가 핑 돌았다. 어지러워라. 노란 머리띠와 주은이야 지들이 좋아 위험을 무릅쓴다

지만 토란과 난 뭐지? 이러다 밤 9시 뉴스 사건 사고 소식에 고속
도로 추돌 사고의 주인공으로 나오는 거 아닌지 모르겠다.

"정말 집요해."

주은은 또다시 울리는 휴대폰을 내려다보며 인상을 찌푸리더
니 마지못해 전화를 받았다.

"오빠, 내가 알아서 할게."

이렇게 짧게 말하고 나서는 상대방이 뭐라고 하는지 좁혀진 미
간을 풀지 못했다. 쭌 오빠인 게 틀림없었다. 학원에 나타나지 않
는 주은을 걱정하고 있는 거겠지. 다른 사람의 걱정을 사양할 때
주은은 '내가 알아서 할게.' 라는 말을 즐겨 사용하는 것 같다.

"암튼 나 오늘 못 간다고, 오빠. 내일 봐."

주은은 전원 버튼을 눌러 휴대폰을 꺼 버렸다.

"쭌 오빠?"

토란이 묻자 고개만 한 번 까딱할 뿐 다른 얘기는 하지 않았다.

휴게소는 벌써 두 개쯤 지나친 것 같은데 조리퐁은 어느 휴게
소에서 쉴 참이지? 이런 생각을 할 때 사생 택시가 방향을 오른쪽
으로 틀었다. J.rp의 밴이 마침내 휴게소 주차장으로 들어서고 있
었다. 양 옆으로는 이미 다른 사생 택시 두 대가 따라붙었고, 함께
추격전을 벌이던 상아색 승용차도 우리를 앞질렀다.

손님이 별로 없는 평일의 작은 휴게소에서 우리는 J.rp와 특혜
에 가까운 접촉을 했다. 그 누구의 제재도 없이 바로 옆에서 우동
을 먹고, 허락을 얻어 노란 머리띠의 카메라로 5미터쯤 되는 거리

에서 사진까지 몇 컷 찍었던 건 대박이었다.

"이상하게 나온 사진은 삭제해라."

J.rp가 우리를 향해 웃으며 말했을 땐 나도 가슴이 벅찰 지경이었다. 주은과 노란 머리띠는 감격에 겨워 가슴에 두 손을 모으고 "네, 오빠." 하고 합창을 했다. 노란 머리띠는 직접 손으로 짜서 만든 비니를 선물하는 영광까지 누렸다. 다른 사생팬들도 J.rp와 바로 가까이에서 몇 마디 말을 나누거나, '평민'의 음식을 먹는 스타를 마음껏 바라보며 신이 내려 준 은총을 나누어 가졌다.

그런데 일은 J.rp가 화장실에서 나온 직후 벌어졌다. 승용차를 타고 온 언니들 셋이 J.rp를 에워싸고 독점하다시피 그를 놓아 주지 않았다. 선물이 담긴 커다란 쇼핑백을 몇 개씩이나 안기더니 쉴 새 없이 말을 붙이기 시작했다.

"오빠, 염색 머리 예뻐요."

"오늘 생방 기대 이상이었어요. 최고예요."

"오빠, 6집 타이틀곡 가사 오빠 얘기 맞아요? 아니죠?"

그중 한 언니는 J.rp의 팔에 매달렸고, 한술 더 떠 또 한 명은 그의 얼굴에 카메라를 바짝 들이대기도 했다. 쌩얼인데. 메이크업을 하지 않아 평범해 보이기까지 하는 J.rp의 얼굴이 인터넷에라도 돌아다니게 되면 어쩌지? 당황해하는 주은 옆에서 나까지 조바심을 쳤다. J.rp는 쇼핑백을 매니저에게 넘기고는 난감한 듯 웃었다.

"뭐야, 저 어처구니들은."

노란 머리띠는 눈 꼬리를 치켜 올렸다.

카메라 플래시가 몇 번 터지자 J.rp는 좋은 것도, 불쾌한 것도 아닌 난해한 표정으로 매니저를 돌아봤다.

"그만들 해라."

매니저가 카메라를 가로막고 J.rp를 등 뒤로 돌렸다. 하지만 극성스러운 언니들은 아랑곳하지 않았다. J.rp에게 "오빠, 사랑해요!" 소리를 지르고 연속 촬영으로 사진을 찍으며 소란을 피웠다. 노란 머리띠가 달려들어 카메라를 뺏은 건 순식간이었다. 대체 무슨 일이 벌어지고 있는 거야.

"하지 말라잖아! 대학물씩이나 먹었으면 개념 좀 차려."

"얘 왜 이래? 아까 오빠 사진 찍은 애 너 아니었어? 웃긴다. 카메라 내놔."

"오빠 갈 때까지 못 줘."

"보아하니 고딩 같은데 언니한테 반말하는 거 어디서 배웠니?"

"대학생이라도 개념 없으면 까이는 건 당연하지."

노란 머리띠는 지지 않았다.

"귀엽게 봐줄 때 그거 내놔."

"경찰을 불러야 정신 차릴래?"

다른 대딩들도 합세해 노란 머리띠를 몰아붙였다. 개념이 있든 없든 몇 살이라도 나이가 많은 언니들이라 토란과 나는 물론 주은도 속수무책 구경만 할 뿐이었다. 조리퐁과의 흔치 않은 단독 접촉에 이어진 시비. 오늘 운이 좋은 건가, 나쁜 건가.

싸움은 쉽게 끝나지 않을 것 같았다. 카메라를 빼앗긴 대딩들은 대딩들대로, 무개념 대딩들에 화가 난 노란 머리띠는 노란 머리띠대로 바짝 열이 올라 어느 쪽도 수그러들 기색이 없었다. 사랑의 힘인가, 체구도 작으면서 대딩 세 명과 '맞짱'을 뜨고 있는 노란 머리띠의 강단은 놀라울 정도였다. 하지만 아무리 그래도 '쪽수'라는 걸 무시할 수는 없는 일. 대딩들이 한꺼번에 달려들 기세로 아우성을 치자 노란 머리띠가 조금씩 밀리는 것 같았다.

"어떡하지? 쟤 도와줘야 하나? 카메라는 왜 뺏어 가지고……."

토란이 내 팔을 잡고 콩콩 뛰었다. 나도 어떻게 할 줄을 몰라 돌아보니 내 뒤에 있던 주은이 그 자리에 없었다.

"어? 주은……."

주위를 두리번거리다가 멀지 않은 곳에서 주은의 뒷모습을 발견했다. 와우, J.rp와 함께 있잖아? 주은은 매니저의 호위를 받아 밴으로 가던 J.rp와 무슨 얘기를 주고받는 것 같았다. 동작 빠르네. 어수선한 때를 틈타 재빨리 단독의 행운을 잡으려는 주은의 민첩함엔 혀를 내두르지 않을 수 없었다. 노란 머리띠는 궁지에 몰리고 있는데……. 하지만 J.rp와 주은의 대화는 십 초도 되지 않을 만큼 짧았다. J.rp가 곧 밴을 향해 발길을 옮겼으니까. 주은은 잠깐 동안 그 자리에 얼어붙은 듯 서서는 꼼짝도 하지 않았다. 왜 아니겠어, J.rp가 우연히 보낸 시선만으로도 눈물이 나오는 아인데. 밴에 오르면서 J.rp는 아직 실랑이를 벌이고 있는 팬들을 한 번 건너다보았다. 그러고는 검게 선팅된 차창 뒤로 사라졌다.

밴이 출발하고 나서야 노란 머리띠는 카메라를 돌려주었다. 아까운 시간 날려 버렸다며 대딩들은 불같이 화를 냈다. 언니들 같은 무개념들 때문에 사생팬이 싸잡아 욕을 먹는다며 노란 머리띠는 끝까지 대들었다. 그사이 주은이 대기 중인 사생 택시로 가는 게 보였다.

"주은, 같이 가."

"야! 그만 하고 빨리 와."

서둘러 주은을 따라가며 토란은 노란 머리띠에게 손짓을 했다.

주은은 돌아가는 택시 안에서 조용히 입을 다물고 있었다. J.rp와 단독 대면을 한 여운이 꽤나 강렬했던 모양이다. 그런데 감격에 젖은 이 아이를 감싸고 있는 공기가 왠지 우울하게 느껴지는 건 뭐지? '마지막 사생뛰기'라는 게 우리를 꼬여 내기 위한 말이 아니라 정말이었나? 그래서 우울한 건가? J.rp와 무슨 얘기를 했는지 묻고 싶었지만 나는 가만히 있었다. 이럴 땐 그냥 놔두는 게 도와주는 거다.

나에게 MP3 플레이어를 달라고 하더니 주은은 이어폰을 귀에 꽂고 눈을 감았다. 학교에서 자기 MP3 플레이어로 J.rp의 음악을 듣는 걸 분명히 보았는데 배터리가 다 됐나? 앞좌석의 노란 머리띠도 반쯤 누운 채 이어폰을 꽂고 있었다. 3 대 1로 악을 쓰며 싸웠는데 지치기도 하겠지. 지원군이 못 돼 미안하다, 노란 머리띠.

토란은 나에게 착 달라붙어 귓속말을 했다.

"윰, 너만은 아무 일도 벌이지 마. 친구들 별나 머리 아파 죽겠어."

"걱정 마."

피식 웃으며 토란의 만두 머리를 잡아 흔들었다. 내가 일을 벌이면 넌 기절을 하고 말걸? 토란을 슬쩍 떠 보았다.

"너, 창이 다른 여자애를 좋아하고 있다면 어떡할래?"

"아안 돼! 아니, 뭐야, 창이 좋아하는 여자애가 진짜로 있는 거야?"

그럼 그렇지. 이런 애한테 창이랑 마음이 통했어, 하고 고백할 수는 없는 일이다.

"그냥 해 본 소리야."

나는 토란의 볼을 꼬집으며 히히 웃었다. 그리고는 느닷없이 울고 싶어져 한 번 더 히히 웃었다.

창의 따뜻한 입술 감촉은 아직 내 입술에 남아 있었다. 나는 초록색 터틀넥 스웨터 소매로 입술을 세게 문질러 닦았다. 사생 택시는 다시 엄청난 속도를 내며 왔던 길을 거꾸로 달리고 있었다.

일요일, 스페이스영엔 어김없이 사람들이 바글바글했다. 약속 시간보다 조금 일찍 만난 토란과 나는 동관과 서관을 돌며 요즘 유행하는 가을 의류들을 구경하고 하늘공원으로 향했다. 동쪽 난간엔 가영과 아람이 있었다. 가영은 종이비행기를 접고, 아람은 날리고. 언제나 똑같은 그림이다. 훗날 이 둘을 기억하게 된다면 꼭 이 모습이 떠오를 것 같다. 학교에서는 화장실도 식당도 같이 가지 않더니, 밖에서는 이렇게 붙어 다니며 종이비행기를 날리는 모양이었다.

무심결에 지나칠 뻔했는데, 아람과 가영의 왼손 약지에 똑같은 링이 반짝이고 있었다. 저 아이들, 결코 포기하지 않겠구나. 손가락 마디의 살이 폭 들어갈 만큼 꼭 끼워진 반지를 보고 난 그렇게 느꼈다.

가영은 토란과 나를 발견하고 손을 들어 보였지만, 아람은 무료한 눈길만 한번 흘리고는 다시 종이비행기를 날렸다.

"쟤 저런 거 맘에 안 들어. 먼저 알은체하면 고마워해야 할 처지에."

토란이 작게 종알거렸다.

"고마워할 건 뭐 있어. 인사하면서 돈을 준 것도 아닌데. 요즘 힘들잖아 쟤들. 좀 봐 주자."

"누가 융 아니랄까 봐. 네 옆에 있음 가끔 내가 못된 계집애가 되는 것 같아."

"맞잖아."

나는 킥킥대며 토란을 공룡 알로 밀고 갔다. 토란을 좋아하는 만큼 마음은 아렸했다.

연두가 올 때까지 공룡 알에 들어앉아 음악을 듣기로 했다. 주은인 연기 이론을 공부해야 한다며 집에 있겠다고 했다. 고속도로에서 '사생'을 뛰고 온 다음부터 며칠 동안 말도 별로 없고 줄

곧 쳐져 있는 것 같았다. 정말 그때가 마지막이었나? 주은, 마음 단단히 먹었구나. 어쨌든 조리퐁에 대한 사랑을 멈춘다는 건 쉬운 일이 아닐 것이다. 며칠 전 내가 "J.rp와 그날 무슨 얘기 했니?" 하고 물었을 때 주은은 "나중에 말할게."라고만 대답했다. 특별했던 순간을 오래도록 혼자 음미하고 싶었던 거겠지. 하지만 큰맘 먹고 마지막 사생 뛰기에 동참했는데 비싸게 구는 것 같아 좀 얄밉기도 했다.

이어폰을 하나씩 나눠 귀에 꽂고서 타일 벽에 기댔다. 자우림의 노래가 흘러나왔다.

햇살이 한가득 파란 하늘을 채우고오 헤헤헤이~
눈부신 그대가 나의 마음을 채우고오 헤헤헤이~
어두운 날들이여 안녀엉 외로운 눈물이여 안녀엉~
이제는 날아오를 시간이라고 생각해 헤헤헤이…….

조금 졸았던 것 같다. 토란이 내 어깨를 흔들더니 휴대폰을 눈앞에 갖다 댔다.

─십 분이면도착 햄버거사갈게

"연두가 너한테 먼저 문자 날렸는데 답장이 없어 내 폰으로 다시 했나 봐. 너, 조느라 휴대폰 진동하는 것도 모르더라?"

“나 좀 고단했나 봐.”

귀에서 어이폰을 빼고 말했다. 토란은 “친구들이 속을 썩여서?” 하고 쿡 웃었다. 그래, 너까지, 하지는 못하고 나도 쿡 웃기만 했다.

“연두 오늘 또 폭탄 터뜨리는 거 아냐? 요즘 연두가 먼저 만나자고 한 적 없잖아.”

“그랬나? 하여튼 얌전하게 생겨 가지고 사람 놀라게 하는 건 지존이라니까.”

“엄마 깜짝이야.”

토란이 입을 가리며 화들짝 놀람과 동시에 연두가 공룡 알 안으로 들어왔다.

“점심 안 먹었지.”

연두는 패스트푸드 점 종이 가방을 토란에게 내밀고 바닥에 앉았다.

“주은인?”

“오늘 열공 모드라 나오기 힘들대. 근데 너, 또 무슨 일 있어?”

나는 다짜고짜 물었다. 햄버거고 뭐고 참고 기다릴 수가 없었다. 지금 중요한 게 그거밖에 더 있어? 꽤 여유를 보이던 연두는 울음을 꼭꼭 씹는 듯한 웃음을 지었다.

“뭐야, 그 웃음은. 혹시 호탁이랑 또……?”

토란이 사색이 되어 말끝을 흐리자 연두는 천천히 고개를 가로저었다.

"호탁이랑 나, 일단 정지하기로 했어. 스무 살이 될 때까지."

"일단 정지?"

토란과 나는 조건 반사라도 하듯 동시에 '일단 정지'를 외쳤다.

"응, 일단 정지. 일단 멈추겠다는 거야. 죄수복 같은 교복을 벗어 던질 때까진 말야. 세상의 매운 시선과 맞짱 뜰 힘이 없다는 걸 인정한 거지. 호탁이도 나도."

연두는 체급이 맞지 않는 상대와 결투하다 돌아선 것처럼 지쳐 보였다.

"호탁인 계속 만나고?"

토란이 돌아온 탕아라도 맞이한 듯 눈물이 글썽해서 물었다.

"응. 언젠가 마음이 달라질 때가 올지도 모르지만, 지금은 만나지 않을 수 없다는 게 우리의 결론이야. 일단 정지는 우리가 감당할 수 있을 때까지 서로를 지켜 주기 위한 타협이고."

연두는 마침표를 찍듯 눈물 한 방울을 뚝 떨구었다. '잘 했어.'라는 말이 별 위로가 되지 않을 것 같아 나는 연두의 등만 둥글게 쓸었다.

"그럼 결국 주은이가 말한 대로 된 거네?"

토란이 종이 가방에서 햄버거와 콜라를 하나씩 꺼내며 말했다.

"뭐 그런 셈일지도 모르지. 하지만 우린 냉정한 계산법을 쓴 게 아니라 따뜻한 합의를 본 거야."

"냉정한 계산법이든 따뜻한 합의든, 난 솔직히 너네들 사고 칠 위험에서 벗어난 것만 해도 감사 기도가 나올 지경이다."

나는 햄버거 포장을 벗기며 장난스럽게 말했다.

"하긴 좀 우습긴 해. 그 옛날 성춘향, 이몽룡은 열여섯에 낯 뜨거운 애정 행각을 벌였는데 말야. 우리 증조할아버지, 증조할머니도 열넷, 열여섯에 연상 연하 커플로 결혼해 삼 년 만에 우리 할아버질 낳으셨다는 거 아냐. 그런데 첨단 시대의 우리는 어른이 될 때까지, 심지어 결혼할 때까지 순결을 지키도록 강요받고 있으니 어쩌다 이렇게 된 거지?"

나는 생각나는 대로 지껄였다. 마음이 놓이니 입도 풀린 모양이었다.

"그렇다고 십 대의 자유로운 성 관계가 보장돼야 한다, 뭐 그런 건 아니고……."

서둘러 수습했더니 연두가 어이없다는 듯 웃었다. 촉촉해진 눈시울은 쉽게 마르지 않았다. 주은의 말대로 연두가 어른이 된 것 같다는 생각이 들었다. '아픈 만큼 성숙해진다.'라는 말, 흔해 빠진 노래 가사 같지만 성경 구절보다 심오한 뜻이 담긴 말일지도 모르겠다.

공룡 알 안에서, 우리는 한 짐 내려놓은 기분으로 햄버거를 먹었다. 토란도 고민 고민 하다 햄버거를 절반으로 잘라, 그것도 고기는 빼놓고 한쪽만 먹었다. "불쌍하다." 하고 놀리는데 창으로부터 문자 메시지가 왔다.

— 만나자^^

기습 키스를 한 지 며칠이나 됐다고, 남자들은 이렇게 한번 대시를 하고 나면 모두가 성급하게 구는 건가. 키스를 받자마자 여자가 그대로 뒤돌아 뛰어갔으면 어색할 만도 한데 전혀 그런 것 같지도 않았다.

"누구야?"

묻는 토란에게 또 할머니 핑계를 댔다.

"할머니가 찜질방 가자는데?"

"할머니가 문자도 보내셔?"

토란은 재미있다는 듯 하하 웃었다.

"나도 집에 가서 마들렌 만들어야겠다. 이번에도 실패하지 않으면 다음엔 정말 최고의 마들렌을 만들어 창에게 보낼 거야."

그러더니 콜라 컵의 얼음을 달그락거렸다. 연두도 집으로 가겠다고 했다. 한동안 고요히 지내고 싶다나 뭐라나.

엉덩이를 털고 자리에서 일어날 때, 요즘 날씨가 굉장히 쾌청했구나, 하는 생각이 들었다. 깨끗한 하늘에, 새하얀 솜 같은 구름이 몇 점 떠 있었다.

학교로 가서 카이트를 가져오느라, 버스를 타고 가는 시간 말고는 거의 쌩쌩 날아다녔다. 토란, 연두와 헤어져 창에게 문자 메시지를 날렸다. 강변에서 카이트 연습을 할 건데 그곳이라도 상관없다면 오라고. 창은 '무조건 좋아.' 라며 느낌표를 수없이 찍어 보냈다.

다른 생각은 없었다. 우리 반 남자애들 중 한 명이며 조금은 괜찮은 친구로 창을 대할 수 있는지, 나 자신을 테스트해 보고 싶었을 뿐. 며칠 동안 고민한 결과, 삼각관계 같은 건 만들지 않겠다는 결론을 확실히 내렸다. 골치 아픈 건 딱 질색이고, 토란에게 상처를 주는 일은 결코 하고 싶지 않았다. 잠들기 전, 눈 꼬리에서 느닷없이 눈물이 한 줄기 흘러내렸다. 그뿐이었다.

휴일의 강변은 나들이객들로 붐볐다. 바람은 약했지만 연습을 못할 정도는 아니었고, 사람이 많아 카이트를 날리기가 조금 불편했다. 카이트와 연결된 두 개의 줄이 25미터나 돼 상당히 넓은 공간을 확보해야 하기 때문이다. 사람들은 대부분 그 영역을 피해 다니지만, 카이트도 언제든 추락할 수 있는 비행 물체라는 걸 무시하는 이들이 가끔 있는 것이다.

동호회 회원들은 보이지 않았다. 주말이면 약속 없이도 다섯 명 정도는 모인다는데, 다른 곳으로 연습을 간 모양이었다.

카이트는 꽤나 멋없이 날았다. 비행 속도가 나지 않으니 회전을 시키는데도 맛이 나질 않고, 맥없이 위로만 상승하는 일도 잦았다. 그래도 히야, 감탄하며 넋을 잃고 올려다보는 구경꾼들이 있으니 낯짝이 간지러워 죽을 지경이었다. 카이트가 아직 보급이 얼마 안 된 레포츠라는 걸 감사히 생각해야 하나.

"전보단 예술성도 그렇고 기술도 그렇고, 감동이 좀 덜한데?"

창이었다. 겨우 한 번 보고 아는 척은.

"언제부터 지켜보고 있었던 거야?"

소리를 질렀더니 "쮸욱." 하고 대답했다.

나는 오른쪽 줄을 계속 잡아당겨 카이트를 내렸다.

"왜, 연습 더 하잖고."

"쉬었다 하려고."

핸들을 바닥에 내려놓고 뒤를 돌았다. 창의 키가 훌쩍 커진 것 같아 밑을 내려다보니 발에 인라인 스케이트를 신고 있었다. 무릎 보호대까지 한 게 귀여워 보였다.

카이트 때문에 멀리 갈 수 없어 근처 나무 밑에 나란히 앉았다.

"왜 만나자고 했어?"

내 말에 창은 멋쩍게 웃었다.

"그야 뻔하지. 보고 싶었으니까."

결코 기죽는 법이 없는 녀석.

"우리, 사귀는 모드로 들어선 거야?"

나는 좀 뻔뻔해지기로 했다. 주춤거렸다가는 또 휘둘릴지도 모른다.

"그렇게 생각한다면 나야 환영이지."

"미안하지만 난 아니거든? 너랑 사귀기엔 해결하기 힘든 일이 한 가지 있어."

무조건 싫다고 딱 잡아떼진 못했다. 1퍼센트의 가능성쯤은 남겨두고 싶어 한다 해도 그리 잘못된 생각은 아니겠지.

"무슨 일인데? 내가 도와줄게."

창은 말하고 해맑게 웃었다.

"그런 게 있어. 네가 도와줄 수 있는 일은 아니고."

"얼마나 걸리는데."

"아주 오래 걸릴지도 몰라."

"한 달?"

"그보다 훨씬 더 오래."

"일 년?"

말장난처럼 되는 것 같아 마음에 들지 않았다.

"토란이 널 좋아해."

구질구질한 설명 다 잘라 버리고 핵심만 말했다.

"뭐? 하하, 뜻밖이야. 난 걔, 그냥 옆집 사는 동생 같던데."

창은 얼떨떨한 표정을 지었다.

"난 엄마 같고?"

놀리듯 내가 말했더니 "나에겐 최상의 느낌이지." 하며 능청스
럽게 웃었다.

"난 남자 하나를 두고 친구와 정정당당한 라이벌이 되는 쿨한
아이가 못 돼. 남자보다는 친구가 더 중요하고. 토란이 너보다 더
먼저란 얘기야."

"너도 날 좋아하는 건 맞구나."

아니라고 하지 못했다.

창은 배낭에서 생수 병을 꺼내 나에게 먼저 마시게 하고, 그다
음 남은 물을 쉬지 않고 다 마셨다. 그러고는 태양과 마주본 채로
두 눈을 주름이 가도록 찡그리고 있다가 말했다.

"내 마음은 바뀔 리 없으니, 토란의 마음이 달라질 때까지 기다려야 한다는 거네. 하지만 난 견디는 데는 도가 튼 놈이야. 얼마든지 기다려 줄게."

이 정도였나? 갈수록 속 쓰린 말만 하는군. 내가 좋아하는 건 토란이 아니라 넌데 안 될 게 뭐야, 하며 떼를 쓰지 않는 건 창다웠다.

"기다리고 말고는 네 자유야. 하지만 절대 날 불편하게는 하지 마."

"오케이. 그래도 가끔 이렇게는 만날 수 있겠지?"

나는 대답하지 않았다. 토란에게 아무렇지 않게, 나 어제 창 만났어, 라고 얘기할 수 있을 것 같지 않아서.

속은 시원해졌지만 기분은 좋지 않았다. 다시 카이트 연습을 하려고 일어섰다. 카이트 페스티벌이 일주일밖에 남지 않았다. 양손에 핸들을 잡고 줄을 잡아당겨 카이트를 일으켜 세웠다. 그대로 줄을 뒤로 탁탁 잡아당기니 붕 위로 떠올랐다.

바람이 불기 시작했다. 아, 난다, 난다, 카이트가 바람의 길을 내며 날고 있다. 부르르 부르르 전율하며, 자유롭게. 창이 뒤에서 "파이팅!"을 외쳤다. 들은 체하지 않고 핸들을 조종하는 데 집중했다. 카이트와 함께 푸른 하늘을 유난히 더 날고 싶은 날이다.

"참, 대자보는 어떻게 됐냐?"

어근을 가지고 영어 단어를 외우는 방법을 설명하고 몇 가지

예를 든 후에, 수달피는 깜박 잊고 있었다는 듯 갑자기 물었다.

"대략 성공적이었어. 우리 학교에서 괜찮다 할 만한 선생님이 칭찬까지 해 주셨고. 그간 게시판 글들 중 베스트라고 했으니까. 단정한 교복 착용이 어떻고, 흡연의 해로움이 어떻고, 주번이 할 일이 어떻고 하는 잔소리들에 비하면 차원이 다르기도 했지. 수달피 덕분이야. 그냥 대학생이 아니던걸?"

나는 수달피를 기꺼이 추켜세웠다. 수달피는 "뭘." 하며 쑥스러워했다.

"근데 수업 시간에도 붙여 두었단 말이야? 간도 커. 학생부장 무시무시한 사냥개라며."

"다음 수업이 바로 그 괜찮은 선생님 시간이었거든. 아, 영어 시간. 종 울리고 나서 뗄까 말까 망설였는데 그냥 뒀어."

나는 영어 시간이 성교육 시간으로 대체되어, 오십 분이 어떻게 흥미진진하게 지나갔는지를 얘기해 주었다.

"생긴 대로 논다는 말은 엉터리야. 영어 선생님, 상당히 촌스러운 외모거든. 이해심 많다는 건 알았지만 그렇게 생각이 앞선 사람인 줄은 몰랐어."

"오."

수달피는 고개를 끄덕이더니 "아, 어디까지 했더라?" 하며 준비해 온 프린트 물을 앞으로 끌어당겼다.

"두 개만 더 해 보자. 그러면 그다음 것부터는 혼자서 해도 되니까. spec과 spect는 '보다' 라는 뜻을 가지고 있어. 스펙터클이란 말 들어 봤지?"

"잠깐만."

나는 샤프펜슬로 수달피의 입을 막았다.

"할 말 있어. 우리, 계약 연애 끝내자."

나는 시간차 공격을 하듯 재빨리 말해 버렸다. 실은 공부를 시작하기 전부터 생각하고 있었는데, 타이밍을 찾지 못하고 중간에 불쑥 꺼내고 말았다. 오늘따라 수달피, 수업 준비를 열심히 해 왔는데 이렇게 면학 분위기에 초를 치다니. 하지만 이미 마음을 먹은 것, 어쩔 수 없었다. '사랑 따윈 필요 없어.'가 이제 별 의미를 갖지 못하는 이상, 계약 연애고 뭐고 웃기는 일처럼 여겨질 뿐이다. 약간의 고민 끝에 사랑은 그만두기로 했지만, 창이 나를 이렇게 바꿔 놓았다.

"겨우 맛없는 뽀뽀 한 번 했는데 벌써?"

수달피는 싱겁게 농담을 했을 뿐 캐묻지는 않았다.

"그런데 표정이 왜 그래? 엄마한테 야단맞은 유딩처럼."

수달피는 정말 주눅 든 아이처럼 갑자기 축 처져 불쌍해 보일 정도였다.

"혹시 날 좋아했던 거 아냐?"

"자식, 넌 나 안 좋아했나?"

내 뒤통수를 천천히 쓰다듬는 게, 평소의 익살 같은 건 느껴지지 않았다.

"생각해 보면 우린 서로 씹어 대는 베프 같았어. 옥신각신하면서도 죽이 잘 맞았잖아."

웃기려고 한 말인 것 같은데 뭐라고 대꾸를 해야 할지 몰랐다. 수달피 정말 날 좋아했던 건가? 그렇게 생각하니 가슴 한편이 짠해졌다. 긴 시간은 아니었지만 수달피랑 웬만한 친구보다 더 가깝게 지낸 건 사실이었다. 그 누구보다 많은 이야기를 나눴으니까. 이런 정 저런 정 단풍처럼 알록달록 들기도 했고. 언제부턴가는 계약 연애 상대라는 사실조차 까맣게 잊고 속을 터놓게 되었지. 이전엔 전혀 몰랐는데 과외를 그만두려는 시점에 수달피와의 관계가 어땠는지를 깨닫고 있었다. 하지만 수달피와의 관계는 친밀한 남매지간 같았다고 말해야 옳을 것 같았다. 이미 접기로 한 일이지만 나는 '남자'라는 느낌으로는 줄곧 창을 생각하고 있었으니까. 하지만 수달피, 사랑에도 종류가 있다면 내 사랑의 목록에 수달피를 기꺼이 올려놓을 의사는 충분히 있어. 수달피를 잊지 않을 거라고.

"그러면 과외도 종료하는 게 낫겠지? 어차피 그만하게 성적 유지한 건 네 노력 덕분이니까."

수달피는 이렇게 말하고 내 뒤통수를 또 한 번 쓰다듬었다. 아, 가슴 아려라.

"뭐, 과외비 받은 지도 얼마 안 됐는데, 한 달 채우고 얘기해."

이렇게 말했지만 나도 과외를 더 할 생각은 없었다. 공부에 도우미가 필요한 것도 자세를 갖추었을 때의 얘기다. 휴식하는 기분으로 과외 선생 어서 와, 하는 태도부터 버린 후에 다시 수달피를 모셔 오는 게 순서일 것 같았다.

"계약 연애 끝내는 기념으로 뽀뽀나 한번 해 줘."

수달피는 겨우 장난기 가득한 본연의 모습을 회복하고 자기 뺨을 내 얼굴에 들이댔다.

"까짓거 못 해 줄 것도 없지."

나는 수달피의 뺨에 확실하게 쪽, 하고 마침표를 찍었다. 그런데……!

"할…… 머…… 니……."

수달피에게 뽀뽀를 하는 순간 방문을 연 것은 할머니였다. 할머니는 과일 접시를 든 채로 말했다.

"과외, 당장 끊어라."

할머니는 문을 쾅 닫고는 쿵쿵 발소리를 내며 아래층으로 내려갔다. 옥탑방엔 생전 올라오지도 않던 할머니가 무슨 바람이 분 거지? 암튼 과외를 그만두기로 한 마당에 절묘한 타이밍이었다.

11
옥상에서 번지 점프를

후훗, 귀여운 친구들. 많은 것을 지겨워하면서도, 우리는 이렇게 부끄럼 없이 패기를 부릴 때가 있었다. 옥탑방은 열일곱 살 여자애들이 남긴 모든 이야기를 기억하겠지. 그리고 수달피와의 껄렁껄렁했던 과외 공부와 길지 않은 계약 연애도. 새해를 맞는 시기도 아닌데, 지난 시간을 차곡차곡 정리하고 싶은 이상한 날이다.

　며칠 사이에 학교에서 엄청난 사건이 있었다. 아람이 옥상에서 몸을 날린 것이다! 소이가 유령 연예기획사에 속아 단역으로 영화에 한 번 출연하고 오백만 원을 날린 일은 화젯거리도 되지 못할 만큼 충격적이었다.

　아람은 에어컨 점검을 위해 학교에서 옥상 문을 연 사이 일을 벌였다. 나를 더 경악하게 했던 것은 옥상에서 뛰어내린 방법이었다. 내 카이트 프리버드를 조립해, 그것에 매달린 채로 붕……. 사흘 앞으로 다가온 카이트 페스티벌이 날아가는 순간이기도 했다.

　아람의 몸무게가 바비 인형 정도만 됐더라도 아무 문제 없었을 것이다. 그 정도라면 카이트가 별 부담 없이, 바람을 타고, 맥없이 흔들리며, 서서히 떨어져 내렸을 테니까. 하지만 넓게 펼쳐진 천과 다를 바 없는 연에 한 덩치 하는 아람이 매달렸다면, 결과는 안 봐도 뻔했다.

목격한 아이들의 말에 따르면, 아람은 번지점프를 하듯 카이트의 두 줄을 잡고 옥상 난간에서 훌쩍 점프를 했고, 카이트의 부력 때문이었는지 아주 미세하게 슬로 모션으로 화단에 곤두박질쳤다고 했다. 나뭇가지에 걸쳤다 떨어진 것은 천만다행한 일이었다. 왼쪽 다리 정강이뼈에 금이 가고 몇 군데 타박상을 입었을 뿐이니까.

지난 주, 사냥개는 정말 미친개처럼 이반 사냥을 했다. 선도부원들을 시켜 쉬는 시간마다 돌아가며 복도를 지키게 하고, 사냥개 자신은 1학년 2반과 3반이 있는 3층을 감시했다. 심지어 여자 화장실까지 들어가 화장실 문을 일일이 열어 보는 통에, 아이들은 인권위원회를 찾아가야겠다는 둥 투덜거리며 2층과 4층 화장실을 이용하기도 했다.

사냥개가 학교를 살벌한 수용소처럼 만든 것은 구겨질 대로 구겨진 자존심 때문이었다. 이반 사냥 보름이 다 되도록 아무런 실적도 올리지 못한 것이다. 교무회의 때 교감에게 조롱에 가까운 핀잔을 들었다는 소문도 들려왔다. 아람과 가영은 입을 꾹 다문 채 묵비권을 행사하고, 학교에서는 따로 따로 행동해 둘 사이의 문제에는 꼬투리 잡힐 일을 만들지 않고 있었다. 냄새는 맡았는데 먹이를 찾지 못한 사냥개. 이 정도면 미칠 만도 하지.

그동안 '그 여자들의 행복'을 기원하는 서명지에는 여덟 명이 더 이름을 올려, 과반수를 넘는 기록을 세웠다. 기대 이상. 그러나 그 나머지는 오히려 더 냉담해졌다. 이젠 아람과 가영을 아예 투명인간처럼 취급하기 시작했으니까. 체육복을 찢거나 교과서를 짓밟는 것보다 더한 '개무시'였다. 아이들은 '재수 없다'라는 말조차 하지 않았고 눈길조차 주지 않았다. 그날 이전까지는.

아람이 옥상에서 떨어지기 전날, 학교에 아줌마 둘이 찾아왔다. 심플한 감색 정장에 세련된 화장을 한 아줌마와 수수한 재킷에 검정 바지, 화장기 없는 얼굴의 평범해 보이는 아줌마. 가영 엄마와 아람 엄마였다. 두 엄마를 학교로 호출한 것은 사냥개였다. 드디어 먹이를 문 것이다. 월요일 0교시 시작 삼십 분 전, 3반 교실에서 가영과 아람이 꼭 껴안고 있다가 마침 당직이었던 사냥개에게 딱 걸리고 말았다. 사냥개는 학교가 들썩이도록 짖어 댔고, 원고지 서른 장 분량의 반성문을 쓰지 않자 집에다 연락을 한 것이다.

담임을 만나고 사냥개와 면담을 한 엄마들의 반응은 너무도 달랐다.

아람의 엄마는 교실로 올라와 아람의 등짝을 때리며 통곡했다. 구경거리가 되고 있다는 것도 모른 채. '짐승도 그런 짓은 하지 않는다.' 부터 시작해, 아람 엄마가 한 말은 사냥개가 부르짖었던 말과 크게 다르지 않았다. 아람은 자기 엄마에게 끌려가기 전까지 책상에 엎드려 어깨만 들썩였다.

아람 엄마가 복받치는 감정에 휩싸여 있었다면, 가영 엄마는 상당히 이성적이었다. 가영을 사냥개에게 데려가, 사태를 지나치게 확대시켰음을 따졌다고 한다. 아이들이 폭력을 행사했나, 도

둑질을 했나. 사춘기엔 뭐든 지나치게 넘칠 수 있는 것. 친구에 대한 관심도 마찬가지다. 감수성이 예민할 때 가질 수 있는 일시적인 감정일 뿐이다. 문제화함으로써 이상한 방향으로 몰아가지 말아 달라, 등등. 사냥개는 거의 듣는 둥 마는 둥 했다고 한다.

오늘 아람과 가영은 학교에 나오지 않았다. 아람은 병원에 다리 깁스를 하고 누워 있고, 가영은 결석했다고 한다. 휴대폰으로 전화해 보았더니 양쪽 다 '전화기가 꺼져 있다.' 라는 차가운 기계음밖에 들려오지 않았다.

급식 시간. 연두는 정신없이 먹어 댔다. 식욕이 부쩍 왕성해진 것 같았다. 마음이 편해져 잘 먹는다기보다는 포기한 욕구를 먹는 것으로 채우려는 것처럼 보였다.

"적당히 먹어."

연두의 식판을 숟가락으로 탁탁 쳤다.

"먹으면 아무 생각도 안 들어 좋아."

연두는 방금 먹다 떨어뜨린 도토리묵을 젓가락으로 집으며 말했다.

"아무리 그래도 너무 게걸스러워."

토란도 한마디 참견했다.

연두는 다른 생각은 조금도 하지 않겠다는 듯 폭식과 공부에 매달리고 있었다. 영어 시간에 보았던 작문 시험에서는 백 점을 받은 세 명에 끼어 있었다. 호탁에 대해서는 연두 자신도 말을 꺼내지 않았고 우리도 더 이상 묻지 않았다.

점심을 다 먹고 주은과 아지트로 향했다. 선도부의 눈길을 피해 가면서. 사냥개는 이제 직접 감시를 하고 다니지는 않지만 이반 사냥을 멈춘 것은 아니었다. 아람과 가영을 어떻게 처벌할 것인지 궁리 중일지도 몰랐다. C여고의 예를 들면, 한 달간 봉사활동에다 부모가 '다시는 딸에게 그런 행위를 하지 못하도록 하겠다.'라는 각서를 쓰게 하는 것으로 끝냈다고 한다. 세상에 그런 각서도 다 있었나. 하, 하, 하, 웃음이 날 지경이지만 아람과 가영도 최소한 그 정도의 처벌은 받을 것이다.

주은은 층계참 벽에 기대 공연히 발뒤꿈치로 바닥을 탁탁 차며 말했다.

"아아, 지루하고 지겹고 재미없어라."

모든 게 불만이라는 듯 인상은 잔뜩 구겨져 있었다. 고속도로 추격전 이후 실연한 여자처럼 생기가 사라져 보기가 딱했다. 보고 싶은 사람을 볼 수 없다는 건 고통이겠지. 주은이 마지막이라고 했던 약속을 지킬 수 있을까 의심스러웠는데, 생각보다 독하게 견디고 있는 것 같았다.

"조리퐁 때문이지? 누군가로 인해 삶이 신날 수도 있고 지루해질 수도 있다는 게 난 신기할 뿐이야."

주은은 쓰디쓴 약이라도 삼킨 듯한 웃음을 지었다. 이럴 때 기분을 맞춰 주지 않으면 언제 맞춰 주랴.

"하루하루가 긴 것 같아서 그렇지, 이 년 반 뚝딱 지나갈 거야. 재능 덩어리에 스타일 죽이는 연기과 학생으로 조리퐁을 찾는 그날을 생각해 봐. 기대되지 않아?"

나는 과장된 몸짓까지 해 가며 말했다.

"조리퐁, 이제 내 마음속에 없어."

"뭐?"

내 귀가 잘못 됐나? 주은이 한 말을 이해할 수 없었다. 게다가 주은의 입에서 '조리퐁'이라는 우스개 별명이 나온 건 이번이 처음이었다.

"조리퐁은 잊기로 했다고."

"왜, 이 기회에 아예 그 세계를 떠나려고? 조리퐁이 알면 배신 감 느끼겠다."

"배신감을 느낀 건 나야."

이건 또 무슨 소리. 조리퐁이 자기를 배신할 일이 뭐 있다고.

"고속도로 휴게소에서 대학생 언니들이랑 민지랑 다투고 있을 때 나 조리퐁에게 갔었잖아."

"민지? 아, 노란 머리띠 이름이 민지였구나. 응, 그런데?"

"나 그때 조리퐁이 민지의 선물을 떨어뜨린 걸 보고 그걸 주워 주러 갔던 거야. 실로 직접 짠 비니 말야."

"그래? 조리퐁이랑 단독 만남을 하러 갔던 게 아니고?"

"얜, 정신줄 놓지 않은 다음에야 그런 상황에서 단독 만남이라 니. 암튼 난 비니를 주워 조리퐁에게 건넸어. '오빠, 이거요.' 하 면서."

주은은 그렇게 말하고 울 것처럼 웃었다.

“그랬는데?”

십 초밖에 안 되는 짧은 시간에 무슨 일이 있었구나. 촉촉해지는 주은의 눈시울을 보고 알 수 있었다.

“조리퐁이 그러더라. ‘난 땅에 떨어진 물건이랑 정 떨어진 물건은 절대 사용하지 않아.’ 라고.”

“허! 자기가 무슨 왕족이라도 되는 줄 아나? 삼천 원짜리 우동 먹으며 선물 포장 풀었을 땐 동네 오빠처럼 순박한 웃음을 날리더니. 민지는 거의 기절 일보 직전이었잖아.”

그런 일이 있었을 줄은 몰랐다. 무언가 갑자기 바삭 무너져 내린 것 같은 기분이랄까. 나도 이렇게 허탈한데 주은인 얼마나 충격을 받았을까.

“조리퐁과 나눈 얘기가 단지 그뿐이었어?”

“응. 그 말 듣고는 더 이상 아무런 말도 하고 싶지 않았고.”

조리퐁, 왜 그랬을까. 자신을 진정 아무나 범접할 수 없는 귀하신 몸으로 알고 있는 걸까? 어쩌면 정말로 정이 떨어졌을지도 모르지. 그런 상황, 내가 조리퐁이라도 성가신 일이었을 테니까. 하지만…….

“설사 자기 생각이 그렇다 해도 아마추어처럼 있는 그대로 드러내다니.”

“아니, 그런 생각을 가졌다는 것 자체가 문제야. 난 자신을 그토록 사랑하는 사람들에 대해 그런 생각을 가질 수 있다는 거, 이해할 수 없었어. 방법은 지나치거나 서툴지만 자신을 존재하게 하는 사람들이잖아. 그런데 그런 사람들을 멸시하고 경멸하다니. 차에 오를 때 조리퐁이 보낸 눈빛도 마찬가지였어. 너희들 정말 한심한 애들이구나. 그만 하고 집에 가 줬으면 좋겠어. 그런 눈빛이었지. 그동안 내가 알고 있던 모습은 완벽한 허상이었던 거야. 그 허상이 깨지는 순간 나는 더 이상 조리퐁을 내 마음속에 둘 수 없었어. 그게 다야."

주은의 말은 야물게 매듭을 짓는 듯 단호했다. 사랑이 깊은 만큼 실망도 큰 모양이었다.

"민지가 준 비니는 어쨌어?"

"집으로 가져가 태워 버렸어. 조리퐁이 한 말, 어떻게 민지한테 얘기해. 모자에 '최강순수 J.rp'라고 공들여 수까지 놓았던데. 하트까지 덧붙여서. 나도 거의 패닉 상태에 있으면서 걔까지 쓰러지는 거, 감당할 수 없었어."

"모자 진짜 예쁘던데, 아깝다."

뜨개질에 얼마나 공을 들였을지 생각하니 노란 머리띠가 측은하기까지 했다.

"쥰 오빠 말이 맞았어. 우리가 보는 스타는 이미지며 환상일 뿐이라고 늘 얘기했거든. 그래서 현실의 모습을 보는 게 위험하다고. 고속도로에서 사생 뛴 그 다음 날 학원에서 쥰 오빠 붙잡고 한참이나 울었어."

가느다랗고 옆으로 긴 눈에 눈물이 또 살짝 비쳤다가 사라졌다. 주은이 조리퐁을 보러 갈 때마다 전화를 하고 문자 메시지를 보냈던 쭌 오빠가 생각났다.

"쭌이 뭐래?"

주은의 얄팍한 어깨를 꼭꼭 주물러 주며 물었다.

"그것 봐라, 내가 그렇게 말릴 때는 아예 들을 생각도 않더니, 하면서 잘난 척이었지. 그러면서 조리퐁이 평범한 인간이라는 것까지 이해할 수 있어야 그를 진정 사랑할 수 있을 거라나 뭐라나. 그래도 한때 빠순이 생활 한 게 먼 훗날엔 예쁜 추억이 될 수 있을 거라며 위로 한마디는 해 주더라."

"오~ 쭌 오빠 아무래도 호감형이라니까. 한번 잘 해 보지 그러니? 무지갯빛 허상이 아닌 진솔한 실체와 말이지."

"됐거든. 허상이든 실체든 지금은 모두 사양이야. 내가 할 일은 조리퐁이 내 마음속에 들어오기 이전으로 돌아가는 일뿐이고."

주은은 안으로 몸을 접듯 두 팔을 모아 움츠리고는 내 품에 안겼다.

"음, 나 좀 꼭 안아 줘. 가슴이 뻥 뚫려 공중으로 붕 떠오를 것 같아."

조리퐁을 잊겠다고 당차게 말은 했지만 상실감이 큰 게 분명했다. 허상이 사라진 자리에도 구멍은 뚫릴 수 있는 거구나.

"그래, 꽉 안겨라. 내가 해 줄 수 있는 게 그런 것밖에 더 있겠니."

주은은 눈을 감고 킥킥 웃었다. 한때는 스타에 열광하는 주은에게 실망하기도 했지만, 온몸을 던져 누군가를 사랑하고 상처받는 주은이 부럽기도 했다. 나의 소녀 시대는 격하게 몸살을 앓는 친구들에게 푸근한 가슴을 빌려 주다가 끝나 버릴지도 모르겠다.

아람에게 문병을 가겠다고 하자, 담임은 보충은 하고 가는 게 어떠냐면서 뜸을 들였다.

"환자 면회 시간이 저녁 6시까지밖에 안 된대요. 절대 안정을 취해야 해서……."

내가 변명거리를 찾고 있는 동안 토란이 둘러댔다. 거짓말 티가 풀풀 났지만 담임은 "알았다." 하고 순순히 허락해 주었다. 아람의 문예 백일장 상을 슬그머니 뒤로 전해 준 게 미안했던 걸까. 생각이 구식인 데다 융통성도 없지만, 인정머리까지 없는 사람은 아니라는 게 고마울 따름이다.

처음엔 토란은 두고 나 혼자 가려고 했다. 아람을 좋아하는 것도 아닌데 문병이야 가고 싶지도 않겠지, 생각했다. 하지만 내가 별 기대 없이 "같이 가지 않을래?" 물었을 때 토란은 아주 쉽게 "갈게." 했다.

아람이 옥상에서 떨어진 후 토란은 말했었다. "걔네들, 정말 좋아했나 봐." 이해의 차원을 훌쩍 뛰어넘어, 진실성에 고개를 끄덕이게 되는 그런 것인가 보았다. 급식 시간엔 가영과 나란히 앉아 밥을 먹는 아량까지 보였다. 식사 후 교실로 돌아와서는 시무룩하게 말했다.

"가영이마저 옥상에서 떨어지면 안 되잖아."

선우창을 생각하면 좀 복잡한 심정이 되곤 하지만, 토란은 좀처럼 미워할 수 없는 캐릭터다.

왼쪽 다리에 깁스를 하고 팔목에 링거 주사 바늘을 꽂은 채, 아람은 일인 입원실에 누워 있었다. 아람의 엄마가 처음 보는 딸의 친구들을 무척이나 반갑게 맞아 주었다.

"아람이가 친구 하나 없는 줄 알았더니, 그게 아니었나 보네."

하고는 눈물을 글썽이기까지 했다. 자기 딸이 보통의 같은 또래 아이들과 다르지 않다는 것을 확인하려는 듯, 토란과 나를 유심히 보다가 아람을 보기도 했다. 학교에서는 같이 죽자며 아람의 등짝을 후려치고 대성통곡했는데, 이런 걸 모성애라고 하는 건가.

아람의 엄마는 토란과 내가 사 들고 간 파인애플 통조림을 따, 다 먹고 가라며 나무젓가락과 함께 주었다.

"아람이 퇴원하면 우리 집에도 놀러오고 그래 줘. 잠깐 정신이 흐릿해져 그렇지, 우리 아람이 친구로 보면 괜찮은 애일 거야. 성격도 모나지 않고……."

아람은 "엄마." 하고 손을 내저었다.

"그만 하면 안 될까?"

아람 엄마는 울 것처럼 얼굴을 일그러뜨리고 있다가 애써 명랑한 척 말했다.

"잠깐 나가서 커피나 마시고 와야겠다. 너희끼리 재미나게 얘기하는 게 좋겠지?"

엄마가 나가자 아람은 나에게 사과부터 했다.

"카이트 망가뜨려 미안해. 그거 얼만지, 엄마에게 말해 똑같은 걸로 사 줄게."

카이트 얘기가 나오니 좀 허무했다. 프레임이 네 개나 부러지고 여기저기 휘어진 내 프리버드는 지금쯤 쓰레기 소각장에서 불타 완전히 종말을 고했을지 모른다. 카이트 페스티벌은 이미 끝났고, 나의 첫 번째 도전도 허무하게 끝나 버렸다.

"걱정 마. 카이트는 그만두기로 했으니까. 이제부터 한국의 고딩답게 공부에 힘써 봐야지."

나는 지키게 될지 알 수도 없는 말까지 하며 허풍을 떨었다.

"그럼 참고서나 잔뜩 사 줄까?"

아람은 농담을 하면서 힘없이 웃었다.

"가영이가 너희 아지트라며 데려가서 카이트를 조립해 보여 줬을 때, 나 많이 흥분했더랬어. 그걸 타고 정말 날 수 있을 것 같았거든."

아, 가영과 그곳에 갔었구나. 아람을 데리고 와도 되냐며 가영이 묻던 일이 생각났다. "아람이 좋아하겠다."라고 했던 것도.

"물론 카이트가 없었더라도 나, 옥상에서 떨어졌을 거야. 완전 벼랑 끝이었어. 극단적인 생각밖에 안 나더라. 죽거나, 아니면 아무도 건드리지 못하는 아이가 돼 버리거나. 마침 그날, 카이트를 보러 올라갔는데 옥상 문이 열려 있었어. 난 일초도 주저하지 않고……."

카이트를 펼쳐서는 옥상으로 뛰어나가 그대로 몸을 날렸다는 거겠지. 어쩌면 아람이 옥상에서 뛰어내린 게 아니라 세상이 아람을 옥상에서 밀어 버린 건지도 몰랐다.

"가영인 병원에 안 왔었어?"

토란이 물었다.

"가영이 대신 가영 엄마가 왔었어."

아람의 얼굴에 금세 그늘이 졌다.

"앞으로 가영일 만나지 말아 달라고, 딱 한마디만 하고 가시더라."

가영 엄마, 그리 넉넉한 사람은 아니어도 이번 일을 대범하게 넘길 것 같았는데.

"나보다 가영이가 걱정이야. 걔 엄마, 완벽주의자에다 자존심이 강한 분이거든. 가영일 가만 놔두지 않을 거야."

"어쩐지, 너무 차가워 보인다 싶었는데. 하지만 나 그 엄마 마음 조금은 알 수 있을 것 같아."

토란이 파인애플을 입에 넣으려다가 내려놓고 말했다. 아람은 고개를 갸웃하며 또 힘없이 웃었다.

"그날 이후로 가영이랑 전화 한 통 해 보지 못했어. 휴대폰을 엄마에게 빼앗겼거든. 가영이도 마찬가질 거야."

이렇게 말하더니, 아람은 가슴이 푹 파인 환자복 안으로 손을 집어넣었다. 브래지어 캡에서 꺼낸 것은 조그만 티슈 뭉치였다. 돌돌 말린 티슈를 풀자 심플한 디자인의 반지가 나왔다.

"커플링이구나, 예쁘다."

토란이 말했다.

아람은 통통한 손가락에 커플링을 끼웠다.

"우린 엎드려 있을 거야. 학교라는 수용소를 떠날 때까지. 그리고 스무 살이 되면 먼 곳으로 가 버려야지. 캐나다든 네덜란드든 어디든 상관없어. 우리를 건드리지 않는 곳에서, 넓은 세상을 느끼며 공부하고 살아갈 거야. 가난 같은 건 얼마든지 견딜 수 있어."

정말 그럴 수 있을까. 힘들 거라고 생각했지만 그렇게 말할 수는 없었다.

"멋지게 해내라. 하지만 그때까지는 정말 엎드려 지내. 힘없는 짐승을 물어뜯는 야수들이 너무나도 많으니까."

나는 부르르 과장되게 치를 떨었다.

"아, 축하해. 대학 문예 백일장에서 2등 했다며?"

토란이 화제를 갑작스레 건너뛰어 손뼉을 짝짝 치며 말했다.

"운이 좋았을 뿐인데 뭐."

"잘하는 게 있어 좋겠다. 네가 쓴 글, 우리도 좀 보여 줘. 고정 독자가 돼 줄 테니까."

나는 아람에게 말하고, 통조림 속 파인애플 시럽을 꿀꺽꿀꺽 삼켰다.

"지금 쓰고 있는 소설이 있는데, 완성하면 보여 줄게."

"제목이 뭔데?"

토란은 제목부터 궁금해했다.

"아직 못 정했는데 너희들이 나중에 읽어 보고 좋은 제목 붙여줘."

"우리 얘기도 나와?"

"글쎄, 우리 시대의 얘기이긴 한데 내용은 비밀. 미리 알면 재미없잖아."

그래, 왠지 나도 미리 알고 싶지는 않다. 그 속엔 피어나는 꿈도 있고 발랄한 사랑도 있겠지만, 안타까이 꺾이는 꿈과 아프게 접어두어야 하는 사랑도 있을 것이다. 열일곱에 이 모든 것을 안다는 건 너무나 벅찬 일이다.

말을 많이 하진 않았지만, 입을 닫고 있을 때에 비하면 아람은 수다스러워 보일 정도였다. 그건 당연한 일이기도 했다. 모두가 등을 돌리고 있는데 혼자서 말을 하는 게 더 이상한 거 아닌가?

아람 엄마가 젊은 의사와 함께 들어온 시간에 맞춰 병실을 나왔다. 아람보다도, 아람 엄마가 더 안타까워했다. 혹시 딸과 둘이 있는 시간이 두려운 건 아닐까.

지하철역으로 걸어가며 토란에게 말했다.

"토란이 너, 요즘 많이 달라졌어."

"뭐가?"

"아람이나 가영일 대하는 태도 말야. 너 완전 이쁜 거 알아?"

"걔네들이 불쌍하다고 생각할 뿐이야. 이해하는 것과는 다른 거지. 머리가 복잡해서, 그냥 불쌍하다는 것만 생각하기로 했어."

"아하하."

정말 미워할 수 없는 아이. 토란, 창과 잘 되길 바란다. 하지만 역시, 아린 속은 어쩔 수가 없다.

토란과 헤어져 놀이터로 가는 길엔 바람이 불었다. 카이트를 날리기에 딱 좋은 날이다. 아람에겐 카이트는 그만두고 공부에 전념하겠다며 뻥을 쳤지만, 바람에 몸이 근질거리는 건 어쩔 수 없었다.

며칠 전 동호회의 한 오빠에게서 전화가 왔다. 카이트 페스티벌에 왜 오지 않았느냐고 하면서, 회장 오빠가 개인전에서 1등을 해 근사하게 파티까지 벌였다고 했다. "토요일에 강변에서 모이니까 꼭 와라." 하고 오빠는 전화를 끊었다.

가고 싶다. 하지만 카이트가 없다. 할머니를 또 한 번 구워삶아봐? 두 번째라 쉽게 지갑이 열리지는 않을 것이다. 중간고사가 곧 다가오니 시험 성적을 올리고 나서 성적표를 들이미는 게 빠를지도 모르겠다. 한국의 어른들을 감동시키는 데는 '성적 향상' 만큼 확실한 게 없다는 사실, 할머니에게도 예외는 아닐 테니. 그래, 당분간 내 생활을 열공 모드로 해 보자. 잘될까?

창은 놀이터 벤치에 혼자 앉아 있었다. 노랗게 풀어진 가로등 불빛 아래 왈츠를 추었던 그 놀이터. 약속 장소로 이곳을 택한 것은 창이었다. 다른 곳으로 하고 싶었지만 문자를 여러 번 날리기가 귀찮아 그냥 두었다. 야자를 빼먹고 나오겠다고 하여 아서라, 했는데 고집을 꺾지 않았다. 뭐라고 핑계를 댔는지 모르지만, 이

핑계 저 핑계로 반 아이들이 빠져나간 오늘 담임은 골치깨나 아팠을 거다.

벤치로 다가가 20센티미터쯤 사이를 두고 창 옆에 앉았다.

"아람이 병문안 갔었다며?"

"어, 토란이랑."

"융."

"엉?"

융이라고, 창이 내 애칭을 부르긴 처음이었다. 학교에서 옥탑방 멤버들이 그렇게 부르는 걸 언젠가 들었고, 그것을 기억해 두었던 모양이다.

"융, 멋진 여자야."

"내가?"

무슨 엉뚱한 말을 하려고.

"그래, 너."

뭔가 얘기가 잘못 돌아가고 있는 것 같았다. 토란의 선물을 전달해 주어야 할 타임에. 토란이 전해 달라고 한 마들렌이 가방 속에 있었다.

"네 취향 특이한 거 분명해. 뭐 하나 잘하는 것도 없고, 얼굴도 겨우 평균 정도나 될까. 그렇다고 참한 편도 아니잖아, 나. 아, 내가 네 엄마 같아서?"

"그래 스펀지 같아."

스펀지는 또 뭐야. 알아들을 수가 없었다.

“엎질러진 물에 스펀지를 대면 잘 흡수하잖아. 그대로 꼭 짜면 그릇에 담을 수도 있고. 우리 엄마가 그런 사람이었는데, 너도 그래.”

“…….”

“십칠 년을 살면서, 죽은 엄마 이후로 처음 만나 보는 인류야, 너.”

창의 엄마가 어떤 사람이었는지 모르지만 너무 과하다 싶어 “눈이 멀었구나.” 하고 무시해 버렸다. 창은 조금도 기죽지 않고 말했다.

“융, 새로운 직업을 개척해 보는 게 어때? 인간관계 디자이너. 무슨 무슨 카운슬러니 하는 따분한 직업보다 훨씬 멋지잖아.”

인간관계 디자이너? 그럴듯하게 들렸다. 오지랖이 ‘푼수’의 느낌이라면, ‘인간관계 디자이너’는 전문가다운 느낌이 들었다. 언젠가 토란이 빈정대며 했던 말, 인간관계 복구위원회 위원장보다야 한참 낫지. 내 장래 희망을 정말 인간관계 디자이너로 해 볼까. 언젠가 텔레비전 토크쇼에서 ‘행복 디자이너’라는 직업을 가진 아줌마가 나와 출연자들을 웃기는 걸 본 적도 있는데, 인간관계 디자이너라고 이상할 것도 없잖아. 요즘 세상이야 장기 이식 코디네이터니, 다이어트 프로그래머니, 푸드스타일리스트니, 갖다 붙이면 다 직업이 되는 시대인데 말이다.

하지만 나는 시큰둥하게 대꾸했다.

“뭐, 갖다 붙이면 다 직업인가.”

더 이상 시간을 끌기가 싫어 가방을 열었다. 빨간 리본이 묶인 물방울무늬의 상자는 찌그러지지 않고 온전했다. 토란표 마들렌이 든 상자였다. 토란은 말했다. "친구를 통해 상대에게 마음을 전하는 건 동서양을 막론하고 하이틴의 공통된 사랑 고백 방식이야."

그래서 오늘 밤, 사랑의 메신저가 되어 창을 만나기로 한 거다. 내키는 일은 아니었지만 거절할 이유를 찾을 수 없었다. 이런 걸 운명의 장난이라고 하는 건가?

마들렌 상자를 꺼내 창에게 내밀었다.

"웬 선물?"

창이 10센티미터쯤 가까이 다가왔다.

"토란이 전해 달라고 하더라."

"토란이?"

창은 실망하는 눈치였다.

"선물을 준 여자는 그녀가 아니라 그녀의 친구였네. 우우 우우."

멋대로 노래를 지어 부르더니, 리본을 풀고는 상자를 열었다. 그리고 마들렌 하나를 꺼내 한입 깨물어 맛보고는 말했다.

"맛은 열일곱의 우정에 걸맞게 고소하고 뒤끝은 단순하더라고 전해 줘."

그러더니 치아 자국이 난 마들렌을 발치에서 놀고 있는 비둘기에게 던졌다. 뚱뚱하게 살찐 청회색 비둘기는 탐욕스럽게 그것을 쪼아 댔다.

"못됐다, 너."

내가 타박했지만 창은 들은 척하지 않고 상자 뚜껑을 닫았다.

"그녀의 선물은 내년 밸런타인데이에나 기대해야 하나. 생일은 이미 지났으니."

"그때 그녀는 또 친구의 초콜릿 상자를 배달해야 할지 모르지."

장난스럽게 받아쳤지만 별로 그러고 싶은 생각은 없었다. 향단이도 아니고, 사랑의 메신저는 이번 한 번으로 족했다.

"아무래도 꽤 오래 기다려야 할 것 같은데."

창은 상자의 리본 띠를 어설프게 묶으며 말했다.

"토란이 달라지지 않는 이상, 난 너랑 사귈 마음 조금도 없어."

진심이었지만 사실 이런 말은 하고 싶지 않았다. 혹시 후에라도, 토란이 포기한 사랑을 주워들게 되면 어떤 기분이 들까. 나쁘지만은 않을 것 같다. 사랑은 먹다 버리면 짐승의 먹이가 되는 마들렌 같은 게 아니니까. 그럼 뭐란 거지? 나, 구질구질하게도 1퍼센트의 기대 같은 걸 놓지 않고 있었나 보다. 난 역시 쿨한 아이는 못 된다니까.

여하튼, 창을 알게 된 건 행운이기도 하고 그 반대이기도 하다. 내가 사랑이란 감정을 알게 된 것은 행운. 나도 어쩔 수 없이, 대부분의 어른들처럼, 언젠가 퇴색해 버릴 사랑을 할 수밖에 없다는 건 그 반대. 그래도 누군가를 평범치 않은 눈으로 바라보고 느끼고 생각한다는 것은 분명 특별한 일인 것 같다.

창과 헤어져 집에 돌아와서는 대청소를 했다. 복잡했던 머리가 조금은 단순해지는 것 같았다. 대체로 여자들이 남자들보다 정신이 맑은 것은 청소나 빨래를 많이 하기 때문인가 보다. 방 청소를 할 때마다 어수선했던 머릿속이 말끔해지는 것 같다. 창틀과 책꽂이 턱까지 꼼꼼히 물걸레로 닦고, 침대 밑에 쌓인 먼지도 진공청소기로 빨아들였다.

심하게 어질러진 책상에 질서를 부여하는데 휴대폰 문자 도착음이 울렸다.

— 나곧떠난다

수달피였다. 무슨 소리야. 뒤에 이어진 문자를 읽어 보니, 갑자기 군 입대 영장이 나와 한 달 후 군인이 된다는 내용이었다. 아, 수달피는 나와 세 살 차이밖에 안 났지. 군대도 안 갔다 왔으니 아직 애였구나.

— 뺀질거리는 국군아저씨는 되지마ㅋㅋ

— 내가없더라도 공부열심히 해라

— 너나잘하세요ㅜㅜ

— 이번달 과외비절반은 정직하게돌려줄게

— 당연하지^^;;

　등등의 장난스러운 말들을 주고받았지만, 가슴 한쪽이 허허벌판처럼 휑해졌다. 수달피도 그렇겠지?

　전에 뽀뽀 장면을 목격했던 할머니는 엄마에겐 일러바치지 않고, "남자는 몽땅 늑대다." 하는 말만 조용히 몇 번 했을 뿐이다. 과외를 그만두었다고 하면 푹 안심하시려나.

　수달피와 몇 번 더 싱거운 얘기를 주고받다 조촐한 환송회를 해 주기로 하고 문자 날리기를 끝냈다. 알고 보면 수달피, 나와 정말 죽이 잘 맞는 사람이었는데. 제대하면 난 고3이 되어 있겠지? 뜻밖에 수시에라도 붙으면 대학생. 그때 만난다면 어떤 마음이 들까. 오랜만에 단짝 친구를 만난 것처럼 반가울 수도 있고, 뜻하지 않게 설레는 마음이 들 수도 있을 것이다. 전자든 후자든 나쁘지는 않을 것 같다. 수달피는 좋은 사람이니까. 아무튼 국방의 의무를 다하러 간다니 제대로 대접해 보내야 할 것 같다. 삼겹살 정도면 될까.

　방문에 붙은 갈매기 리빙스턴 조나단은 여전히 높이 날고 있었다. 그 주위로 써 넣은 색색의 글자들도 선명했다.

자유를 방해하는 것은 무엇이든 용서하지 않을 테야!
조나단! 나를 지켜봐 줘요~.
가장 높이 나는 새가 가장 멀리 본다.

날아라, 내 안의 조나단 리빙스턴.

후훗, 귀여운 친구들. 많은 것을 지겨워하면서도, 우리는 이렇게 부끄럼 없이 패기를 부릴 때가 있었다. 옥탑방은 열일곱 살 여자애들이 남긴 모든 이야기를 기억하겠지. 그리고 수달피와의 껄렁껄렁했던 과외 공부와 길지 않은 계약 연애도.

새해를 맞는 시기도 아닌데, 지난 시간을 차곡차곡 정리하고 싶은 이상한 날이다.

12
날자, 지구 반대편으로

"지금부터 돈을 모으는 거야. 그리고 마침내 스무 살 어른이 되면, 그때 부에노스아이레스로 날아가는 거지. 우린 그곳에서 만난 검은 피부의 남자와 탱고도 출 수 있고, 저녁엔 최대한 멋을 내고 카페테라스에 앉아 알아듣지 않아도 되는 스페인어를 흘려들으며 맥주를 마실 수도 있어. 누구의 간섭도 받지 않으면서."

아침 조례 후, 유리가 3반에서 취재해 온 속보에 교실이 수런거렸다.

"가영이가 전학 간대! 오늘!"

땡. 머릿속에서 정말 이런 소리가 났다. 갑작스럽게 전학이라니. 며칠째 결석이었지만 가영이 전학을 하리라고는 생각지 못했다.

"정말이야?"

이구동성으로 아이들이 물었고, 유리가 '3반 담임이 조례 시간에 얘기했다.'고 전함으로써 가영의 전학은 기정사실이 되었다.

반사적으로 아이들의 시선은 아람에게로 쏠렸다. 아람은 별 동요 없이 종이비행기를 접고 있었다. 양쪽 날개까지 다 접어 날이 서도록 손톱으로 쭉 훑은 다음, 옆으로 밀어 놓고 연습장을 또 한 장 뜯었다. 연습장 한쪽 귀퉁이의 무지개는 미리 그려 놓은 것 같았다. 비행기 날개의 무지개는 가영과 아람의 로고처럼 보였다.

책상에는 다섯 개의 종이비행기가 납작 엎드려 있었고, 서랍 안에도 흰 종이비행기가 수북했다.

옥상에서 뛰어내린 이후 아람은 더 이상 무시를 당하지도, ‘왕따’를 당하지도 않았다. 하지만 외롭긴 마찬가지였다. 아이들 대부분이 아람에게 접근하기를 꺼려했으니까.

나는 다가가 종이비행기 하나를 들고 휙 날리는 시늉을 하며 물었다.

“아람, 너 알고 있었어? 가영이 전학 가는 거.”

아람은 고개도 들지 않고 작은 목소리로 “응.” 했다. 알고 있었을 거라고 생각했지만 허탈함은 사라지지 않았다.

학교의 처벌은 아닌 게 분명했다. 레즈비언 커뮤니티에 가입했던 아이들 이름만 대지 않았지, 아람과 가영은 그림자도 겹치는 일 없이 학교에서 따로 지내고 있었기 때문이다. 화장실 갈 때를 제외하곤 둘 다 하루 종일 의자와 한 세트가 되어 꼼짝하지 않았다. 아람은 깁스까지 한 상태라, 움직일 일이 있을 때마다 나와 토란이 번갈아 부축했다.

“이제 학교가 조용해지려나.”

뒤쪽에 앉은 남자애 하나가 말했다. 평소 조용하고 눈에 잘 띄지도 않던 아이였다. 하긴 그동안 이반 사냥이다 뭐다 학교가 좀 시끄럽긴 했지. 말이 없던 아이들도 실은 그런 일들이 많이 귀찮았나 보다.

“어떻게 될지 알 게 뭐야.”

현유가 삐죽거렸다.

"아직 숨어 있는 이반이 또 있다는데. 쟤네 정말 지독해. 끝까지 입 다물고 있잖아. 혹시 입을 본드로 붙인 거 아냐?"

인정머리라고는 없는 계집애, 정말 꼴도 보기 싫었다.

"싸구려 입 좀 닫칠 수 없니? 한 친구가 전학까지 가는 마당에, 그렇게 모질게 굴 건 없잖아."

말이 좀 거칠다 싶었지만 현유 같은 계집애에게 고상한 말은 어울리지 않았다.

"기막혀. 아주 너까지 따라가지 그러니?"

"말하는 게 네 낯짝만큼이나 유치해."

나는 매직 스트레이트 머리로 사각 턱을 온통 가려 미용실의 실험용 마네킹처럼 된 꼬락서니까지 비웃었다. 유치한 건 난가?

"뭐야?"

현유는 달려들 태세로 자리에서 발딱 일어섰다. 거의 동시에 연두와 토란도 의자를 뒤로 빼고 일어섰다. 주은은 "네가 참아." 하면서 나를 감싸듯 팔을 벌렸다. 든든한 나의 베프들. 창은 어디 갔는지 보이지 않았다.

"이래서 학교 오기 싫다니까."

보라였다. 아람이 사회 교과서를 뜯어 종이비행기를 접다 사냥개에게 된통 당한 날도 보라는 똑같은 말을 했던 것 같다. 하지만 이번엔 욕도 하지 않았고 재수 없다느니 하는 말도 하지 않았다.

다른 아이들은 그저 잠자코 있었다. 평소 같았다면 이 모든 소란을 '외계인' 탓으로 돌리며 아람과 가영을 공격하는 무리가 분명 있었을 것이다. 이반 혐오자들은 확실히 줄어들었다.

유리는 쉬는 시간마다 3반 교실로 취재를 나갔다. 취재 포인트는 단순했다. 가영이 학교에 왔는가 안 왔는가.

1교시 후.

2교시 후.

유리는 실시간 뉴스로 '아직' 이라는 말만 전했다.

그리고 3교시 후.

창가에 있던 소이가 소리쳤다.

"가영이다!"

와르르, 쏟아지듯 아이들은 창가로 몰려갔다. 복도에서 칠판 지우개를 기계에 넣고 털던 진진이 "뭐야, 누가 또 뛰어내렸어?" 하고 헐레벌떡 교실로 들어왔다.

가영은 엄마와 함께 운동장을 걸어오고 있었다. 시선은 발등에 떨어뜨리고, 아무런 표정도 없이. 무릎까지 오는 체크무늬 스커트에 분홍색 스웨터 차림, 그리고 까만 구두. 머리카락은 가발인 게 분명한 짧은 단발이었다.

"가영이 같지 않아."

토란이 잔뜩 우울해져서는 말했다.

가발부터 옷, 구두까지, 가영의 취향은 완전히 무시된 차림새였다. 가영 엄마의 코디인 것 같았다. 건물 안으로 들어갈 때까지, 두 모녀는 단 한마디도 주고받지 않는 것 같았다.

반 아이들이 창가에 달라붙어 있는 동안, 아람은 한쪽 귀퉁이에 무지개를 그린 연습장을 뜯어 끝없이 종이비행기를 접었다.

그리고 오 분 후. 소이가 또 짧게 외쳤다.

"가영이다!"

제각각 흩어져 놀던 아이들은 또 한 번 창가로 몰려들었다.

가영은 이제 뒷모습이었다. 자기 반 아이들에게 인사도 하지 않고, 완전히 이 학교를 떠나는 것이었다. 시선은 여전히 발등에 떨어뜨린 채.

앞장선 가영 엄마의 손에는 서류 봉투가 들려 있었다. 이렇게 번개처럼 왔다 갈 거면 가영은 데려오지 않을 수도 있었을 텐데. 원래는 평범하고 참한 아이란 걸 담임과 사냥개에게 보여 주고 싶었던 걸까.

아람이 했던 말이 생각났다. 가영 엄마, 가영을 가만 놔두지 않을 거야. 전학은 분명 가영 엄마가 결정한 일이었을 것이다.

토란이 또 한 번 울듯이 말했다.

"가영이 같지 않아."

이때, 종이비행기가 허공을 매끄럽게 날아가 가영의 발치에 떨어졌다. 어? 아이들은 종이비행기가 날아간 시작점을 찾아 눈동자를 굴렸다. 아람이 교실 맨 앞쪽 창가에서 가영에게 손을 흔들고 있었다.

가영은 그 자리에 멈춰 종이비행기를 주워들었다. 그러고는 뒤돌아 교실을 올려다보았다. 분홍 스웨터를 입은 가영이 아람에게 손을 흔들었다. 가영의 손가락에 끼워진 반지가 청결한 가을 햇빛을 받아 반짝였다. 아람의 손가락에서도 금속성의 빛이 반짝거렸다. 마치 둘만이 주고받는 무언의 대화처럼, 속삭이는 듯 비밀스러워 보였다. 우리, 꼭 다시 만나자. 물론. 그때까지 우리는 잘 엎드려 있어야 해.

가을 해바라기처럼 활짝 웃고, 가영은 크게 팔을 저은 다음 뒤를 돌아 그대로 운동장을 걸어 나갔다. 아람도 활짝 웃었다. 뺨에는 두 줄기 눈물이 흘러내린 채.

종이비행기가 날아가 가영의 등 뒤에 떨어졌다.

"하나씩 날리자."

창이었다.

창은 아람이 접은 종이비행기를 교복 재킷에 담아다 아이들에게 나눠 주었다.

"나도."

"나도."

토란, 연두, 주은이 종이비행기를 날렸고, 진진, 승범, 유리도 날렸다. 기수도, 소이와 그 추종자들도……. 하나 둘 셋 넷…… 열 열하나 열둘……. 흰 종이비행기들이 창밖으로 날아가 제각각 곡예를 펼치며 가영의 뒤로 떨어졌다. 종이비행기가 날아갈 때마다 작은 무지개가 함께 날았다.

초등학교 5학년 때 가족과 함께 보았던 「코러스」라는 프랑스 영화가 생각났다. 교장의 명령으로 학교를 떠나는 선생님에게 아이들이 합창을 하며 종이비행기를 날리던 장면에서 꽤나 훌쩍거렸는데, 고딩이 되어 거의 반 강제로 전학을 가는 친구에게 종이비행기를 날리게 될 줄은 꿈에도 몰랐다.

종이비행기는 쉴 새 없이 날아갔다. 와, 소리가 나서 보니 3반에서도 종이비행기가 날아가고 있었다. 갑작스러운 이벤트처럼, 아이들은 흥분 상태가 되어 소리를 지르며 종이비행기를 날렸다.

"수업 종 쳤어!"

누군가 소리를 질렀지만 듣는 아이는 아무도 없었다.

아람이 접은 종이비행기가 바닥나자, 아이들은 자기 연습장을 뜯어 되는 대로 접어서는 창밖으로 휙휙 날렸다.

"아싸~."

"이거 재미 지대인데?"

"내 거가 제일 멀리 날아갔다. 오홀~."

"야, 야, 동영상으로 찍어!"

2반과 3반에서 펼치는 종이비행기 날리기 이벤트는 끝날 줄을 몰랐다. 가영이 마지막으로 뒤돌아 종이비행기로 가득한 운동장을 바라보고 3층 교실을 올려다볼 때까지. 그리고 다시 뒤돌아 운동장을 가로질러 완전히 사라질 때까지.

"진짜 간 거야?"

진진이 말하고 입으로 푸우, 바람 빠지는 소리를 냈다.

아람은 가영이 사라진 곳에서 눈을 떼지 않았다. 그 자리에 남은 가영의 잔상을 영원히 붙잡고 있겠다는 듯.

운동장으로 부랴부랴 뛰어나온 사냥개가 두 팔을 위아래로 휘저으며 3층을 향해 뭐라고 소리를 질러 댔다.

"열 받았나? 웬 발광이야."

"씨발, 뭐라 그러는 거야. 존나 짜증나."

"어젠 한화 경기도 없었는데."

몇몇이 투덜거린 다음, 한 아이가 우 하고 야유를 보내기 시작했다. 야유는 삽시간에 옆으로 옆으로 번졌다. 우우. 3반에서도 우 야유의 소리가 터져 나왔다. 사냥개는 분을 참지 못해 한참 동안 삿대질을 하고는 안으로 들어갔다.

교실에 들어와 아이들을 지켜보던 영어 선생님이 창가로 다가왔다. 그러고는 창틀에 남아 있던 종이비행기를 창밖으로 날려 보냈다. 종이비행기는 완만하게 사선을 그으며 날아가다 빙글 돌더니 키 큰 모과나무 가지에 걸렸다.

"이것 말고 아무것도 해 줄 게 없구나."

중얼거리듯 영어 선생님이 말했다.

아람은 조용히 자기 자리로 돌아가, 가방에서 영어 교과서를 꺼냈다. 아, 잊고 있었다. 그럼에도 불구하고 우리는 공부를 해야 한다는 걸. 종이비행기 날리기에 흥분했던 아이들도 다시 원래의 모습으로 돌아가, 퍼즐 조각 맞춰지듯 각자 자리에 앉았다. '그럼에도 불구하고 우리는 공부를 해야 한다.'는 사실에 의심을 품는 아이는 아무도 없었다.

토요일이 이렇게 우울해도 되는 건가. 가영의 전학, 마음을 몹시 무겁게 한다. 반 아이들이 모처럼 하나가 되어 종이비행기를 날린 일은 정말 통쾌했지만. 사냥개에게 집단으로 망신을 준 것도 즐거운 사건이었다. 체육대회가 아니면 그렇게 단체 행동에 열띤 참여를 하기가 어디 쉬운 일인가. 잊을 수 없는 날이 될 것 같다.

미리 그러자고 약속한 것도 아닌데, 수업이 끝나고 당연하다는 듯 옥탑방으로 몰려왔다. 연두와 토란은 침대 위에 비스듬히 드러누웠고, 나와 주은은 긴 쿠션을 등에 받치고 벽에 기대앉았다. 좁은 방 안을 떠돌아다니는 노래는 자우림의 「일탈」. 옥탑방에서 자주 들었던 노래인데 질리지도 않았다.

뭐 화끈하안 일 뭐 신나느은 일 없을까 와우와우와우와
할일이 쌓였을 때 훌쩍 여행으을~
아파트 옥상에서 번지 점프르을~
신도림역 안에서 스트립쇼르~ 야이야이야이야이야!

토란은 포테이토칩 한 봉지를 거의 혼자서 다 씹어 먹었다.
"그동안의 다이어트 도로아미타불 될라."
"요요 현상 더 무서운 거 모르니?"
"너 먹는 거 보니까 더 우울해진다."
다들 뜯어말렸지만 토란은 듣지 않았다.

"날씬해져 뭐하게. 세상엔 맛있는 게 널려 있는데 안 먹고 참아야 나만 손해지."

애써 명랑한 척했지만, 창에게 딱지를 맞은 이후 토란은 의기소침해져 있었다. 마들렌을 전해 준 다음 날 내가 꽤 조심해서 말한다고 했는데도. 창이 너무 뜻밖이라 좀 생각해 봐야겠다나 뭐라나. 여자 친구는 대학 가서 사귄다, 그렇게 마음먹고 있었다나 뭐라나. 마들렌 맛은 열일곱 소녀가 만들었다고 하기엔 너무 완벽했다나 뭐라나. 이제 되짚어 보니 횡설수설이었다.

"아 있지, 나 케이크 만들기 교실 초급반에 등록했어."

토란이 침대에서 몸을 일으켜 포테이토칩 봉지를 꼭꼭 접으며 말했다.

"시간이 가능해?"

연두가 묻자 "충분히." 하면서 작게 뭉쳐진 과자 봉지를 플라스틱 쓰레기통에 넣었다.

"매주 토요일 오후 두 시간씩이야. 집에서 좀 멀긴 하지만 상관없어. 다음 주부터 시작! 첫 주엔 애플 케이크와 코코넛 마카룬이란 걸 만든대."

축 처져 있던 토란이 눈을 반짝이기 시작했다.

"주말반인 데다 다른 학원에 비해 수강료도 비싸지 않아. 직접 전화해 고등학생이라고 했더니 글쎄, 재료 준비와 뒷정리를 도와주면 무료 참관 학습을 하도록 원장에게 말해 보겠다는 거야. 야호, 고맙습니다, 했지. 이틀 동안 인터넷을 뒤진 보람치곤 대박이었어."

"토란이 너, 죽었다가도 빵 얘기만 하면 눈이 뽕 튀어나오면서 살아날 거야."

내가 말하자 토란은 "그렇지 뭐." 하고 히히 웃었다.

"난 역시 밀가루하고 놀 때 가장 나다워지는 것 같아. 그런 내가 오로지 남자에게 잘 보이기 위해 살을 뺀다 어쩐다 요란을 떨었다니, 윽."

"그래도 너 안 먹고 버티는 거, 대견해 보였어."

"맞아. 하지만 옥탑방 베프들에게 밤새 만든 토란표 케이크를 맛보게 해 주는 토란이 백배는 더 귀엽지."

"애플 케이크랑 코코넛 마카룬? 그거 기대할게."

옆에서 잔뜩 부추기자, 약간 살이 빠졌지만 그래도 통통한 토란의 뺨이 발긋발긋해졌다. 울적하게 가라앉았던 분위기도 슬슬 살아나는 것 같았다.

"아 참, 주은이 넌 연기 공부 잘돼 가? 조리퐁 생각 많이 나지?"

토란이 갑자기 생각났다는 듯 물었다. 주은과 조리퐁의 마지막에 대해 들었던 터라 말끝에 살짝 주은의 눈치를 보았다.

"아니, 그 반대. 난 한번 아니라고 생각하면 칼처럼 깨끗이 잘라 버려. 미련을 갖는 건 어리석은 일."

"참 쿨하기도 해. 부럽당."

토란은 창이 생각나는 듯 내 팔에 기대 장난스레 "흑흑" 우는 시늉을 했다. 나도 울고 싶다, 요것아.

"쭌 오빠가 주은이 너 좋아하는 거 맞지? 난 그 오빠 괜찮은 사람 같더라. 왠지 널 옆에서 지켜 주는 수호천사 같고."

여전히 내 팔에 기댄 채 토란이 말했다.

"응, 괜찮은 오빠긴 하지. 잔소리가 심해 탈이지만. 자칭 오주은 멘토라는데 내가 행운아인 거니?"

주은은 재미있다는 듯 쿡쿡 웃었다.

"거 봐, 그 오빠 널 좋아한다니까? 그것도 아주 숭고한 방식으로."

토란이 물고 늘어지자 주은은 크게 소리 내어 웃었다.

"정말 그렇다면 언젠가 자연스럽게 알게 되겠지."

그러고는 연두에게로 몸을 돌리고 말했다.

"연두 넌 호탁이랑 어때? 둘이 손잡고 꿋꿋이 견디자, 자유로이 사랑할 수 있는 그날을 위해. 그 결의엔 변함이 없는 거야?"

"응, 그렇지 않음 더 힘들어지니까. 십 대 너희들은 서로 사랑하지 말라, 사랑하려거든 어디 가서 빵이나 사 먹든지 모두가 볼 수 있는 장소에서 빌어먹을 건전함으로 무장하고 놀아라. 이런 거지 같은 계명에 반란을 일으키고 싶기도 하지만, 그야말로 계란으로 바위 치기잖아. 우리만 깨지는 거지. 우리의 결의가 변함없어야 하는 이유는 바로 그거야."

연두의 얼굴엔 발갛게 열이 올랐다. 얌전하고 순하고 어린 줄만 알았던 연두가 이렇게 비판적이고 강한 기질이 있었다는 건 아무리 생각해도 불가사의다.

"융, 수달피 군대 가면 좀 심심하겠당. 근데 너 대범한 거야, 무심한 거야? 나 같음 남자 친구 머리 깎고 들어갈 때까지 훌쩍거리고 다닐 텐데, 꿀꿀한 표정 하나 없잖아."

토란이 갑자기 내 코앞에 얼굴을 들이대고 장난스레 말했다.

"그런가? 생각해 보면 수달피랑 난 악의 없이 씹어 대는 친남매처럼 연애를 했던 것 같아. 가슴 한 귀퉁이가 짠하긴 한데 눈물까지 짜게 되지는 않는 걸 보면."

"너 그러다 신발짝 거꾸로 신는 거 아냐?"

토란은 눈까지 가늘게 뜨고 짓궂게 웃었다.

"신발짝을 거꾸로 신든 옆으로 신든 우린 최소한의 의리는 간직할 거야. 갖은 요란 다 떨면서 만나다 웬수처럼 헤어지는 것보단 낫잖아."

나는 이쯤 얼버무리고 자우림 1집 마지막 곡 「Violent Violet」을 흥얼거렸다. 수달피와 헤어졌다는 얘긴 하지 않았다. 어쩌면 흔해 빠지고 허접한 연애보다 백배는 나았을 수달피와의 계약 연애를 별 볼 일 없는 이야기로 만들어 버릴까 봐.

"아, 우리 중 로미오를 제대로 키우고 있는 애는 연두뿐이구나. 융의 로미오는 친남매 같았다고 떠벌리는 여자 친구를 두고 군인 아저씨가 되어 떠나고, 주은의 로미오는 허상이 되어 사라지고, 내가 로미오라고 착각한 그 녀석은 날 보기 좋게 걷어찼으니."

하소연 같은 토란의 말에 뒤집어지는 듯한 웃음이 빵 터졌다.

"그럼 우린 모두 로미오를 꿈꾸는 줄리엣들인가?"

주은이 맞장구를 치자 연두와 토란도 "오, 로미오!", "어디 있나요!" 하며 깔깔거렸다.

"우리 옥탑방 모임이 언제 줄리엣 클럽이 된 거야?"

나는 세 명의 머리를 돌아가며 콩콩콩 가볍게 때리고, 끝까지 돌아간 CD를 3번 트랙에 맞추었다.

"또 「일탈」이야?"

토란이 말했지만 싫은 눈치는 아니었다. 노래가 나오기 바로 직전, 내 휴대폰으로 문자 메시지가 왔다.

— 친구들 저녁 먹고 갈 거면 미리 얘기해. 시장 봐 와야 하니까.

엄마였다. 잔뜩 멋을 내고 올라와 '미리 얘기하삼~' 하지 않고 웬일로. 문자도 띄어쓰기에 마침표까지 찍었다.

— 생각해보고^^

나는 짧게 답장을 날렸다.

토란, 연두, 주은은 「일탈」을 따라 부르고 있었다.

할 일이 쌓였을 때 훌쩍 여행으을
아파트 옥상에서 번지 점프르을
신도림역 안에서 스트립쇼르을 야이야이야이야이야!

"훌쩍 여행이나 떠날까?"

주은이 느닷없이 말했다.

"어디로?"

토란이 몸을 뒤집어 엎드리며 물었다.

"지구 반대편으로. 서울에서 땅을 파고 지구 한가운데를 통과해 나가면 아르헨티나의 부에노스아이레스가 나온대."

"부에노스아이레스? 와, 멋지다. 하지만 너무 멀잖아. 게다가 우린 돈도 없고 시간도 없고 아무것도 없는데."

토란이 두 팔을 위로 쭉 뻗었다가 풀썩 쓰러지듯 앞으로 떨어뜨렸다.

"음, 지금부터 돈을 모으는 거야. 그리고 마침내 스무 살 어른이 되면, 그때 부에노스아이레스로 날아가는 거지. 우린 그곳에서 만난 검은 피부의 남자와 탱고도 출 수 있고, 저녁엔 최대한 멋을 내고 카페테라스에 앉아 알아듣지 않아도 되는 스페인어를 흘려들으며 맥주를 마실 수도 있어. 누구의 간섭도 받지 않으면서."

"히야, 그거 맘에 든다. 누구의 간섭도 받지 않는다는 거. 근데 스무 살까지 여행비를 모으려면 각자 일 년에 백만 원씩은 저축해야 하잖아. 그것도 최소한으로 쳐서. 난 차라리 할머니를 구워삶는 게 빠르겠다."

스무 살의 지구 반대편 여행을 상상하며 떠들고 있는데 또 문자 메시지가 도착했다.

— 카이트날리는데 안나올래? 친구들불러 같이와 강습해줄게^^;;

　나에게 처음 카이트 날리는 기술을 가르쳐 주었던 동호회 오빠였다. 아, 카이트를 빌려서 해도 되는 거였구나. 나는 왜 꼭 내 카이트여야 한다고 생각했지? 만질 수 있는 건 내 것뿐이란 사고방식, 누구에게 물려받은 건지 모르겠다. 아무튼 오늘 같은 날 카이트 날리기는 정말 제격이지. 집단 종이비행기 날리기만큼이나.
　"나가자!"
　내가 벌떡 일어서며 말하자 셋 모두 물었다.
　"어디로?"
　"지구 반대편으로."

　연두, 주은, 토란은 깍깍 소리를 지르고 야단법석이었다. 처음 날려 보는 카이트에 홀딱 반해 오빠들에게 넘겨 줄 생각을 하지 않았다.
　"어떡해! 날아가는 것 같아!"
　"바람만 세게 불면 정말 지구 반대편으로 날아가겠다!"
　"어, 어, 나 된다 된다. 지금 되는 거지? 엄마! 넘 좋아!"
　얼마나 소리를 지르는지, 멀찌감치 떨어져 날리는데도 말소리가 고스란히 다 들렸다. 오빠들이 붙잡아 주며 하는 거였지만, 삼십 분 정도의 강습에 다들 제법이었다.

"친구들이 너보다 낫다."

문자를 보내 준 오빠가 싱글싱글 약을 올렸다.

"내가 얼마나 노력했는지 다 알면서, 사람 기죽이기예요?"

했지만 화는 나지 않았다. 어쨌든 지금은 내가 제일 잘하고 있으니까. 노력도 능력이라면 능력이다.

한동안 쉬었다 날리는 카이트인데도 손과 팔이 익숙했고, 바람을 가르고 길을 만들어 가는 것도 어렵지 않았다. 가끔 중심을 잃기도 했지만, 카이트는 곧 파워 존으로 돌아왔고 옆으로 누운 8자 곡선을 매끄럽게 그렸다.

"야아, 조금 더 하면 U자도 그리고 사각형도 그리겠다. 장난 아닌데."

옆에 서 있던 다른 오빠가 말하고, 손가락을 입에 넣어 휘익 휘파람까지 불었다.

"칭찬이 과해요. 난 그런 도형 죽어도 못 하겠던데. 하지만 이 정도로도 짱 좋아요. 곡예가 목적이 아니라 나는 게 목적이니까."

나는 손을 움직이며 소리쳤다.

정말 그랬다. 카이트 페스티벌에 참가하려 했던 건 나에게 하나의 도전이었지만, 그것은 포기하지 않고 끝까지 해내기 위한 수단에 불과했다. 내가 순간순간 전율했던 것도 기술을 습득했을 때가 아니라 새처럼 하늘을 나는 기분을 느꼈을 때니까.

"너도 지구 반대편으로 날아가고 싶은 거야? 하하."

"맞아요! 부에노스아이레스까지!"

바닥에 주저앉아 쉬고 있던 오빠들이 "부에노스아이레스?" 하며 큭큭거리고 웃었다.

연두와 토란은 힘들다고 두 번쯤 쉬었다가 다시 카이트를 날리고 있었다. 주은은 별다른 기술은 구사하지 못했지만 왼쪽 오른쪽으로 안정되게 카이트를 조종했다.

"읍! 카이트랑 나랑 같이 날고 있는 기분인 거 알아? 나, 어떻게 됐나 봐. 이거 멈추고 싶지 않아!"

주은이 마구 소리를 질렀다.

"우리 다 같이 날아가 버리지, 뭐!"

내가 소리치자 토란과 연두가 "그래 나도!", "나도!" 하고 깔깔거렸다.

"좋았어!"

기분이 최상이었다.

우린 정말 부에노스아이레스로 가고 있는 것인지도 모른다. 아니, 그보다 더 멀고 더 자유로운 곳으로. 옥탑방 베프들 모두 카이트와 함께 날고 있는 이 순간은.

작가의 말

십 대는 특별하면서도 아슬아슬한 성장의 시기다. 하나 둘 인생의 비밀이 생겨나고 '나'의 이야기가 가족에게서 친구에게로 옮겨가는 전환의 시기, 세상이 조금씩 비틀려 보이기 시작하면서 의식이 꼭 그만큼 삐딱하게 고양되는 시기가 바로 십 대니까.

불안한 만큼 달콤 쌉싸래한 그 시기엔 또 한 가지 중요한 변화가 찾아온다. 성(性) 에너지가 우기의 스콜처럼 드라마틱하게 출몰하는 것이다. 우정과는 또 다른, 인간에 대한 벅찬 애정이 심장을 힘 있게 난타한다. 쾅쾅쾅쾅…… 난 네가 좋아. 이른바, 사랑에 눈뜰 때란 얘기다. 이전에는 단 한 번도 경험해 보지 못했던 최초의 감정이 찌릿찌릿 아릿아릿 몸과 마음을 들쑤신다. 와우! 흥미진진하여라.

『줄리엣 클럽』에서 우리의 생기발랄한 소녀들이 보여 주는 사랑의 프리즘은 여러 가지 빛깔이다. 누구나 한 번쯤 해 보는 짝사랑에서부터 순결 콤플렉스와 싸움을 벌이는 제법 심각한 사랑, 동성애, 스타 가수에게 보내는 열렬한 사랑, 우정에 밀려 안타깝게 뒷걸음질치는 사랑, 그리고 깜찍한 계약 연애까지. 이 정신없이 다채로운 사랑들은 그러나 일곱 색깔 무지개처럼 한결같이 순수하다. 껍데기 같은 가식도, 영악한 계산도, 이기심도 없다. 설익고 어설프지만 순도만큼은 보장할 만하다. 왜냐고? 그 아이들 모두 로미오를 꿈꾸는 줄리엣들 아닌가.

아직 어른의 세계에 진입하지 않은 십 대 여자애들의 사랑을 구석구석 들여다보고 싶었다. 푸릇푸릇한 열정과 두근거림, 가볍고 짜릿한 전율과 까슬까슬한 쓰라림, 부풀어 오르는 꿈, 수거되는 환상, 이리저리 기우뚱거리면서도 "날자!"고 외칠 수 있는 쿨함……. 그 시기가 아니면 영원히 놓쳐 버리고 마는 소녀 시대의 사랑은 그래서 더 예쁘고 유쾌하다.

『줄리엣 클럽』을 위해 캐스팅한 융, 토란, 연두, 주은, 아람, 가영. 이들은 변덕스러운 작가가 의도하는 대로 더함도 모자람도 없이 소설 속에서 제 역할을 잘 소화해 낸 것 같다. 몇몇 개성파 조연들 역시. 장면을 여러 번 바꾸고 다시 찍기와 편집을 반복하면서 많이도 친해졌다. 그 아이들, 지금쯤 카이트를 타고 부에노스아이레스로 날아가고 있지 않을까.

원고 막바지 작업에 집중해야 했을 때 더없이 좋은 집필 공간을 내어 준 H 언니, 그리고 매일 아침저녁으로 최고의 카푸치노를 맛보게 해준 Y에게 한 자락 고마운 마음 전한다. 그 멋진 집의

한 멤버였으며 『파랑 치타가 달려간다』의 꼼꼼하고 다정한 독자였던 천사 S, 빠른 쾌유와 함께 『줄리엣 클럽』을 또 꼼꼼하고 다정하게 읽어 주길……. 내 소설에 넘치는 애정을 보여 주는 P와 식욕이 곤두박질칠 때마다 달려와 야채죽을 먹여 주었던 J, 이 소중한 친구들에게 고맙다는 말을 너무 아낀 것 같다. 일일이 언급하지는 못하지만, 나의 건필을 빌어 주는 아름다운 이들과도 액티브한 줄리엣들의 탄생을 함께 축하하고 싶다.

어느새 편안한 소파처럼 느껴지기 시작한 비룡소 식구들, 친정을 잘 두었다고 생각해도 간지럽지 않으니 역시 감사할 일이다.

마지막으로 『줄리엣 클럽』 독자 여러분께 머리가 땅에 닿을 만큼의 깊은 인사를 드리며, 꿈의 파이를 굽는 십 대에 한 조각쯤은 누군가에게 강렬하고 특별한 느낌을 경험하는 행운이 따르기를.

박선희

블루픽션 46

줄리엣 클럽

1판 1쇄 펴냄	2010년 10월 25일
1판 6쇄 펴냄	2017년 7월 14일
지은이	박선희
펴낸이	박상희
편집장	박지은
디자인	스튜디오 미인
펴낸곳	(주)비룡소
출판등록	1994.3.17. (제16-849호)
주소	(06027) 서울시 강남구 도산대로1길 62 강남출판문화센터 4층
전화	영업 02)515-2000 편집 02)3443-4318,9
팩스	02)515-2007
홈페이지	www.bir.co.kr

제품명 어린이용 반양장 도서 제조자명 (주)비룡소 제조국명 대한민국 사용연령 3세 이상

ⓒ 박선희, 2010. Printed in Seoul, Korea.

ISBN 978-89-491-2300-4 44810
ISBN 978-89-491-2053-9 (세트)

| 블루픽션 시리즈

1. 스켈리그 데이비드 알몬드 글/ 김연수 옮김

안데르센 상, 엘리너 파전 문학상, 카네기 상, 휘트브레드 상, 마이클 L.프린츠 상,
어린이도서연구회 권장 도서, 책교실 권장 도서, 중앙독서교육 추천 도서

2. 운하의 소녀 티에리 르냉 글/ 조현실 옮김

소르시에르 상, 어린이도서연구회 권장 도서

3. 내 이름은 미나 데이비드 알몬드 글/ 김영진 옮김

안데르센 상, 엘리너 파전 문학상, 카네기 상, 휘트브레드 상, 마이클 L.프린츠 상

4. 0에서 10까지 사랑의 편지 수지 모건스턴 글/ 이정임 옮김

밀드레드 L. 배첼더 상, 어린이도서연구회 권장 도서

5. 희망의 섬 78번지 우리 오를레브 글/ 유혜경 옮김

안데르센 상 수상 작가, 밀드레드 L. 배첼더 상, 머더카이 상, 아침햇살 선정 좋은 어린이 책,
중앙독서교육 추천 도서, 책교실 권장 도서, 책따세 추천 도서

6. 뤽스 극장의 연인 자닌 테송 글/ 조현실 옮김

프랑스 '올해의 청소년 책', 소르시에르 상, 어린이도서연구회 권장 도서, 열린 어린이가 뽑은 좋은 책

7. 전쟁이 끝나면 다시 만나 제니퍼 암스트롱 외 글/ 임옥희 옮김

문화관광부 추천 도서

8. 야수의 도시 이사벨 아옌데 글/ 우석균 옮김

어린이도서연구회 권장 도서, 책교실 권장 도서, 책따세 추천 도서

9. 이매지너리 프렌드 매튜 딕스 글/ 정회성 옮김

10. 초콜릿 전쟁 로버트 코마이어 글/ 안인희 옮김

미국 도서관 협회 선정 도서, 뉴욕타임스 선정 도서, 어린이도서연구회 권장 도서

11. 전갈의 아이 낸시 파머 글/ 백영미 옮김

뉴베리 상, 국제 도서 협회 선정 도서, 마이클 L. 프린츠 상, 책교실 권장 도서, 어린이도서연구회 권장 도서

12. 내 안의 마녀 마거릿 마이 글/ 햇살과나무꾼 옮김

카네기 상, 보스턴 글러브 혼 북 아너 상 수상작, 미국도서관협회 선정 최고의 청소년 책,
북리스트 선정 편집자 추천 도서, 스쿨라이브러리저널 선정 최고의 책

13. 나의 산에서 진 C. 조지 글/ 김원구 옮김

뉴베리 상, 미국 도서관 협회 선정 도서, 어린이도서연구회 권장 도서,
열린 어린이가 뽑은 좋은 책, 책교실 권장 도서

14. 먼 산에서 진 C. 조지 글/ 김원구 옮김

15. 황금용 왕국 이사벨 아옌데 글/ 권미선 옮김

16. 소인족의 숲 이사벨 아옌데 글/ 권미선 옮김

17. 푸른 황무지 데이비드 알몬드 글/ 김연수 옮김

안데르센 상, 엘리너 파전 문학상, 스마티즈 상, 마이클 L.프린츠 상, 어린이도서연구회 권장 도서

19. **레모네이드 마마** 버지니아 외버 울프 글/ 김옥수 옮김

20. **기억 전달자** 로이스 로리 글/ 장은수 옮김
뉴베리 상, 보스턴 글로브 혼 북 명예상, 어린이도서연구회 권장 도서,
열린 어린이가 뽑은 좋은 책, 교보문고 추천 도서

21. **내 안의 또 다른 나 조지** E. L. 코닉스버그 글 · 그림/ 햇살과나무꾼 옮김
어린이도서연구회 권장 도서, 교보문고 추천 도서

22. **내 인생의 스프링캠프** 정유정 글
세계청소년문학상, 문화관광부 교양 도서, 어린이도서연구회 권장 도서,
교보문고 추천 도서, 학도넷 추천 도서

23. **줄무늬 파자마를 입은 소년** 존 보인 글/ 정회성 옮김
아일랜드 '오늘의 책', 행복한 아침독서 추천 도서, 교보문고 추천 도서

24. **이상한 나라에 빠진 앨리스** 지은이 알 수 없음/ 이다희 옮김
고래가 숨쉬는 도서관 추천 도서, 교보문고 추천 도서

25. **파랑 채집가** 로이스 로리 글/ 김옥수 옮김
어린이도서연구회 권장 도서

26. **하이킹 걸즈** 김혜정 글
블루픽션상, 한국문화예술위원회 우수문학도서, 책따세 추천 도서, 학도넷 추천 도서

28. **나는 브라질로 간다** 한정기 글
황금도깨비상 수상 작가, 소년조선일보 추천 도서, 중앙일보 추천 도서

29. **키싱 마이 라이프** 이옥수 글
한국문화예술위원회 우수문학도서, 어린이도서연구회 권장 도서, 교보문고 추천 도서,
전국독서새물결모임 추천 도서, 학교도서관저널 추천 도서

30. **꼴찌들이 떴다!** 양호문 글
블루픽션상, 행복한 아침독서 추천 도서, 교보문고 추천 도서, 책따세 추천 도서,
경기도학교도서관사서협의회 추천 도서, 중앙일보 북클럽 추천 도서

31. **캐리의 전쟁** 니나 보든 글/ 양원경 옮김
피닉스 상, 교보문고 추천 도서

32. **생쥐와 인간** 존 스타인벡 글/ 정영목 옮김
미국 도서관 협회 선정 도서, 국립어린이청소년도서관 추천 도서

33. **두 개의 달 위를 걷다** 샤론 크리치 글/ 김영진 옮김
뉴베리 상, 미국 어린이 도서상, 스마티즈 북 상, 영국독서협회 상 수상작,
경기도학교도서관사서협의회 추천 도서, 학도넷 추천 도서

34. **침묵의 카드 게임** E. L. 코닉스버그 글/ 햇살과나무꾼 옮김
스쿨 라이브러리 저널 선정 최고의 책, 에드거 앨런 포 상 노미네이트,
경기도학교도서관사서협의회 추천 도서, 아침독서 추천 도서

35. **빅마우스 앤드 어글리걸** 조이스 캐럴 오츠 글/ 조영학 옮김
스쿨 라이브러리 저널 선정 최고의 책, 미국 도서관 협회 선정 최고의 청소년 책,
뉴욕 공립 도서관 추천 도서, 학교도서관저널 추천 도서

36. 서쪽 마녀가 죽었다 나시키 가오 글/ 김미란 옮김

소학관 문학상, 일본 아동문학가협회 신인상, 한국간행물윤리위원회 청소년 권장 도서,
어린이도서연구회 권장 도서, 아침독서 추천 도서, 책따세 추천 도서

37. 닌자걸스 김혜정 글

전국학교도서관담당교사모임 추천 도서, 아침독서 추천 도서

38. 첫사랑의 이름 아모스 오즈 글/ 정회성 옮김

안데르센 상, 제브 상

40. 파랑 치타가 달려간다 박선희 글

제3회 블루픽션상 수상작, 학교도서관저널 추천 도서, 아침독서 추천 도서,
어린이도서연구회 권장 도서, 책따세 추천 도서, 문화체육관광부 우수교양도서

41. 피그맨 폴 진델 글/ 정회성 옮김

보스턴 글로브 혼 북 명예상, 뉴욕 타임스 선정 도서, 맥시 상,
미국 도서관 협회 선정 최고의 청소년 책, 국립어린이청소년도서관 추천 도서

42. 어쩌자고 우린 열일곱 이옥수 글

한국도서관협회 우수문학도서, 학교도서관저널 추천 도서

43. 앉아 있는 악마 김민경 글

44. 최후의 Z 로버트 C. 오브라이언 글/ 이진 옮김

뉴베리 상 수상 작가

45. 스카일러가 19번지 코닉스버그 글/ 햇살과나무꾼 옮김

뉴베리 상 2회 수상 작가, 학교도서관저널 추천 도서

46. 줄리엣 클럽 박선희 글

제3회 블루픽션상 수상 작가, 대한출판문화협회 선정 올해의 청소년 도서,
한국도서관협회 선정 우수문학도서

47. 번데기 프로젝트 이제미 글

제4회 블루픽션상 수상작

48. 뚱보가 세상을 지배한다 K.L. 고잉 글/ 정회성 옮김

마이클 L. 프린츠 아너 상

49. 파랑 피 메리 E. 피어슨 글/ 황소연 옮김

미국학교도서관저널, 미국도서관협회 선정 청소년 분야 '최고의 책',
학교도서관저널 추천 도서, 책따세 추천 도서

50. 판타스틱 걸 김혜정 글

제1회 블루픽션상 수상 작가, 대한출판문화협회 선정 올해의 청소년 도서,
고래가 숨쉬는 도서관 선정 도서, 한국도서관협회 선정 우수문학도서,
경기도학교도서관사서협의회 추천 도서

52. 우리들의 짭조름한 여름날 오채 글

마해송 문학상 수상 작가, 한국도서관협회 선정 우수문학도서,
국립어린이청소년도서관 추천 도서, 경기도학교도서관사서협의회 추천 도서,
2017 순천시 One City One Book 선정 도서

71. 칸트의 집 최상희 글

제5회 블루픽션상 수상 작가, 아침독서 추천 도서, 세종도서 문학나눔 선정 도서

72. 태양의 아들 로이스 로리 글/ 조영학 옮김

뉴베리 상, 보스턴 글로브 혼 북 명예상 수상 작가

73. 마법의 꽃 정연철 글

푸른문학상 수상 작가, 세종도서 문학나눔 선정 도서, 학교도서관저널 추천 도서

74. 파라나 이옥수 글

학교도서관저널 추천 도서, 사계절문학상 수상 작가, 책따세 추천 도서, 국립어린이청소년도서관 추천 도서, 세종도서 문학나눔 선정 도서, 아침독서 추천 도서

75. 그 여름, 트라이앵글 오채 글

마해송 문학상 수상 작가, 국립어린이청소년도서관 추천 도서, 아침독서 추천 도서

76. 밀레니얼 칠드런 장은선 글

제8회 블루픽션상 수상작, 학교도서관저널 추천 도서, 아침독서 추천 도서

77. 아르주만드 뷰티 살롱 이진 글

블루픽션상 수상작가, 한국출판문화진흥원 우수 콘텐츠 제작 지원 당선작

78. 굿바이 조선 김소연 글

◉ 계속 출간됩니다.